再见是尘土上最美好的祝愿语之一，能够再见绝对是一件珍贵的事情。

爱潜水的乌贼

长夜余火 1

爱潜水的乌贼 著

ARCTIME 时代出版
时代出版传媒股份有限公司
安徽文艺出版社

图书在版编目（CIP）数据

长夜余火. 1 / 爱潜水的乌贼著. — 合肥 : 安徽文艺出版社, 2022.3

ISBN 978-7-5396-7400-1

Ⅰ. ①长… Ⅱ. ①爱… Ⅲ. ①长篇小说－中国－当代 Ⅳ. ①I247.5

中国版本图书馆CIP数据核字(2021)第280945号

CHANGYE YUHUO 1

长夜余火 1

爱潜水的乌贼 著

出 版 人：姚　巍
责任编辑：王婧婧　宋潇婧
装帧设计：陈秋含　佘彦潼

出版发行：时代出版传媒股份有限公司 www.press-mart.com
安徽文艺出版社 www.awpub.com
地　　址：合肥市翡翠路1118号　邮政编码：230071
营 销 部：(0551)63533889
印　　制：湖南天闻新华印务有限公司 电话：(0731)88387856

开本：710 mm × 1000 mm 1/16　印张：19　字数：280千字
版次：2022年3月第1版　2022年3月第1次印刷
定价：42.00元

目录
CONTENTS

第一卷　前奏曲

002 第1章　统一婚配
006 第2章　复查
012 第3章　市场
017 第4章　流言
023 第5章　群星
027 第6章　夜遇
032 第7章　A区35号
037 第8章　聚会
042 第9章　岗位
048 第10章　天选之子
054 第11章　待遇
059 第12章　充实的一天
065 第13章　仪式感
071 第14章　黑沼荒野
077 第15章　夜宿
082 第16章　插曲
088 第17章　在路上
093 第18章　交易未成
098 第19章　枪响
104 第20章　赛跑
110 第21章　遭遇战
115 第22章　十米之内
120 第23章　情绪上脑
125 第24章　信
130 第25章　打扫战场

135 第26章 补课
141 第27章 水围镇
147 第28章 入镇
152 第29章 回忆过去
157 第30章 小小的“交易”
163 第31章 曾经
168 第32章 复盘
174 第33章 第一个点
179 第34章 片瓦不剩
185 第35章 怪异的死亡
191 第36章 永生人
196 第37章 大梦一场
201 第38章 代价
206 第39章 挥手作别
211 第40章 追赶
216 第41章 方案
221 第42章 骗子
226 第43章 邀请
231 第44章 下一个目的地
236 第45章 第三晚
242 第46章 不简单
247 第47章 寄于自然
252 第48章 次人
257 第49章 现场
263 第50章 蛛丝马迹
268 第51章 分队
273 第52章 守株待兔
278 第53章 鬣狗
284 第54章 巴掌
290 第55章 怀疑
295 第56章 会合

第一卷 前奏曲

在死亡的瞬间，会响起无名歌曲庄严的第一个音符。
人生，不过是这支歌的一系列的前奏曲而已。

第1章
统一婚配

第495层C区，外墙是灰绿色，布满各种涂鸦的活动中心，六七个女孩表情或振奋或期待或紧张地走了进来。

她们衣服式样简单，配色单调，以蓝、黑、白、绿为主，但个个五官精致，青春正好。

看了一眼整个楼层唯一的液晶显示屏，领头的那个女孩忍不住低声说道："不知道公司会给我们分配什么样的丈夫？"

"主要是性格怎么样。"她的旁边，穿绿色上衣、蓝色长裤的女孩咬了一下嘴唇道。

作为基因改良药物普及后的第二代，她们并不担心自己未来丈夫的长相和身高，反正都在平均水准以上。

领头那个女孩瞥了自己的同伴一眼："你忘记了，参加统一婚配的除了我们这个年纪的人，还有妻子已经过世的那些，他们有的都四五十岁了，没有经过胚胎阶段的基因改良，有很多缺陷。"

为了保证有足够的新生儿，她们所在的公司规定：凡年满二十岁或高等院校毕业，又未自由婚配者，由公司统一安排配偶，不接受者由秩序督导部统一处罚。第一次违反，降低能源配给，扣除相应贡献点；第二次违反，逐出公司，任其在灰土上自生自灭。

同样的，丧偶又未抚育后代者，在丧偶三年后且未满六十岁时，强制参加统一婚配。

“而且，就算不是这些人，难道你们不期待未来的丈夫在M级？”另一个女孩加入讨论，开了句玩笑。

公司内部分为三个层级：一是D级员工，从D1到D9；二是M级管理层，从M1代表的总监级到M3对应的董事会成员、首席科学家；三是没有字母代号，只有一个称谓的“大老板”——一位异常神秘的女士。

穿绿色上衣、蓝色长裤的女孩撇了下嘴巴道：“你什么时候听说过普通楼层的人分到了346、347、348、349层的配偶？”

346到349是M级管理者们居住的楼层，能源供给充裕，人均住房面积是普通员工的十倍以上，而且，这四层楼有独立的电梯、净水、通风、排污和教育系统，他们的孩子正常情况下不会和普通员工有接触。

唯一的例外是高等教育阶段，因为整个公司只有一所大学，在350层。

普通员工的孩子需要考试才能决定是开始工作，还是进入大学，而管理层的孩子可以免试入学接受高等教育。

在公司内部，没有谁不希望成为管理层，也没有谁不想和管理层搭上关系。

至于那位大老板，普通员工别说接触，甚至都不知道她长什么样子，只有岁末年初，或发生重大事件时，他们才能通过广播听到她的声音，所以很少有人幻想被大老板赏识，一下蹿升至管理层。

当然，“很少”表示还是有，只是不多。

领头那个女孩闻言笑道：“所以我一直让你们在学校里自由恋爱，看看人家陈贝，一毕业就被物资管理部预定，肯定有背景！”

“孟夏，你好意思说？你怎么没自由恋爱？”另一个女孩嘲讽道。

“你们又不是不知道，我最擅长的就是嘴上说一说。”孟夏一点也不羞愧地承认了自己没那个勇气。

就这事大家笑闹了一阵，穿绿色上衣、蓝色长裤的女孩好奇地问道：“孟夏，你知道陈贝的丈夫是哪个级别的吗？你们一直很熟。”

孟夏左右看了一眼，压低嗓音道：“说是安全部的行动集群总监。”

“哇……”女孩们惊叹时，活动中心的大门处进来了一群年轻男人。

两群人互相打量了几秒，各自略显害羞地转移了视线，毕竟谁也说不准自己未来的丈夫（妻子）在不在对面。

一个身高差不多一米七五，留着清爽板寸的男子扫了一眼活动中心那几张陈旧的桌子和桌子周围的长条凳、靠背椅，略显忐忑地对身旁的同伴道：“商见曜，你说，公司会给我分配什么样的妻子？”

他的同伴大约一米八五，眉毛挺直，棕眸明亮，脸庞线条深刻而刚硬，黑发略显凌乱，遮盖了一半额头。

这个叫商见曜的年轻男人侧头看了同伴一眼道：“首先，你得分配到，然后才能谈是什么样。”

他穿着深蓝色两件套，胳膊肌肉鼓起，被布料勒出了些许线条，看起来既阳刚又有力量。

“哈，没这么倒霉吧？这次男性只比女性多了两个而已。”身高一米七五、五官相对普通的男子笑了一声。

他表情逐渐凝重，絮絮叨叨道：“她们会不会看不上我？做了基因改良才一米七五，长得也不英俊，各科成绩都只是中等……”

商见曜表情严肃地说道：“这不是关键，关键是你的名字。”

“名字？龙悦红这个名字怎么了？我爸姓龙，我妈的名字里带个‘红’，多有意义啊。”龙悦红疑惑自语道，“也是，公司统一分配又不会看我身高多少，长什么样子，据说都是排除掉血缘关系的随机……啊，他们会不会因为名字，把我当成女的，然后分配给我一个丈夫？这可怎么办？”

商见曜上下打量了龙悦红一眼道：“生物器官移植，神经重建术，人造子宫，完美解决问题。”

龙悦红尬笑了两声：“哈哈，怎么可能？我是说他们怎么可能搞错，我的每一份资料上写的都是男性！你的思路真奇怪，正常人不是应该想着去申诉吗？”

不等商见曜回应，他又说道：“所以，为什么关键是我的名字？”

“名字代表一个人的命运，随机分配就是看命。”商见曜一本正经地回答道。

龙悦红表情凝固了两秒，道："我就知道你给不出什么有建设性的建议！"

话音刚落，他转而又问道："商见曜，你想分配到什么样的妻子？"

商见曜抬了抬下巴道："我不需要。公司资源不足，灰土之上的人类处在水深火热之中，饥荒、感染、畸变、兽化的阴影笼罩着整个世界，我怎么能结婚呢？"

龙悦红哈了一声："你越来越会开玩笑了。"

商见曜看着他，不带笑意地说道："我已经申请放弃这次的统一分配了。"

"你认真的？不可能，公司怎么可能答应你放弃这次的统一分配！哈哈，我差点就相信你了！"龙悦红先是一惊，旋即舒了口气。

他话刚说完，495层活动中心的主管陈贤宇就离开了自己的位置，走到那块液晶显示屏前，开始调试。

这个头发花白、脚步略显蹒跚的老者曾经是安全部负责对外行动的员工，一直做到了D7组长级，后来因为年龄问题，离开安全部，升了一级，成了D8级的主管，负责这个楼层的活动中心。

商见曜和龙悦红对这个老爷爷过去的经历很好奇，一直都喜欢到活动中心来玩，问东问西，可陈贤宇严格遵守着保密条例，只是拣一些大家都知道的见闻讲，就像一个在内生态区出生、读书、工作、变老，一辈子都没出过地下大楼、看过真正天空的普通员工。

"好了，要开始了。"陈贤宇拿着一个遥控板，重重摁下。

显示屏随即闪烁了几下，发出了蒙蒙微光。

龙悦红、孟夏等人顿时屏住了呼吸，等待分配的结果出来。

他们并不担心条目滚动太快而看不清楚，因为每一个楼层的活动中心的显示屏只显示与本楼层居民相关的那部分信息。

第2章 复查

当活动中心那台随时可能停摆的老旧挂钟的秒针吱吱呀呀转了三圈半后，液晶显示屏上终于出现了一行行文字。

孟夏等人飞快地寻找起自己的名字，然后相继松了口气。

他们之中大部分人谈不上满意或振奋，但也不至于不高兴。这对他们而言，和平时参加考试没什么区别，只要结果不是太差就行，反正他们的父母亲、爷爷奶奶、外公外婆也是这么过来的。

剩下那些则更多是疑惑，因为他们不知道自己的结婚对象是谁，来自哪个楼层，父母属于哪个部门——即使他们都上过大学，接受过高等教育，认识的人也大部分都是同系同学和同一个楼层的邻居。

龙悦红仔仔细细认认真真地上下看了几遍，忍不住低声自语道：“为什么没有我的名字？”

“因为你的名字不够好。”他旁边的商见曜表情没有任何变化。

“……”龙悦红想要反驳，却可悲地发现自己竟然有点认同对方的观点。

这次符合条件，强制参加统一婚配的人足有几千，而男性仅仅比女性多了两个，如果不是命不好，名字不好，运气不好，他又怎么会成为两个倒霉鬼之一？

过了一会儿，龙悦红顿了一下，悲愤地说道：“也没有你的名字！”

他没看到商见曜和哪个女性成功配对。

商见曜微挑右边眉毛道：“我不是说过了吗？我已经申请放弃这次的统一婚

配了。”

“这……这……真的？公司怎么会……怎么会答应？”龙悦红又愕然又迷茫，有种世界观被颠覆的感觉。

他活了二十一年，之前确实听说过符合条件的谁谁谁没参加统一婚配，但那都是有足够理由的：对方不是躺在病床上，随时可能死去，就是参加了安全部的对外行动，不知道还能不能回来。

凡是在公司内部，身体健康且符合条件的人没谁敢违反规定。

这是公司员工的核心义务之一。

龙悦红被这件事情冲散了悲伤，看着商见曜道：“你准备接受能源配给份额的降低？这还算好，最可怕的是贡献点被扣除。你根本就吃不饱饭了！我们这种只能定D1级，每月才1800个贡献点，一周才能吃一次肉，一次扣掉三分之一是什么概念？”

“公司同意了，不用扣。”商见曜露出些许笑容道。

“不，不可能，不可能……”龙悦红喃喃自语中忽然想到了一件事情。

如果商见曜真的申请放弃了这次的统一婚配，那就意味着参加本次婚配的男性只比女性多一个。

只多了一个人？

我……我就是这个唯一的倒霉蛋？

龙悦红嘴巴半张，内心涌现出了强烈的悲伤。

这时，显示屏开始翻页，简略介绍起与本楼层居民配对成功的那些人的基本信息，以便彼此找到对方，去秩序督导部下属的各个秩序督导局登记结婚。

“孟夏，你丈夫是外来者！”众人看了一阵后，女性那边率先爆发出惊呼声。

孟夏表情沉凝，眼眸微动，低声念道：“张磊，男；出生地，荒野；年龄，二十五；三年前被公司吸纳，表现一直良好；身体无疾患；住所，622层A区192号；员工层级，D4；电子卡编号为04311029189。”

“竟然真的有外来者！”龙悦红也被这件事情吸引了，侧过头与同伴们议论起来。

他们都知道公司会定期吸纳荒野流浪者，以补充人口，完善基因，但因为本楼层的居民之前一直没有和外来者做过同事，也没有谁与他们婚配，所以大家更多的是将这件事情当成一则趣闻来看待。

“孟夏，其实还好啦，他虽然以前是荒野流浪者，但现在是D4级员工了，才二十五岁，很厉害啦！”穿绿色上衣、蓝色长裤的女生宽慰起好友。

D4级就意味着从普通员工变成了资深员工或者高级员工，可以担任小型研究项目的副职或者工厂生产线的班长等，待遇相比D1级多了起码2000点。

“可成年以后再做基因改良的效果就不是那么好了。”龙悦红另外一边的年轻男子嘀咕了一句。

这时，他看到了自己婚配对象的信息。

周琪，女；出生地，内部；年龄，三十；曾经有过一任丈夫，已死亡五年，目前养育有一个孩子；系主动申请参加本次统一婚配，身体无疾患；住所在569层B区27号；员工层级，D4；电子卡编号为01609052558。

“杨镇远，你妻子比你大十岁。”龙悦红也看到了这条信息。

杨镇远和公司大部分同龄人一样，脸庞白净，身体结实，长相不错，只是略显清秀，看起来比较内向。

听到龙悦红的话，杨镇远的脸一下涨红，他想要说点什么，却没能说出口。

过了一阵，大家终于记下了相应的信息，然后陆续离开活动中心，准备去找自己的配偶，或回家里等待对方来找。

这时，还剩五六个人的大厅内，突然响起了一道声音：“谁是杨镇远？”

“我。什么事？”正和龙悦红、商见曜闲聊的杨镇远下意识地转头望向门口。

活动中心的大门处进来了一个女性，她外形成熟而妩媚，衣服虽然简朴单调，但完全掩盖不住那傲人的身材。

“我是周琪。”这女子扫了杨镇远一眼，满意地点了点头，“先去你家聊聊，如何？”

杨镇远先是一惊，旋即频频点头：“好啊好啊。”

“那现在就去吧？”周琪笑靥如花地说道。

“好啊好啊。”杨镇远边说边快步走了过去。

龙悦红呆呆地看着这一对离开活动中心，忍不住哀叹道：“我接下来该怎么办？”

商见曜侧过脑袋，一本正经地看着他：“伟大的事业等待着你。”

龙悦红脸庞的肌肉抽动了一下。

“说人话！”沉默了一会儿后他生气地说道。

商见曜笑了笑，道：“等明年的统一婚配呗。”

“也是。”龙悦红叹了口气，“哎，不想这个了，希望明天能分配到一个好的岗位。还有，商见曜，我觉得你越来越不正常了，我是指脑子。”

说话间，他指了指自己的太阳穴。

他们接下来最重要的事就是等待分配工作，这将直接决定他们未来的人生——除了因某些方面有特长，提前被对应部门预定的那些人，剩下的受过高等教育的毕业生都得等待分配。

商见曜还未回应，龙悦红就看见活动中心主管陈贤宇关掉显示屏，拿着一个从旧世界遗迹发掘出的圆柱形金属水杯，慢吞吞踱了过来，于是有些忐忑地随口问道：“陈爷爷，你觉得我们会被分配到什么部门？”

陈贤宇咳了一声：“据我所知，刚刚结婚，即将开始生育的那些人，都会被分配到比较安全的内部岗位；没能分配到对象，暂时不需要生孩子的，岗位可能有点危险。”

龙悦红的脸顿时垮了下去：“我、我得回去把婚配结果告诉我爸我妈了。”

他没有等待商见曜回应，哭丧着脸，走出了活动中心。

“你爸你妈还没下班……”商见曜低语一句，跟着离开，来到了外面的过道上。

这里是地下大楼的495层，没有天空，只有四米高的天花板，一个个长管灯间隔统一地镶嵌在上面，洒落着还算明亮的光芒。

对公司内部员工而言，路灯亮着就是白昼，路灯熄灭就是夜晚。

商见曜抬头看了一眼前方的路灯，拐向了C区另外一个地方。

道路的两侧，一个个房间紧挨着，宽度都只有两米左右，仿佛教科书上的蜂巢展开到了同一个平面。

和它们相比，活动中心宽敞得像广场。

走完两条街道，商见曜面前出现了一片相对开阔的区域，那里有十二部电梯。

这是直通研究区的电梯。

在这栋源自旧世界的地下大楼里，为了防止拥堵和意外，生活区有通向工厂区、研究区的电梯，它和内生态区的电梯是分开的，分别位于楼层的不同区域。

而管理区、能源区是和研究区合并在一起的，只需要刷电子卡，确定权限，就能抵达。

商见曜等待了一阵，进入中间一部电梯，随手按了“21”这个数字。

因为正处于上班时间，电梯中途没有停顿，一直平稳地往下降落。

在这个过程中，商见曜忽然拿出电子卡，在对应的区域刷了一下。然后，他按亮了代表3楼的那个金属键。

电梯继续下降，过了好一阵才停止。

商见曜出了电梯，拐向左侧，看见了一扇紧闭的对开的大型金属门，门外守着四个穿仿生盔甲、仿佛直立蜥蜴的武装安保人员。

商见曜没有尝试靠近那扇金属门，而是沿着门外的过道，向右侧走去。

走廊的尽头排列着好几个房间，但都没有挂门牌。

在天花板日光灯的照耀下，商见曜敲响了最角落的那扇门。

“请进。”一道柔和的女性嗓音传了出来。

商见曜拧动把手，推开门，看见了一位穿白大褂的女士。

这位女士坐在一张原木色桌子后，外表看起来有三十来岁，鼻梁上架着一副金边眼镜。她的头发盘得整整齐齐，只垂落了零星的发丝。

“是你啊。”女士看了商见曜一眼，微笑着指了指桌子对面的靠背椅，“坐！”

商见曜坐了下来，如同回家般轻松地笑道：“下午好，林医生。”

“下午好，小商。”林医生撩起发丝，将旁边一个文件夹拿了过来，于面前摊开。

然后，她把玩起黑色的钢笔，貌似随意地问道："最近感觉怎么样？"

"胃口变大了一点，睡眠正常，身体也很健康。"商见曜边说边做了个凸显肱二头肌的动作。

林医生点了点头："我已经帮你申请放弃统一婚配了，你看到结果了吧？"

"嗯，谢谢。"商见曜笑着说道，"我能唱首歌感谢你吗？"

"不用。"林医生毫不犹豫地摇头，随即杵了下钢笔，"其实，我很好奇，你为什么一定要放弃统一婚配？你的情况并不算严重。"

商见曜一听，正色道："为了拯救全人类。"

"……"林医生提起钢笔，在面前文件的某个地方重重地画了个圈。

那个圈内写着一行字——中度精神异常（疑似妄想症，待观察）。

第3章
市场

林医生画完圈，提起钢笔，看向商见曜，呵呵笑道：“这好像是根据救世军那边的口号改的。”

商见曜嗯了一声，严肃地说道：“林医生，我觉得你对我的情况有点误解，将一些正常的事情当成了疾病的症状。”

林医生微微挺直了身体，白净的脸庞上泛起几分笑意：“你觉得哪些方面存在误解？”

商见曜似乎在组织语言，沉默了两三秒后，道：“你不能理解那种纯粹的、高尚的情操，不明白什么叫一个脱离了低级趣味的人。”

林医生紧紧抿住嘴唇，似乎花了很大的力气才没让自己笑出来。

她推了推鼻梁上架着的金边眼镜，轻吸了口气，缓缓吐出：“确实，在这个时代，哪有理想主义者生存的空间？就连救世军都堕落了。”

林医生顿了一下道：“我可以尝试理解你，但你必须告诉我，你是怎么产生类似想法的？是哪些事情让你有了这样的冲动？”

“没有什么事情，我就是这样想的。”商见曜叹了口气，露出笑容道，“林医生，你是我见过的最温柔最有气质的女性，我有句话想跟你说。”

林医生眉毛微动，道：“我有……”

她话音未落，商见曜已补充道：“我本来觉得你可以成为我精神上的妈妈，但现在才发现，我们的思想在两个完全不同的世界，真是遗憾啊！”

“喀喀喀。”林医生仿佛被自己的口水给呛到了。

她旋即拿起旁边的陶瓷杯子，喝了两口，没话找话般自语道：“唉，这个月的茶叶又泡完了。”

不等商见曜开口，她压低嗓音，神秘兮兮地问道：“你最近有没有听到别人听不到的声音？有没有看见别人看不见的东西？”

商见曜相当笃定地摇头：“没有。”

林医生观察了商见曜的表情几秒，转而问起别的事情。

过了十几分钟，所有楼层同时响起了一个甜美的女声：“现在是整点报时。当前时间，下午六点。”

“广播报时了。”等到那声音重复三遍后，林医生揉了揉眉心道，“今天就到这里吧。”

她思索了一下又道：“既然你睡眠没有问题，也没看见别人看不见的东西，那我就不开药了，下周同一时间来复查。”

“好的，林医生。”商见曜站了起来，走向门口。

他拉开房门后，突然又转过身，开口道：“谢谢你，林医生。”

林医生笑着回应道：“不用谢。”

等到商见曜出去并小心合上房门，林医生叹了口气，略带笑意地自语道：“真有礼貌啊！”

她一边感叹，一边拿起桌上的文件夹，翻阅起里面的记录。

姓名，商见曜；年龄，二十一；出生日期，新历25年9月8日；父亲商世安，D7组长级员工，于新历37年与整个旧调小组一起失踪；母亲张如馨，D3级普通员工，小学教师，于新历40年10月病逝，病因疑为悲伤过度；新历40年10月至43年9月，商见曜在495层孤儿院长大，后考入大学电子系。

情况说明：新历46年5月，商见曜主动申请成为机密实验志愿者，参加了“C-14”项目。他的理由是希望借此获得强大的力量，调查清楚父亲失踪的真相。实验结果——失败，与对照组比较，无任何变化。

后遗症表现：逻辑间隙性混乱，思维呈现出一定的跳跃性，其余无异常。

额外事项：基因检测正常。

综合判断：中度精神异常（疑似妄想症，待观察）。

林医生看了一阵，于最后落笔写道："新历46年7月10日复查，症状未有改善，但也没有加重，无暴力倾向，没有表现出攻击性，可认为暂时无危害。"

傍晚六点是公司规定的下班时间，除了需要加班的特定项目组和某些实行二十四小时轮班制的岗位，所有员工都将离开位于大楼第5层的管理区、第6到第45层的研究区、第46到第145层的工厂区兼维护区、第146到第345层的内生态区，返回生活区。

因为能源配额有限，而且夫妻双方和家里长辈可能都在上班，所以很多员工选择在每层楼的物资供应市场内就餐。

这个地方分为两部分，一部分场所供应来自内生态区的红薯、土豆、大米、面粉、肉类和其他蔬菜水果，以及来自工厂区的布料、白糖、食盐等物资，一部分则供应各种熟食，被大家亲切地称为员工食堂。

在食堂就餐的成本要高于自己回家做饭，味道也不是太好，但算上每个人都短缺的能源配额，以及工作了一天的疲惫，这似乎是更好的选择。

而这也是公司高层传递下来的意思——希望通过统一供餐减少能源的消耗。

商见曜回到495层时，距离食堂开门的时间还有差不多二十分钟——因为某些岗位的人员下班后需要做清洗、消毒或者别的事情，所以，为公平起见，董事会规定，食堂开门时间在正式下班后半个小时。

对那些六点十五分前就回到各自楼层的员工来说，物资供应市场隔壁的活动中心是打发时间的最好场所，他们可以聚在一起，在灯光下闲聊生活、工作里的种种，并带着一种明显的优越感提及在外面挣扎求生的人们。

部分员工还会抓紧时间，拿家里不再需要的实物来卖，换取更多的贡献点。于是，每天晚上六点到六点三十分、七点到八点三十分，活动中心的大厅内都会出现小型集市。

商见曜刚走进去，就看见活动中心的主管陈贤宇陈老爷子坐在一张时不时发出吱嘎声音的小板凳上，面前零零散散地摆放着一些奇奇怪怪的物品。

“这是什么？”商见曜蹲了下去，拿起一个金属外壳、黑色屏幕的长方形物品。

“谁知道呢？反正挺结实的，可以拿来砸人，或者防弹。”陈老爷子戳了戳自己的胸口。

“哪来的？”商见曜边摆弄边问道。

陈贤宇清了清喉咙里的痰道：“我战友家小儿子的，他现在也在安全部服务，刚从一座旧世界的城市遗迹回来。唉，时间过得真快啊，我看着他出生，又看着他长大……”

回忆了一阵，陈老爷子才笑眯眯地补充道：“反正这是经过筛选的，公司不需要，不用上交，所以，就放在老头我这儿寄卖。你知道的，我不用去食堂，有人给我打饭。”

他手下可是管着好些个员工。

商见曜看了一眼那物品黑色屏幕上蜘蛛网般的裂纹，想了想道：“多少贡献点？”

“不贵不贵，500。”陈贤宇随意报了个价。

商见曜缓慢地放下那件物品，嘟囔道：“十斤肉啊。”

说出肉这个字后，他和陈贤宇同时吞了口唾液。

商见曜目光一扫，又拿起另一件物品：“这是表？”

“对，手表，里面是复杂的机械结构，到现在都还能走，只要调校一下就能用。”陈贤宇眼睛一亮道，“怎么样，要不要考虑一下？它的指针和时间标志到了晚上会自己发亮，不需要开手电筒就能看清楚。老头我给你讲啊，整个公司内部，能有一块好手表的，绝对不超过一百个人，你要是拥有了它，就不需要再依赖广播报时了，不用到这里来看挂钟，你将成为整个楼层的居民都羡慕的对象，说不定就有小姑娘主动找你恋爱……”

商见曜手中那块表，银色的表带已出现多处裂口，锈迹斑斑，而碧绿色的仿佛宝石般的表盘上，秒针有一下没一下地跳着，玻璃碎屑到处都是。

“多少贡献点？”商见曜嗓音低沉地问道。

陈贤宇缓了一下才开口：“6万贡献点。”

商见曜以迅雷不及掩耳之势放下了那块表，似乎它很烫手。

以D1级员工1800贡献点的月薪，他得差不多三年不吃不喝才能攒够。

陈贤宇也没奢望商见曜会买，只是和这年轻人开个玩笑。他随即指了指摆放在中间的那堆金属圆罐道："要不要买这个？好货啊，军用罐头！"

商见曜拿起一个罐头，只见外面那层塑料膜已经破烂，标识极为模糊，只依稀看得出"红烧牛肉"和"500 g"的字样。

"怎么样，是不是沉甸甸的？这说明分量十足！"陈贤宇口溅飞沫，"老头我给你讲啊，这种军用罐头好吃极了，是我这辈子都没法忘记的美食，比救世军那边来的缩水罐头好吃多了！要不是我那战友的孩子这次挖到了整整一箱，你可能永远都吃不到。价格嘛，60个贡献点一个，很便宜吧？你去供应市场买一斤生猪肉，也要50个贡献点，而且还不含调料，没人帮你做，还未必买得到！还有，喏，这个罐头吃完了，你还能把金属壳交给物资管理部，换一些贡献点，是不是很划算？"

商见曜看着老头，等他说完，突然问道："过保质期多久了？"

"保质期？我怎么知道？我又不懂怎么换算旧世界的年份。"陈老爷子瞪大了眼睛，"反正新历也才46年，能吃能吃。"

说着，他露出了回忆的表情："当初我在安全部的时候，有次外出执行任务，丢失了补给，差点饿死，还好找到了一个军用仓库，发现了这种罐头。那个时候，它们就过期了不知多少年，我吃了不也没事？味道美极了。"

第4章
流言

商见曜拿着罐头，没有回应，也没有放下。

隔了几秒，他才开口问道："它会唱歌吗？"

"嗯？"陈贤宇活了这么多年，第一次怀疑自己耳朵出了问题。

这时，龙悦红拿着两个黄色塑料饭盒，从活动中心那边走了进来，一眼看见了商见曜。

他满脸笑容地打起招呼："等下一起吃饭！"

"你会请我吗？"商见曜放下罐头，站了起来。

龙悦红想都没想就摇头道："不会。你不是还有不少补贴吗？"

虽然商见曜的父母没留下什么遗产，但公司给了一定的抚恤金，等到他上了大学，则每个月又多了1200点的补贴——每一名大学生都有。

这让商见曜勉强能维持温饱。

而补贴截至分配到工作、正式上班后一个月。

商见曜脸上未出现被拒绝的尴尬，笑着说道："有开心的事情不是应该分享给朋友吗？"

"你想说，请吃饭就是最好的分享方式？"龙悦红这两个月已经越来越习惯商见曜跳跃的思维。

听着两人对话的陈贤宇笑呵呵地插嘴道："是啊，小悦，你下午还那么沮丧，晚上就变得这么开心，一定是遇到了什么好事。"

“不要叫我小名……”龙悦红先是嘟囔了一句，接着笑容满面地说道，“我妈说不用等明年统一婚配，她和我爸有几个同事的女儿没考上大学，刚参加工作，她准备介绍我们认识认识，看能不能发展恋爱关系。”

公司员工只有一次考大学的机会，如果失败，则会统一分配工作，等到工作以后，如果表现出色，会有推荐读大学的名额，而这个时候，他们往往才十八岁，还没到强制参加统一婚配的年龄。

这个阶段的年轻人都很向往自由恋爱，毕竟这比随机分配要强，不是纯粹地凭运气，且有感情基础。

当然，能真正自由恋爱的也不多，因为开始工作以后，他们每天早晨七点三十分出门，晚上六点下班，固定在一个岗位上，中间只有一个小时的午休加吃饭的时间，而到了晚上九点，活动中心关门，路灯熄灭，大家不得不回家休息，所以年轻人能接触到的合适的异性很少，能谈恋爱的时间也有限。

相对来说，大学里自由恋爱的情况更加常见。

龙悦红说着说着，突然有些忧郁：“也不知道她们会不会看上我，做了基因改良才一米七五，长得也一般，成绩还谈不上多好，都没有被哪个部门看中……”

“那边好像有什么事情。”商见曜打断了龙悦红的自言自语，指着几米外的一张旧桌子道。

那里围了不少员工，仿佛在讨论着什么。

龙悦红一阵好奇，跟着商见曜走了过去。

他扫了一圈，看见一个熟人，遂脱口问道：“任姨，你们在说什么啊？”

他口中的任姨是个四十来岁的中年妇女，穿着涤纶衬衣，眉目姣好，头发简单地盘了个髻。

她叫任洁，就住在龙悦红家隔壁，是公司战略委员会下属部门的员工，只有D3级。

任洁看了龙悦红一眼，叹了口气道：“我们在说最近的一个流言。”

“什么流言啊？”龙悦红好奇地追问。

这个时候，陈贤宇陈老头收回了目光，看向面前摆放的那些军用罐头，忍不住摸了摸自己的肚子，吞了口唾液。他似乎回想起了当初饥饿到极点时，打开类似军用罐头的感受。

“它真的会唱歌啊……不，它让我的肚子和灵魂唱起了歌。”陈贤宇产生联想，由衷地感慨了一句。

另外一边，任洁环顾一圈后，压低嗓音道：“据说公司想剥夺大家的生育权。”

“啊？”这个话题有点出乎龙悦红的意料，他一时竟无法理解是什么意思。

任洁看了一眼保持着微笑的商见曜，继续说道：“公司可能会让想要孩子的夫妻，在医生的指导和帮助下，上交生物材料。

“然后，在研究区建立一个大的生育中心，统一进行试管培养、人造子宫孕育、婴儿成长辅助和干预，总之，等你们接回自己的孩子时，他们可能都好几岁了。

“哎，说是要将女性从生育中解放出来，缓解公司劳动力不足的问题。”

任洁说到这里，旁边围观的一个二十来岁的女性忍不住开口道：“这岂不是好事？”

“这怎么能叫好事？”任洁脸色一沉，道，“孕育生命是神灵，呃……上天赐予我们的神圣权利，怎么能交给机器呢？到时候，你们怎么和自己的孩子建立感情？”

“是啊是啊。”坐在她斜对面的一个男性摸着头发，忧心忡忡地说道，“据说旧世界就是因为进行了一系列不遵循伦理的禁忌实验，才最终毁灭的。”

任洁频频点头，转而看向商见曜和龙悦红：“小商，小悦，你们是怎么想的？是不是也觉得孕育生命是人之所以叫作人的关键，是上天赐予的神圣权利？”

商见曜毫不犹豫地点头道：“是啊。”

龙悦红见任姨眼睛圆睁，定定地看着自己，低低嘘了一声道：“是啊是啊。”

“你们还是很明白事理嘛。”任洁露出了笑容。

此时，有个员工笑道：“你们是不是太认真了？这还只是一个流言啊，我舅舅在董事会下属机构工作，都没听说过这件事！”

任洁严肃地回应道：“只是提醒一下大家。到时候如果有人来征询意见，一定要反对。”

有人沉默，有人点头，有人联想丰富地问道：“如果真实行这个规定，那会不会取消婚姻，取消统一婚配？”

之前提及旧世界传闻的男子拿着腔调道：“不会。季董说过，和谐健康的婚姻是当前环境下维持员工精神状态稳定的关键。”

季董叫季泽，是公司董事会成员，副总裁，M3级高层，他时常在广播里发表讲话，岁末年初还会通过活动中心的显示屏向大家问好。

在众人讨论之时，活动中心隔壁突然传来了一阵铃声。

“丁零零——”

除了少数几个，绝大部分人仿佛听见了冲锋的号声，同时站了起来。

这一阵响铃来自物资供应市场，是提醒大家离食堂开门只剩三分钟了。

见邻居们开始往员工食堂移动，龙悦红瞄了一眼身边的商见曜：“你竟然赞同了任姨的话。”

商见曜目视前方道：“你换种说法再问问。”

龙悦红微皱眉头，略感疑惑地说道：“你认为将女性从生育中解放出来的生育中心制度怎么样？”

商见曜毫不犹豫地回答道：“这岂不是好事？”

“……”龙悦红无言以对。

说话间，两人已来到物资供应市场外。

这里没有大门，让人一眼就能看清楚里面的情况。

左边是摆放着一条条长案和一个个柜台的市场，许多不想在食堂就餐的员工正在里面挑挑拣拣，默默计算，右边则是员工食堂，有门有窗，香味外溢。

没过多久，食堂大门打开，495层的员工们或拿着自己的餐具，或空着双手，秩序井然地走了进去。

商见曜没带饭盒，进入后与龙悦红分开，拐向右侧，领了两个木制的大碗和一个餐盘。

然后，他端着餐具，按照固定的路线，跟随前面的人，走向卖饭的窗口。

“半斤红薯饭。”

“一份烩白菜。”

“两个杂粮馒头。”

“一份水煮土豆。”

走完四个窗口后，商见曜那两个碗已经装得满满当当——烩白菜顶着水煮土豆和两个黄扑扑的馒头，红薯米饭将另外一个碗撑得似乎要裂开。

而这已经花了商见曜14个贡献点：红薯米饭半斤5个贡献点，杂粮馒头一个2个贡献点，水煮土豆一份2个贡献点，烩白菜一份3个贡献点。

最后，商见曜来到了飘着最浓郁香味的那个窗口。

这是肉食窗口。

他从左到右看了一遍，又从右到左看了一遍，犹豫了一下，道：“给我一份红烧肉，多点汁。”

窗口穿灰蓝色制服的阿姨拿着勺，弄了三块手指长、肥瘦相间、颜色诱人的红烧肉，倒向了商见曜装红薯米饭的那个碗。

泛着酱油色的肉汁飞快浸染开来，润泽了小半碗饭。

“还好你来得早，再迟点就没了。”窗口阿姨与商见曜家处在同一片街区，对他很是和善，“32个贡献点。”

商见曜看了一眼三块红烧肉，拿出自己的电子卡，在机器上刷了一下。

他随即说了声谢谢，端了份免费的清汤，在食堂内走了一阵，找到了龙悦红，坐到了对面。

“啊，奢侈！”龙悦红看到他的晚餐，发自内心地赞叹了一句。

商见曜没有理他，先将拌了肉汁的部分红薯米饭弄到一边，然后夹起一块红烧肉，轻轻咬了一口。

感受到肉香在口中爆发，商见曜连忙低头，扒了口未沾肉汁的红薯米饭。

他越吃越快，等到三块红烧肉吃完，红薯米饭和烩白菜只剩下一小半，水煮土豆和杂粮馒头则一点没剩。

最后，商见曜把烩白菜倒进饭碗里，拌到有肉汁的剩余的红薯米饭内，呼啦啦一口气吃完。

“满足啊。”商见曜和对面的龙悦红同时放下碗筷，叹息道。

喝完清汤，龙悦红随口问道：“去活动中心吗？”

商见曜摇了摇头：“回去听广播，早点休息。”

第5章 群星

龙悦红张了一下嘴巴，似乎想要劝说，最终还是放弃了：“……也好。”

商见曜又坐了一阵，端上餐盘，走向出口，将手里所有的东西都交给了值守于该处的食堂员工。

物资供应市场外面，一根根日光灯间隔有序地从天花板上洒落光芒，照亮了通往楼层其余地方的道路，不同年龄不同性别的员工们三三两两地聚在一起，或前往活动中心，或结伴返回家中，或看着孩童们奔跑打闹不休。

商见曜行走于他们之间，很快离开C区，穿过一条墙壁任人涂鸦的街道，进入了房间密集的B区。

在这栋地下大楼生活区的绝大部分人，都没有建筑这个概念，员工们居住的只是房间，而不是房屋。许多工作在内生态区，看见过真实蜂巢的人，往往以此比喻自己的住房。

不过，一排排房间中的过道却很宽敞，铺着乳白色的光滑石砖，能供至少五六个人并排而行。

这是公司强制规定的，据说是为了应付某些紧急情况，避免关键时刻产生拥堵。

商见曜走了一阵，看见了属于自己的那个房间。

它与左右、对面的房间在外形上没有任何区别，墙壁呈纯黑色，有一定的反光性，看起来竟有几分深邃，木制的大门通体棕红，旁边是不大的四格窗户。

唯一能让商见曜确认这房间属于自己的是门上的白色数字——196号。

495层B区196号。

商见曜将手探入裤兜，拿出了一把黄铜色的钥匙，将它插入同色的锁中，轻轻拧动。

咔嚓的声音里，商见曜用另一只手下按门把，往前一推，打开了房门。

房门只打开到一半就停止了，因为它的后面抵住了商见曜的灶台。

这是一个两米宽、三米深、四米高的房间，一张勉强可以让商见曜睡觉时伸直双腿的木床横着放在最里面，床脚与墙壁间只留下了不到十厘米的缝隙。这里当然无法放任何家具，但墙上嵌着一根根膨胀螺丝，悬挂着两套颜色单调、式样朴素的衣服。

它们的旁边，隔着半张塑料膜的是一个单独的洗手台，洗手台另一边是一个上方有油烟管，下面当橱柜用的灶台。

对于这两个配套设施的存在，商见曜一直都很满意，因为并不是所有的房间都会有。

这栋地下大楼实在是拥有太多的楼层，住了太多的人，无论电梯，还是通风系统、下水系统、供能系统，都面临着可怕的考验。所以，不仅电梯有许多部，分在不同的区域，通向对应的楼层，而且通风系统、下水系统也被分割成一个个子系统，每十五层楼或者特定数字的楼层，共享一个子系统。

这样一来，即使出现故障，也只会影响一部分区域，不会造成整体的崩溃。

为了下水系统的稳定，公司后续修建的大量房间，只有少部分接入了管道。许多员工不得不去所在街区的公共厕所外面排队洗漱，而在夜间和清晨，能源供给不足时，生活区许多楼层是非常寒冷的。

能够不用出门，裹着被子完成洗漱，是许多员工的梦想。

房门另外一边，四格窗户下方，摆放着一张还算结实的红漆木桌，上面堆着许多书籍，搁着一支黑色的吸水钢笔、一瓶同色的墨水。

此时，街道天花板上的路灯光芒穿过窗户，洒在桌上，让书籍表皮的文字勉强可见。

若非正好处在两根日光灯之间，照明效果不佳，商见曜都可以不用浪费能源，借着路灯完成阅读。

木桌自带柜子，后面是一张涂着棕红油漆，有着斑驳痕迹的靠背椅，靠背椅之后是两条快要散架的凳子，它们仿佛在撑起所谓的客厅。

“客厅”之后就是那张横放的木床。

商见曜没有打开房间内的灯，因为他的能源配额不多，得省着点用。

拔下钥匙，关上房门后，商见曜穿过路灯照亮的区域，走到了昏黑的床边。

他拿起塞满谷物外壳的枕头，将它竖着放到了墙边，然后靠了上去，半躺半坐。

这样的姿势下，商见曜一眼就看见了灶台上摆放的电炒锅和电饭锅。

它们表面锈迹斑斑，似乎已经用了很多很多年。

从商见曜有记忆开始，它们就在自己家中了：一个是父亲参加安全部对外行动时，从旧世界某个城市遗迹里带回来的，他为了要这件物品，放弃了公司分配的其他战利品；另一个则是商见曜母亲结婚以后，攒了许久贡献点，从小型集市上换回来的——物资供应市场的新品比较贵，而且总是供应不足。

这个房间并不是商见曜记忆中的家，他记得自己原本的家在这个楼层A区的28号，里面有一大一小两个房间，还带着一个很狭窄的卫生间。

这让商见曜小时候不用去公共厕所排队，不用去闻那浓郁的臭气。

不过，那套房在他父亲失踪、母亲死去后，已经被公司收回，重新分配给了符合条件的员工，现在这套是他离开孤儿院考入大学时，新分配到的。

这些新分配的房间，为了节省能源，没有配电子锁，而是用了从旧世界城市遗迹拆回来的或内部工厂生产的各种普通锁。

商见曜目光随意移动间，望向了窗边的木桌。

他听母亲说过，这是她和父亲刚结婚那会儿，父亲省吃俭用从物资供应市场买回木材，亲手做的。

这张木桌和它下面柜子里商见曜母亲自己缝制的衣服，连同那两台电器，被孤儿院保管了三年，后又回到他的手中了。

但是，商见曜再也穿不下柜子里那些衣服了。

商见曜闭上眼睛，抬起右手，捏了捏左右太阳穴。

他随即放下手掌，保持着当前的姿势，不再有任何动作。

整个房间变得异常安静，昏暗的感觉似乎越发深重。

商见曜靠躺在那里，仿佛已沉睡。

商见曜睁开眼睛，不出意外地看见了一个宽广空旷的大厅。

这比整个物资供应市场还要大。

大厅四周是闪烁着金属光泽、给人冰凉感觉的黑色墙壁，上方一团昏暗，看不到顶端，不知有多高。

这片昏暗之中，密布着数不清的璀璨光点，它们缓缓转动着，似乎组成了一条条撒满钻石的梦幻河流。

商见曜再一次被这幕场景震撼了，无法用语言来描述。他只能联想到，初入大学时，老师用显示屏给大家展示的星空图片。

那是他第一次看见星空。

而现在，他仿佛置身于“群星”之间。

大厅的中央，星光洒落，凝聚成了一道模糊的人影。这人影两只手往外展开着，保持着严格的对称，就像在模仿天平。

“他”的声音空灵，回荡于整个大厅，仿佛在转达“群星”给予的启示——

“一个代价，三个恩赐。”

“一个代价，三个恩赐……”

第6章
夜遇

“一个代价，三个恩赐……”

商见曜看了这道人形光影一眼，直接越过“他”，走向了大厅深处。

那“人影”未有任何变化，依旧让“一个代价，三个恩赐”的声音回荡不休。

好几分钟后，商见曜来到大厅最里面，看见了两扇沉重的灰白色石门。石门镶嵌在黑色的金属墙壁上，沐浴着“群星”的光辉，突显出了表面的三个凹槽。这三个凹槽位于两米高的位置，一上两下，就像是等边三角形的三个顶点。

商见曜静静注视了几秒，眼中突然倒映出了璀璨的“群星”。

他随即前倾身体，将双手按在了灰白色石门上。石门表面的凹槽内相继亮起了一团团白光，如同有星辰从高空落下，撞入里面。

这三个凹槽内，虚幻的文字迅速浮现，仿佛在随着商见曜的思维跳动而翻滚变化，始终无法固定下来。那两扇看起来异常沉重的对开灰白色石门虽发出了吱嘎的声音，却没有打开。

商见曜停下来，缓了口气，再次发力，向前推动。

三个凹槽内的星辰先是随着他动作的停止而变得黯淡，接着在新一轮发力过程中绽放出了明亮纯净的光芒。

它们里面的虚幻文字翻滚速度减慢，可依旧没有停下来。

石门轻晃，却未打开半分。

商见曜一次又一次地推着这两扇石门，到了最后，他额头的血管都凸显出来，脸部表情扭曲而狰狞，仿佛用尽了全身的力气。

“呼——”他吐了口气，停下来，立在门前，看着凹槽内的三团星辰飞快黯淡，消失不见。

他静静地注视着这一切，许久没有一点动作。

过了好一阵，商见曜露出些许笑容，并起右手食指和中指，将它们抵到了眉心处。下一秒钟，他整个人似乎“幽深”了许多。

接着，商见曜左手插兜，右掌前伸，轻松悠然地按在了灰白色石门上。

这一次，他明显没有发力，但眼中倒映出的“群星”愈发清晰和璀璨。

灰白色石门上，三个凹槽内，星光乍亮，凝成了白团。之前那些虚幻的文字同样翻滚着浮现，但翻滚的速度逐渐放缓。

终于，它们固定了下来。

按照从上到下，从左至右的次序，三团白光里的文字分别是“推理小丑”“矫情之人”“双手动作缺失”。

灰白色石门随之轻颤，在吱嘎吱嘎的声音里，沉重地向后移动了一点。那变宽的门缝后，微光闪烁，一座向上的银白色金属阶梯静静屹立在幽暗之中。

商见曜试图将手伸过门缝，但没有成功。他又试着将脚塞进去，也未遂。他手脚并用，改换了各种姿势，从金鸡独立到笔直倒立，都没能达到目的。

经过验证，他确定自己只能让手指前端和鼻尖挤过门缝。而无论他再怎么集中精神，那两扇灰白色的石门都未再继续打开。

一次又一次尝试中，商见曜的身影逐渐模糊起来。

他终于停止了动作，看着自己的身体越来越淡。

495层B区196号房间内，靠躺在床上的商见曜睁开了眼睛。

他看见了映入路灯光芒的四格窗户，看见了沐浴着黯淡光辉的木桌，看见了由明逐渐变暗的客厅，看见了沉于昏暗深处的长凳末端和旧床边缘。

周围是那样的安静。

忽然，街道天花板上垂落的扩音器同时响起，发出了略带稚气的甜美声音：

“大家好，我是整点新闻播音员后夷，现在是晚上八点整。下午五时二十分，102层某工厂发生小型火灾，已造成一人死亡，三人受伤。明火现已扑灭，物资损失正在统计，公司董事会董事、副总裁季泽再次强调‘烈火无情，警钟长鸣’。

“明日起，能源区2号反应堆机组正式停堆维护，所有员工的能源配额将减少四分之一，恢复时间待定。

“地热研究所首席科学家孙楚辞称，公司已在摸索建立更好的地热利用模型，它能在维持内生态区部分地块最佳环境的前提下，为生活区带来夜晚温度的改变。

“傍晚六时四十分，577层员工食堂发生争吵，某员工指责食堂配餐员不够公平，同样一份肉菜，他的要少大约十分之一，该楼层秩序督导组已介入调查。

“晚上七时二十分至三十分，414层活动中心内有两名男性员工互殴，该楼层秩序督导组已介入调查，具体原因有待通报。据现场其他员工称，该事件与统一婚配的结果有关。

“……在新闻的最后，依旧是一首清唱的歌曲，希望大家喜欢，谢谢！”

商见曜靠躺在路灯光芒照不到的床上，表情平静地听着广播，没有任何动作。

不知不觉间，他睡了过去。

等到他醒来，外面的路灯已然熄灭，周围一片漆黑。

夜里寒冷的空气弥漫于房间内，商见曜发现自己不知什么时候已经脱掉了衣服，缩进了被窝里，而且还在被子外面盖上了床边那件暗绿色的厚棉大衣。

他没有钟表，不知道现在几点了，只能肯定还没到清晨六点三十分，因为路灯还没有亮。

他估算了下，发现自己昨晚可能不到八点半就睡着了，比平常提前了两个多小时，所以，醒得也比平常要早。

感受了几秒下腹的鼓胀，商见曜探手从枕头旁边拿起一个外壳为黑色的塑料手电筒，将它的开关往上推了一下。

一束凝聚的光芒射了出去，将斜对面的洗手台映了出来。

“忘了洗脸刷牙泡脚……”商见曜嘀咕了一句，猛地掀开被子，翻身下床。

在公司内部，除了能分配到独立卫生间的层级较高的员工和管理者，其他人都只能去活动中心附属的大澡堂洗澡。

而除部分岗位特殊，需要每天清洗身体的员工外，其他人一周限用两次，过期作废，不能累积。

下床之后，商见曜没有耽搁，披上那件暗绿色的厚棉大衣，拿着手电筒，匆匆开门，直奔这条街道尽头的公共厕所而去。

手电筒里的电池是能源配额的一部分，他可不敢浪费——不少员工在家里自备有木桶、痰盂等物件，为的就是不在夜里出门，可惜，那些东西也是需要贡献点的。

此时，公共厕所空旷无人，一盏感应灯随着商见曜的脚步声亮起，相当黯淡。

解决完生理问题后，商见曜走出公共厕所，准备回家。

就在这时，他看见一道光芒从过道拐角处射了过来。

几秒后，一个披着与商见曜同款棉大衣的男子快步走过，转向与公共厕所位置相反的地方。

商见曜凝望了两秒，忽然关掉手电筒，于黑暗中无声地小跑，奔向对方制造出的小团光。

很快，他靠近了那名男子，发现是附近街区的一名中年员工，他得叫叔叔的沈度。

“嗨！”他猛然蹿出黑暗，拍了一下对方的肩膀。

沈度手一抖，差点把电筒扔到地上。

他满脸惊恐地望向商见曜，随即舒了口气道：“小商啊，你吓死我了！大半夜的，不要这么突然靠过来打招呼好吗？”

商见曜笑眯眯地说道：“沈叔叔晚上好，我想问下现在几点了。”

“还不到六点。”沈度下意识地回应道。

他家外面是十字路口，挂有壁钟。

“沈叔叔，你是要去哪里？”商见曜左右看了一眼。

“我去……去厕所……”沈度说到一半就闭上了嘴巴。

他走的方向完全背离了最近的那个公共厕所。

电筒光亮下，他斯斯文文的脸上青白交错，也不知是被凌晨的冷空气冻的，还是别的什么原因。

组织了下语言，沈度强笑道：“我去C区的公共厕所。哎，昨晚在活动中心玩的时候，掉了东西在那边，刚才起床才发现，想着赶紧找一找。”

商见曜点了点头，深棕色的眼眸仿佛染上了周围的纯黑。

他呵呵笑道：“沈叔叔你看，你穿着暗绿色大衣，我也穿着暗绿色大衣，你是男的，我也是男的。”

沈度听得一阵迷糊，然后恍然大悟：“所以，我们是教友！”他顿时变得热情，“你也是去听引导者布道的吗？”

“对啊。”商见曜笑着回应道。

第7章 A区35号

沈度当即笑道："那一块去，注意避开……"

他没有说完，抬头看了一眼天花板，示意商见曜小心。

生活区每一层楼都有监控摄像头，但数量不多，只安装在关键的路口和室内公共场所。

相比较而言，无论内生态区，还是工厂区，监控摄像头的数量都要多很多，不过也远远比不上研究区和管理区。

商见曜跟随沈度的目光，看了看前方十字路口，笑着说道："它也许根本就没开。"

"也是。"沈度竟然赞同了商见曜的说法。

这是因为在公司内部类似情况太常见了，时不时就爆出某某设备损坏不能用的事情，仿佛它们平时只是摆在那里装样子。

据说这与旧世界毁灭那会儿，部分幸存的人匆忙撤入地下大楼时造成的混乱有关。

而且，新历都46年了，某些设备出现损坏是非常正常的事情，相应的生产线则可能由于资源短缺、资料遗失、缺乏技术等原因一直未能维修或更换。

"不过嘛，还是要小心点，公司对信教这方面的事情一直管得很严。"沈度叮嘱了一句，拿着手电筒，走向前方。

到了路口，他关掉手电筒，用贴着墙壁小心挪动的方式拐向了右侧。

商见曜跟在他后面，又一次将目光投向了十字路口天花板上的监控摄像头。那里有一个红点在缓慢闪烁。

商见曜看着红点，突然抬起双手，捏住两边脸颊，将嘴角往上扯起。

他做了个鬼脸。

然后，他揉了揉被手电筒硌到的脸，学着沈度，贴着墙壁挪动。

这么绕来拐去一阵后，沈度停在了A区35号门前。他随即抬起左手，轻敲了三下。

“新生如日。”房内传出了一道低沉的声音。

沈度前伸脖子，用同样低沉的嗓音回应道：“生命最重。”

吱嘎一声，房门后敞，昏黄的光芒流淌而出，轻轻晃动。

“这是？”开门那名女子看见了沈度侧后方的商见曜。

她三十来岁，明显接受过基因方面的改良，眉毛黑直，鼻梁高挺，眼角上挑，既漂亮，又有自身的特点。

商见曜上前一步，诚恳地说道：“我第一次参加。沈叔叔领我过来的。”

那名女子微微皱起的眉头逐渐舒展，若有所思地说道：“原来是新教友。”

她左右看了一眼，让开了道路：“快进来吧，不要让别人看到。”

沈度见这名女子认可了商见曜的身份，再没有任何怀疑，遂大步走入房间内，顺手关掉了电筒。

商见曜跟在后面，环顾了一圈，将房间内的情况完全收入了眼底。

这房间比他现在住的要大不少，而且最里面的墙上还有一扇门，说明存在内卧、卫生间或者小厨房。这表明这个房间的拥有者要么夫妻俩都在D4级以上，要么有一个达到了D7组长级。

这让商见曜想到了以前的家。

外面的房间宽大概两米五，深接近五米，最里面的墙边摆放着一个衣柜、一个橱柜，和这两件家具隔了一个床头柜的是双人大床，它横放着，于床脚位置留出了通向内卧的过道。

大床往外是由靠背椅、方凳、矮凳、茶几、书桌、布沙发组成的小客厅。此时，茶几上点着两根蜡烛，发出昏黄的光芒，周围坐着不少人，有男有女，有老有壮。

商见曜没有细数，但看那坐得满满当当的架势，觉得至少有十个人。

“小商，先做个登记。”开门那名女子不知从哪里拿出了一册软壳笔记本。

商见曜接过钢笔，在对方打开的空白页上写下了自己的名字。

“你认识我？”他一脸好奇。

那女子笑了笑道：“你爸妈住这边的时候，我们勉强算是邻居。不过，你应该不记得我了，你可以叫我李阿姨。”

“嗯，李阿姨。”商见曜一点也没客气。

“好了，快去坐吧，引导者要开始了。”李姓女子指了指一个矮凳。

“你坐哪？”商见曜礼貌地问道。

“我可以坐床边。”李姓女子微笑着回答。

商见曜没再多问，侧走几步，坐了下来。

过了两三分钟，通向内卧的门打开，一道人影走了出来。

这人商见曜一点也不陌生，正是他傍晚在活动中心见过的任洁任阿姨，服务于公司战略委员会下属部门的D3级员工。

此时的任洁依旧穿着那件涤纶衬衣，但换了条灰色长裤。那能看见些许岁月痕迹的姣好脸庞上，表情圣洁而端庄。

她走到大床和衣柜、橱柜之间，往众人方向扫了一圈。

“小商？”她一眼就看见了笔挺地坐着的商见曜。

商见曜站起身来，上前两步，打招呼般道：“任姨，我刚登记好。沈叔叔领我过来的。”

任洁眼眸微动，仿佛在思考什么，然后露出了笑容：“原来是这样，已经通过考察了啊。坐吧。”

等到商见曜重新坐下，她注视着众人，开口说道：“既然有新的教友参加，那我还是简单介绍一下我们这个教团。”

“啪啪啪！”商见曜热烈鼓掌。

沈度等人或回头，或侧身，用同样茫然的目光望向了他。

任洁大概听说过商见曜属于思维比较跳脱的人，愣了一下，失笑道：“不用这样，这又不是公司开大会。”

她顿了两秒，在商见曜停止后，沉声说道：“我们在座的各位，其实都没有离开过公司，没有真正踏上过地表。我们掌握的灰土的情况只来自公司的广播、教材的介绍、周围安全部员工的描述，而这些事先都接受过保密筛查。我们并不真正了解灰土，就像我们从未真正看到过天空。”

她的目光扫了一圈，落到了商见曜的脸上：“我们知道旧世界毁灭后，经过很长一段时间的混乱和纷争，人类终于在部分地区重建起了秩序，有了新历。我们也知道阴影依旧笼罩着灰土，秩序之地之于混乱地带、无人区、各种荒野山岭，就像教科书里的岛屿之于大海。污染、畸变、饥荒如同海潮，一浪又一浪地袭来，永无止境。

“最为致命的是无心病，也就是教材里的兽化病，直到今天，我们依旧没有掌握它的发病机理、传播规律。我们和我们身边的人，也许一觉醒来，就退化成了真正的野兽，无法交流，只剩捕食的本能。”

任洁缓了口气，继续说道：“这是我们知道的，那我们不知道的又是什么呢？是旧世界为什么毁灭，是新的秩序为什么能重建起来。

“在灰土之上，在人类之间，传播着这样的流言——旧世界的某些行为触怒了神灵，于是被他们毁灭了，幸存的人们通过考验，所以被他们拯救了。

“这个流言有一部分是真的，也有一部分是假的。

“真的是，这个世界上确实存在着一群神灵，他们共同执掌岁月，分别管理着不同的月份，所以被尊称为‘执岁’，当然，也有人称呼他们为‘至人’‘岁神’‘苍神’‘救主’‘往世的画者’‘现世的主祭’。

“假的是，执岁并非因为被触怒才毁灭旧世界，这只是正常发展的一个必然结果。

“生命崇高而神圣，但终将逝去，世界亦然，这就像旧的一年总会来到岁末，进入新的一年一样。

“我们这个教团叫作生命祭礼，信仰的是执岁里最特殊的，掌管着十二月的司命，他是岁末，但也象征着新一年的来临，他是旧世界的终结者，也是新世界的开启人。”

任洁讲到这里，除了商见曜，其余所有人齐齐伸出双臂，做怀抱婴儿轻轻摇晃状：“终将归于司命。”

他们的声音低沉而清晰，交汇成一道，回荡于房间内。

任洁看着商见曜，继续说道：“新世界其实还未来临，现在正是神灵考验众生的阶段，只有虔诚信仰司命，将自己以祭礼的方式托付司命，才能进入新世界，并摆脱岁月的轮回，获得永生，不再痛苦。”

“赞美您的宽容！”教众们又一次轻晃双臂，低沉开口。

商见曜学着他们的动作道：“赞美您的宽容。”

任洁满意地点头，转而说道：“好了，我们的仪式正式开始。我们生命祭礼教团，崇拜生命，敬畏死亡，所以最看重新生和葬礼。今天的内容主要是关于新生。”

商见曜腰背挺直地坐着，和周围的人们一样，听得很是认真。

任洁的嗓音逐渐柔和，表情愈发圣洁：

“我们当让婴儿仰卧入睡。

“我们当让婴儿养成白天玩耍，晚上睡觉的习惯。

“我们当在婴儿入睡时，轻哼歌曲。

“我们当认真分辨婴儿的哭声——短促低沉、时高时低是饥饿；激烈是生气；突然大声，非常尖锐，又长时间停顿，变成平缓悲鸣的，是疼痛。

“我们当轻拍婴儿背部，让他排出肚子里的气。

“我们当在抱婴儿时，托住他的后脑。

“我们必以母乳喂养……”

商见曜眼神逐渐呆滞，嘴巴微微张开，无法合拢。

第 8 章
聚会

“每次喂完奶，应将婴儿竖直抱起二十至三十分钟。

“不应在婴儿极度饥饿时喂奶……”

任洁的声音轻柔地回荡于房间内，沈度等人听得极其认真，时不时拿出早就准备好的纸笔，记下自认为重要的内容。

商见曜始终保持着开始时的姿态，专注地望着任洁，只是眼睛似乎有点失去焦距。

过了二三十分钟，任洁停了下来，目光扫过众人道：“今天到此为止。以上都是神灵的教诲。”

“赞美您的宽容！”沈度等人还没开口，商见曜已伸出双臂，做抱婴儿轻轻摇晃状，显得非常积极。

其他人愣了两秒，最终还是学着商见曜，抬起双臂，屈起肘关节，轻轻摇晃着道：“赞美您的宽容！”

任洁嘴巴张了张，却什么都没有说。

她看了一眼手腕上戴着的那块陈旧的电子表道：“时间不早了，我们需要在路灯亮起前回到自己家中。接下来是最后一个环节，圣餐礼。”

说完，她和那名李姓女子一块，经过道进入了里面的房间。

不到一分钟，她们一前一后地出来了，一个拿着各种餐具，有小碗，有大碗，也有塑料饭盒和瓷勺，一个捧着装满黑乎乎食物的圆柱形大容器。

浓郁的香味迅速飘入商见曜的鼻子，他忍不住抬起右手，抹了下嘴角。

那是芝麻和糖混合的香味！

类似的食物，包括普通点心，一斤可是要60个贡献点的，比猪肉还贵！

至于高档货，差不多要720个贡献点一斤，商见曜每天的早餐也才花8到10个贡献点。

很快，李姓女子将餐具分发给了众人，任洁则一手抱着半透明的塑料容器，一手拿着汤勺，将里面黑乎乎的食物舀入教徒们的饭盒里，一人一勺。

每给一人，她都会说一句："这是今天的圣餐，黑芝麻糊。"

分到圣餐的人则会庄严回应："赞美您的宽容！"

作为新入教的成员，商见曜是任洁和李姓女子之外最后一个分到的，那一勺相当多，几乎填满了他手中的小碗。

"这是今天的圣餐，黑芝麻糊。"任洁照例说道。

商见曜无比虔诚地回应："赞美您的宽容！"

分发圣餐的任洁在某种程度上相当于执岁司命的化身，所以"您"指的是司命，而非任洁。

李姓女子观察着商见曜的表情变化，微笑着问了一句："是不是很感动？"

"感动！"商见曜一手端碗，一手抬起，又抹了下嘴角。

任洁和李姓女子没再说什么，回到床边，分了剩余的黑芝麻糊，微埋脑袋，低沉开口道："赞美您的宽容。"

众人附和了一句，然后开始享用圣餐。

圣餐似乎早就弄好了，略微有点发凉，但这不影响它的味道，浓香、甜蜜，又有芝麻的独特气味。

商见曜小心尝了一口后，略作停顿，运勺如飞，将那黑芝麻糊不断地送入口中。他连粘在碗壁上的那些都没有放过，刮得干干净净。

吃完之后，他左右看了一眼，用手背抹了下嘴巴。

等到圣餐礼结束，众人齐声赞美了一次执掌十二月的司命，排队将餐具还给了李姓女子和任洁。

轮到商见曜时，李姓女子笑着问道：“你是第一次参加聚会，有什么感想？”

商见曜认真回答道：“很好吃。”

李姓女子表情一滞，转而问道：“对我们有什么建议？不用顾忌，既然加入了教团，大家就是亲人，亲人之间没有什么不能说的。”

商见曜想了想道：“圣餐再多点。”

“还有呢？”李姓女子勉强笑道。

商见曜眼眸微动道：“要提前刷牙。”

李姓女子忍不住咳了一声：“各位可以离开了。商见曜留下，引导者有话对他说。”

沈度等人相继离开，李姓女子和她丈夫一起，抱着餐具，进了里面那个房间。

任洁走到商见曜面前，温柔地说道：“你刚加入教团，需要尽快掌握祈祷相关的知识。放心，这都很简单，我主司命是执掌岁月的真正神灵，并不在意这些，没有繁文缛节。”

商见曜点了点头，表示自己在听。

任洁放缓语速道：“我们没有固定的祈祷时间，但往往选择清晨刚醒那会儿，感谢司命让自己还活着。我们最重视婴儿的诞生和死者的离去，所以，我们正式的祭礼或者说宗教仪式在新生命满月或死者下葬时举行，平时则是类似的宣讲，时间不固定。

“嗯，十二月的第一天有大祭礼，迎接我主司命的到来，而十二月的最后一天同样有大祭礼，愿我主打开新世界的大门。

“行礼的方式你已经学会了，就是模仿抱婴儿轻轻摇晃的样子。相应的语言主要分三类：在涉及死亡、逝去的话题时，说‘终将归于司命’；在提及生命的崇高、我主的恩典时，用‘赞美您的宽容’；在牵涉新生命时，可以说‘新生如日’或者‘生命最重’。

“基本上就是这些了，至于圣餐，每次都不一样，可能是黑芝麻糊，也可能是牛奶、果汁、豆浆、肉汤、菜汤、酸奶，呵呵，你有发现它们的共同点吗？”

商见曜略作思考道：“都很好吃。”

任洁保持着笑容：“它们都是流食或者接近流食，而流食是新生命和将逝者的主要食物。”

不等商见曜开口，任洁指了指房门：“好了，你可以回去了。”

商见曜回头看了一眼，没有迈步，转而问道：“任姨，一共有多少位执岁啊？”

“正常人了解到执岁的定义后，肯定以为有十二位，但其实不是。”任洁笑道，“执岁一共十三位，其中有一位是代表闰月的执岁，呵呵，在不讲闰月的地方，他象征全年。”

“他的尊称是？”商见曜追问道。

任洁摇了摇头：“我也不清楚，我们信仰的是司命，不用了解其他执岁。”

商见曜没再多问，转身离开了A区35号这个房间。

借助手电筒的照明，他原路返回了B区196号，每次接近十字路口时，他都学着沈度，关掉电筒，贴墙而过。

回到家中，商见曜走到洗手台前，拿起少到只剩薄薄一层的牙膏，费了九牛二虎之力，终于挤出一点到毛已稀疏的牙刷头上。

认认真真刷完牙，洗完脸，商见曜见天花板还未亮，遂坐到木桌前，靠着椅背，闭上了眼睛。

他抬手捏了捏左右太阳穴又放了下来。

上方密布着“群星”的宽广大厅内，商见曜的身影浮现出来。

他先是看了一眼附近冰凉漆黑的金属墙壁，接着抬起脑袋，仰望高空。

那数不清的璀璨光点就如同教科书里描述的星辰一样，组成了一个又一个星系，而一个又一个星系构成了多条河系。这些银河般的星团间存在着边界，但又不是那么分明。

商见曜早就数过这里有多少条“银河”，现在，他又一次开始默数：一、

二、三……十一、十二、十三……

他沉静下来，身影逐渐淡去，消失在了布满“群星”的大厅内。

又等了一阵，商见曜看见窗外瞬间变得明亮。街道天花板上的日光灯同时亮了起来。

这座地下大楼迎来了天明。

依旧穿着那件暗绿色厚棉大衣的他拿上自己的塑料饭盒，走出房间，前往C区。目标地点：物资供应市场。

途中，商见曜遇到了就住在附近的龙悦红，很明显，对方提前起床了，没有在公共厕所排队。

“今天就要出分配结果了。”龙悦红刻意在这条路上等着商见曜，就是为了让别人帮他分担内心的紧张。

“是啊。”商见曜望向前方，看见一名女子在房间门口轻哄哭闹的婴儿。

他的表情瞬间变化，既像在思考什么，又透着点迷茫。

龙悦红看了他一眼，边和他一起前行，边问道：“你……怎么了？昨晚做噩梦了？”

商见曜沉默了两秒道：“怀疑人生。”

第9章
岗位

对于商见曜的回答，龙悦红难以理解，也懒得去理解。

两人随意闲聊着，结伴前往物资供应市场，等到员工食堂开门，各自花费8个贡献点，要了一个水煮鸡蛋，配两个杂粮馒头和一碟酸菜。

用完早餐，商见曜和龙悦红带着饭盒，进入活动中心，坐到大厅角落里，等待分配结果出来。

此时，活动中心空空荡荡的，只有在这里工作的几个员工在陈贤宇陈老头的注视下，忙碌地擦拭着，清扫着。

清晨在这里锻炼和聊天的老者们已经不在，他们或送小辈去学校，或直接前往自己的工作岗位了。

公司规定，年满六十岁者，可调至较轻松的岗位，或工作量减半，等到七十五岁，他们才能不用工作，每月都有基于自身员工等级的补助。

不过，那种满了七十五岁，随时能到活动中心来玩的退休员工并不多，因为没有普及基因改良的前面几代，在物资匮乏的环境下，营养不足，很少有人能活到七十五岁。

龙悦红吸了口气，没话找话般道："我昨天见了我妈一个同事的女儿。她刚十八岁，在娱乐部下属的广播站工作，有一米七出头，长得很好看。

"你说，她有没有可能喜欢我？哎，做了基因改良才一米七五，长得也一般，各科成绩只能说中等，都没有部门预定我。"

商见曜右眉微动，道：“她叫什么？”

“冯云英，呵呵，她不认识后夷，她们不在一个组。”龙悦红还以为商见曜想问后夷的情况，毕竟公司很多员工都是这个播音员的忠实听众。

商见曜不见失望，继续问道：“住哪层楼哪个区？门牌号是多少？”

“你问这些做什么？”龙悦红又惊又疑。

商见曜看了他一眼：“去找她问一问有没有可能喜欢你。”

“……”

龙悦红再没经验，也知道这会把事情搞砸：“哈哈，别开玩笑了。”

他不敢再继续这个话题，岔开话题问了一句：“商见曜，你希望进哪个部门？”

“安全部。”商见曜毫不犹豫地回答道。

龙悦红的嗓音差点无法控制：“你疯了？这很危险！不要以为有餐补就是好事情！哈哈，你又在开玩笑了。”

安全部是公司所有部门里最不安全的一个，每年的员工死亡率是其他部门加起来的几倍。

这是因为他们负责着许多对外行动，包括押送大宗物资通过荒野，与入侵势力或者迁徙到这边的怪物群战斗，守卫地下大楼之外的哨所，深入荒野寻找旧世界遗迹，保护科考团队完成相应计划。

这就导致安全部的员工时常要面对污染、疾病、怪物、无心者和枪林弹雨，可能会受伤、染病、出现畸变，乃至死亡。

龙悦红被商见曜的答案吓到时，孟夏等人正相继进入活动中心，按照各自习惯找到不同的区域坐下。

杨镇远和商见曜、龙悦红关系很好，既住在同一层楼，又同时考上了大学，学的是同一个专业，所以，白净斯文的他扫视了一圈后，直接走向了两人。

“咦，你怎么没什么力气的样子？没吃早饭？”龙悦红看着杨镇远走过来，关心地问了一句。

杨镇远脸一红：“吃了。只是有些累。”

“为什么会累？”龙悦红一脸的不解。

杨镇远不知道该怎么解释，转而看向商见曜，叹了口气道：“原来结婚是这么累的一件事情。不过……还是挺好的，你们也要尽快找到对象啊。”

说着说着，他不自觉地露出了笑容。

龙悦红觉得自己懂了，没再多问，继续刚才的话题：“杨镇远，商见曜刚才开玩笑说想去安全部。”

杨镇远认真想了想：“如果能限制在内勤岗，我也想去，待遇真的很好。”

安全部员工的薪水和其他部门没有区别，都按照公司的规定来，但因为他们需要高强度的训练，所以每天都能吃一顿肉——训练日、执勤日在安全部专属食堂就餐，价格便宜，分量又足，平时又有餐补发放。

这对公司许多员工有着致命的吸引力。

“这不废话吗？如果真限制在内勤岗，所有人都想去，呃，除了管理层和喜欢搞研究的那些人。”龙悦红不屑地说道，“可惜啊，安全部的内勤岗和外勤岗是轮流来的，除非你能进入大老板专属卫队、管理层直属行动集群、重要项目保卫集群。”

一直没有说话的商见曜突然开口道：“我想值外勤。”

龙悦红伸手在商见曜面前晃了晃：“你脑子真出问题了？外面有多危险，你不知道？”

安全部员工众多，大家或多或少都认识那么几个，知道灰土上目前是什么样的状况，知道外面依旧是混乱多过秩序。相比较而言，安宁、有序，能保证基础物资供应的公司内部简直可以称为天堂。

正因为如此，哪怕在安全部值外勤有相应的补贴，且能将不用上交、不用销毁的灰土物品带回自家，也没多少人发自内心地想去。

为了鼓励大家加入安全部，董事会对相应员工的升迁非常大方，许多人在普通岗位上，可能一辈子都只到D3级，无法成为资深员工，而安全部的职员也许一年，甚至半年，就能到D4级，同时，从安全部退伍，转入其他岗位的，全部提升一级。

杨镇远也无法理解商见曜的想法，不过，他没有反驳，只是指出："安全部的员工基本都在已婚已育的人里面挑选，很少找才婚配或尚未婚配的。"

"是啊是啊。"龙悦红笑着点头。

他看着商见曜，道："你为什么会想值外勤？"

"为了拯救全人类。"商见曜没有任何表情变化。

"咯咯咯。"龙悦红和杨镇远同时被自己的口水呛到。

就在这时，两个穿黑色制式衣服的人从外面进来，将一个密封的纸袋交给了活动中心主管陈贤宇。

龙悦红、杨镇远、孟夏等人同时站了起来，屏住了呼吸。

那个纸袋里装的就是这次的分配结果。

与统一婚配需要公示不同，分配结果因为涉及保密条款，所以是用信的形式告诉对应的人，整个过程中，别的人无从知晓。

确认纸袋未有破损，签名交接后，那两名董事会的员工后退至陈贤宇旁边，监督接下来的发放过程。

"这么快，看来我们是第一批，不知道是什么岗位。"龙悦红一紧张就忍不住说话。

商见曜瞥了他一眼道："先假设自己进了安全部，这样，不管最终是什么结果，都不会更差。"

"有道理！"龙悦红反正也没有别的办法，干脆就照着商见曜的提议来。

陈贤宇陈老头将纸袋展示给众人看了之后，破开封口，取出了一叠叠信。接着，他念出了信封上的名字："钟晓敏。"

一个女孩走上去，接过信封，快步走到旁边拆信。

"杨镇远、孟夏、龙悦红、商见曜……"

一个个名字被念出，一个个等待分配的人走了上去，接过那决定命运的信封。

他们都没有回避，直接就在活动中心拆开信封，抽出了里面的信纸。

龙悦红立在离陈贤宇不远的地方，双手略微颤抖地展开了信纸："龙悦红，电子卡编号02511013768，请在中午十二点前，前往647层14号房间报到。”

647层？龙悦红脑海嗡了一声，手中的信纸轻飘飘地落往地面。

他连忙又捡了起来，上下看了几遍，希望自己刚才看错了。

可惜，并没有！

“完了，完了……”他自语，脸如死灰。

这栋地下大楼共六百五十层，最靠近地面的五层属于安全部。所以，前往647楼报到意味着加入安全部。

“啪！”

商见曜拍了一下龙悦红的肩膀。

龙悦红缓慢转身，目光呆滞：“完了，完了……”

商见曜笑容略显灿烂地说道：“我分配到安全部了。”

“啊？”龙悦红从噩梦中惊醒，一把拿过了对方的信。

他迅速扫了一眼，看清楚了上面的内容：“商见曜，电子卡编号02509083626，请在中午十二点前，前往647层14号房间报到。”

“我们在一个地方？”龙悦红稍微平静了一点。

“看起来像。”商见曜笑着回应道。

“我们为什么这么倒霉啊？”龙悦红见有人做伴，不再那么失落和沮丧。

商见曜微侧脑袋道：“我是自己申请的。”

龙悦红说不出话来。

这个时候，孟夏、杨镇远、钟晓敏等人都看到了自己的分配结果，或兴奋，或高兴，或低落，或悲伤，但都没有龙悦红反应那么激烈。

“商见曜，你分配到哪里了？我是去36层的研究所。”杨镇远拿着信纸，靠拢过来。

商见曜笑容满面地回答道：“安全部。”

瞬息之间，活动中心的大厅变得极为安静，那些悲伤低落的人先是诧异，旋即觉得自己的分配结果好像也不是那么糟糕。

龙悦红见状，不想待在这个地方，拉了商见曜一把，低声说道：“去报到吧，唉，只能先报到。”

这是无法改变的结果，除非他们想被公司放逐全家。

就算有人有些渠道，能疏通关系，也得先报到，而后再尝试调离。不过，有关系的人，早就走“预定”路线了。

商见曜对杨镇远挥了挥手，拿上自己的饭盒，和龙悦红一起走向C区另外一边。

那里有通向最上面五层的电梯。

龙悦红沉默着跟随商见曜走了一阵，忽然抿了下嘴唇，低声开口道：“至少，能看见真正的天空。”

第10章 天选之子

龙悦红本以为商见曜会附和两句，宽慰自己，谁知对方一言不发，直直前行，就像根本没听见自己在说什么一样。

龙悦红张了张嘴巴，想要重复一遍，但最终没有说出口，只是无声叹了口气。

沉默地走了一阵，两人抵达了位于C区一角的第四电梯区。

等待电梯抵达的过程中，龙悦红觉得时间过得很慢，每一秒都很煎熬，都让自己的呼吸变得困难。

终于，左边那部电梯打开了门。

进去以后，商见曜刷了下电子卡，摁亮了“647”这个按钮。厢门随即合拢，电梯开始上行。

看着楼层数字变化，商见曜忽然开口，嗓音低沉地说道：“每个人都有自己的使命。”

龙悦红怔了两秒，苦涩地笑道：“我只想待在公司内部，找一个好的妻子，生两个可爱的孩子，一男一女，然后争取让他们每周吃三顿肉。”

他声音渐低，似乎已觉得这样的目标无法完成。

商见曜没再说话，龙悦红也不知道该说点什么，两人闭着嘴巴，立在原地，电梯内时光仿佛停滞了。

不知过了多久，电梯停在了647楼。

龙悦红一边往外走，一边低头问道："商见曜，你刚才在想什么？我在想，还好我有弟弟和妹妹。"

"在发呆。"商见曜目视前方道。

"你心态真好。"龙悦红忍不住感叹了一句。

"毕竟我是自己申请的。"商见曜将目光投向了右侧，查看门牌号。

龙悦红无言以对，跟着寻找起14号房间。

与495层不同，647楼没有分成几条街道，房间也没有隔得只剩两三米宽。

这里以一个个训练场为中心，它们的周围分别环绕着几个面积不小的房间。

很快，商见曜和龙悦红抵达了14号房间外面。门上没有标识牌，让两人无从猜测这里究竟属于安全部哪个行动群哪个大队哪个组。

龙悦红张开嘴巴，用力吸气，努力调节心态，面对命运。

就在这时，商见曜一点也没犹豫，屈起手指，敲响了房门。

"咚！咚！咚！"

这声音来得有点突然，打断了龙悦红的深呼吸。

他正想埋怨商见曜一句，里面传出了一道略显沙哑的女性嗓音："请进。"

商见曜拧动把手，推开了房门。

龙悦红随即望向里面，粗略地扫视了一圈。

这个房间比他家大至少三倍，最里面摆放着一张刷着棕红油漆的办公桌和两个很大的书柜。往外的左侧墙边，共有三张桌子，呈黑色，相当陈旧。中间部分和右边区域，充当着客厅的角色，有一组伤痕累累的布沙发、一张茶几、四张靠背椅、两条长凳和四条矮凳。

此时，单人沙发位置，一名女性站了起来，望向门口。

她二十来岁，身高接近一米八，头、身、腿的比例极好，皮肤呈小麦色，黑发于脑后轻巧地扎了个马尾辫。

与生活区常见的女孩们不同，她穿着安全部的制服——灰色为底，带一定的迷彩花纹，显得英姿飒爽。

而她的五官也很适合这样的打扮，眉浓，眼大，英气十足。

“你们就是新的组员？”这女子笑起来开朗阳光，但嗓门显得有点大。

“是、是啊。”龙悦红见到气质这么不同寻常的美丽女子，一时有些拘谨。

这女子微皱眉头道：“大声一点。”

她的声音里有种难言的清澈感，显然这女子不是刚才说“请进”的人。

龙悦红被吓了一跳，以为自己不知道怎么得罪了上司。

商见曜上前一步，扯开嗓子道：“是！”

他的声音回荡于房间内，传到了走廊上。

那女子重新露出笑容，指了指自己的耳朵：“也不用这么大声，我只是听力有问题，并没有聋掉。”

龙悦红循着她的手指望去，看见她的耳朵里塞着银白色的金属物品。

“耳蜗。”那女子坦然说道。

她旋即收敛笑容，用比正常人大不少的嗓音道：“自我介绍一下，我是你们的组长，蒋白棉。说是组长，其实还没到D7级，目前只有D6级。”

“是，组长！”龙悦红大声回应道。

“组长好！”商见曜显得很是高兴。

蒋白棉指了指长沙发位置：“她是另外一名组员，白晨。”

白晨大概只有一米六，虽然同样穿着灰底迷彩制服，但比起蒋白棉，明显娇小了很多。

她脖子上缠着灰扑扑的陈旧围巾，黑发刚刚过耳，五官还算精致，皮肤颇为粗糙，仿佛经常受到风吹雨打。

和蒋白棉深棕的眼眸不同，她的眼睛更接近棕黄。

“你们好。”白晨用略显沙哑的嗓音打了声招呼。

“你好。”龙悦红还是有点拘谨。

“你好！”商见曜的声音依旧很大。

蒋白棉指了指茶几的位置，大声说道：“自己找地方坐吧，啊对，先自我介绍。”

“商见曜！”蒋白棉刚刚说完，商见曜就喊出了自己的名字，然后随手关门，拿着饭盒，走了过去，坐在一张靠背椅上。

“我是龙悦红，我爸姓龙，我妈名字里有个‘红’。”龙悦红下意识地解释起自己名字的由来，接着，他坐到了商见曜旁边那张靠背椅上。

蒋白棉坐了下来，环顾一圈，笑着说道：“既然人已经到齐，那我就简单说一下我们这个小组的情况。”

“到齐了？”龙悦红脱口而出。

这才四个人……

安全部一个小组怎么也得二十人吧！

蒋白棉愣了愣：“你说什么？”

“他说人太少！”商见曜帮忙翻译道。

蒋白棉眼眉舒展下来，微笑着说道：“我们这不是作战小组。”

不是作战小组？龙悦红心头一喜。

蒋白棉看了商见曜一眼道：“我们这个小组的全名是旧世界毁灭原因调查小组，简称‘旧调小组’。不过嘛，我们不是唯一的旧调小组，无论是安全部，还是董事会，都还有别的旧调小组，只是彼此并不知道对方的具体情况。记住！这是重点，保密事项！呃，也不用担心重复调查的问题，虽然我们不清楚还有哪些旧调小组，进度分别是什么样子，但上面会将最新最有价值的线索分享给我们。”

说到这里，蒋白棉顿了一下，表情严肃起来：“相比普通的作战小组，旧世界毁灭原因调查小组面对的危险可能更多更大。为什么会有这么多个承担相同任务的微型小组？就是因为以前旧调小组只有一个，人员众多，然后，在一次外出调查中，集体失踪，无人归来，相应的损失非常惨重，难以弥补。”

龙悦红听得脸色一白：“这……这么危险？”

“你说什么？”蒋白棉只看到龙悦红嘴巴在动，几乎没听见任何声音。

龙悦红下意识地看向商见曜，发现他表情严肃，保持着沉默，没有帮自己翻译的想法。

龙悦红吸了口气，大声喊道：“这么危险？”

这样吼了一声后，他发现自己的情绪竟然缓和了不少。

蒋白棉点了点头：“旧调小组可能会深入荒野，调查城市废墟，也可能前往别的势力掌控的地方寻找线索，我们会面对各种各样的情况，遭遇各种各样的敌人。可以这么说，即使是安全部的资深员工，也不太愿意加入旧调小组。”

龙悦红的脸色愈发灰白：“我们怎么会这么倒霉？”

自语之后，他吼了出来：“我们怎么会这么倒霉?!”

蒋白棉略感疑惑地左右看了看：“我不倒霉啊……我不是被分配过来的，我们这个旧调小组其实是在我的申请下才成立的。”

她笑了笑，补充道：“我一直认为有必要弄清楚旧世界毁灭的原因，只有这样，我们才能避免犯同样的错误，才能找到无心病的根源，让人类摆脱这方面的恐惧。而且，你们也听过传闻，在灰土之上的某个城市废墟深处，藏着通向新世界的大门，如果我们永远不去探寻，那就永远进不了新世界，永远与饥荒、感染、畸变、怪物为伴。

“这是我的梦想，所以我主动向安全部高层申请，希望建立一个新的旧调小组。呵呵，我也喜欢从城市废墟里挖掘过去的历史，喜欢观察其他势力的社会状况，接触不同地方不同状态的人和物。”

安静地坐在长沙发上的白晨突然开口道：“我听人提起过你，他说你是社会学家，是他的女神。”

蒋白棉扑哧一笑道：“啊，你说什么？你最后说的话我没听到，算了算了，你说你自己的情况吧。”

白晨看向商见曜和龙悦红，嗓音略显沙哑地说道：“我是主动申请加入的。你们或许看得出来，我并不是公司内部的人，我曾经是一个荒野流浪者，后来被公司吸纳，目前还没有正式员工的资格，而旧调小组可以帮助我尽快完成这个目标，尽快提升员工等级，到时候，就有资格申请做基因改造。”

蒋白棉侧了侧脑袋，仿佛没听清楚白晨的话语。

她笑着问道：“她是不是在背后说我坏话？呵呵，我们肯定会经常在荒野上活动，需要这么一位熟悉荒野，和多个势力、多个聚居点打过交道的向导，别看她年纪不大，经历很丰富的。”

说完，蒋白棉望向商见曜：“我看过你的档案，大概能猜到你申请加入旧调小组的原因。除了那件事，还有别的原因吗？”

“为了拯救全人类！”商见曜大声说道。

蒋白棉表情呆滞了一下，抬手摸了摸耳朵：“啊，你说什么？呵呵，不用重复了，龙悦红，你是为什么加入的？”

“我是被分配过来的……我今年刚刚毕业，未婚配……”龙悦红哭丧着脸说道。

说完，他反应过来，大声重复了一遍。

蒋白棉眨了眨眼睛：“那么多人里，你是唯一一个没婚配成功的？这么多毕业生，你可能是唯一一个被分配到安全部，而且还是旧调小组的？”

龙悦红沉重地点了下头。

蒋白棉想了想，温柔地笑道：“你这样的人，我们一般称为天选之子。”

第 11 章
待遇

龙悦红嗫嚅了一阵，自嘲般笑道："我觉得不是天选之子，而是霉运之子。"

他说得很小声，且没有重复，蒋白棉微侧脑袋，仔细聆听，依旧没有听清楚他在说什么。

但蒋白棉没有让龙悦红大声一点，自顾自笑道："我们接下来会做各种各样的训练，包括但不限于射击、格斗、野外求生、外骨骼装置和仿生智能盔甲操作。谁要是表现得不好，达不到要求，我会将他踢出旧调小组，让他换一份工作。"

龙悦红眼睛一亮，沮丧感骤然消失。

"不过嘛，"蒋白棉刻意不去看他，将目光投向了商见曜，"谁要是在训练时故意拖后腿，没有尽最大的努力去做，那我会在他的档案里写上这件事。你们应该很清楚，这会带来什么后果。"

公司员工的档案一旦有了污点，他们分配到的下一份工作必然不会很好，要是累积了三个污点，则会被放逐到灰土上。

商见曜同样没去看龙悦红的表情变化，认真地说道："如果连训练都不合格，那还怎么拯救世界？"

坐在长沙发位置的白晨忍不住又看了这个年轻人一眼，怀疑对方是不是脑子有问题。

虽然商见曜长得很符合她的审美，但她还是斟酌着提醒蒋白棉：“组长，训练课程全部完结之后，最好再做一个身体和心理状态的深度评估。在灰土之上，人类很容易因各种问题崩溃，出现精神方面的异常，这会带来很大的麻烦，必须提前消除隐患。”

“好建议。”蒋白棉啪地打了个响指，“唯一的问题是，你可以再大点声吗？我差点没听清楚。”

“是，组长！”白晨用那沙哑的嗓音高声回答。

蒋白棉满意地点头，继续说道：“总之，能完成所有的训练科目、通过我考察的，在之后的任务中，存活率还是很高的；而能力达不到要求的，我也不会让他留在旧调小组里面对他没法面对的危险，对公司来说，每一份劳动力都足够珍贵，在榨干你们所有价值前，不会轻易抛弃你们。”

“呃……”龙悦红松了口气，不再那么惶恐和沮丧。

他本想回应一下，可又觉得组长最后那句话怪怪的，让自己的心灵隐约有点受到伤害。

白晨微皱眉头，怀疑组长是不是和商见曜一样，脑子有点问题：这种大实话怎么能这么直白地说出来？

“啪啪啪！”

商见曜热烈地鼓掌：“说得好！”

蒋白棉笑容微滞，转而说道：“商见曜，我觉得你表现得有点异于常人，会不会不太适合参加旧调小组？”

“这不是很好吗？当大家都低沉、消极、绝望的时候，还有一个人保持着笑容，充满热情，用各种行为娱乐大家。”商见曜露出了笑容。

蒋白棉略感惊讶：“你这话说得倒是挺正常的。”

“我一直很正常。”商见曜坐姿端正地回应道。

蒋白棉嗯了一声，忽然笑道：“那么，你能用什么方式娱乐大家？”

商见曜想了想道：“黄金海岸摇摆草裙舞。”

“……期待。”蒋白棉敷衍了一句，“对了，你从哪学的？”

“娱乐部组织的年终表演上。”商见曜坦然回答。

“啊，我没看！”蒋白棉轻拍双手道。

白晨听着两人的对话，内心愈发动摇。她开始觉得自己加入这个小组或许是个错误。

目光扫过，她看见龙悦红脸上的表情也是迷茫中透着怀疑。

这个小组正常的除了自己，竟然是这个又傻又胆小的家伙？白晨拉了拉自己的围巾，似乎想把整张脸都遮住。

聊了聊去年年终表演都有哪些节目后，蒋白棉翻腕看了一眼手上的黑色电子表：“时间不早了，等会儿还有训练，我长话短说。”

见商见曜、龙悦红和白晨都将目光投向了自己手腕上的表，蒋白棉摆了摆手道：“这是我之前用两个红烧牛肉罐头从一个荒野流浪者那里换来的，他也是捡来的，当时就坏了，还好我认识工厂区那边一个主管，花费了几个贡献点，找了个电子方面的工程师帮我修好了。

“呵呵，不用羡慕，你们也有机会，只要出了公司，进了灰土，就有大把捡垃圾的机会，对吧，白晨？我记得你当初就是一个垃圾猎人？”

白晨在内心嘀咕：组长，不要用这么难听的词语……

她张了张口，微微叹气道：“遗迹猎人。其实，我也不是真正的遗迹猎人，我很少去荒野深处的城市废墟，那些地方都太危险了。我更多是捡一捡荒野上散落的……”

说到这里，这个身形娇小的姑娘停顿了两秒，仿佛在找好的形容词，但最终还是咬了咬牙道：“垃圾！还有，我会去那些已经排除大部分危险、距离相对较近的城市废墟，找其他猎人们看不上或者没发现的东西，然后，开着车，去荒野上各个聚居点和他们交换物资。”

商见曜和龙悦红都点了点头，表示自己能够理解。

他们学过的教材上，重点讲述过灰土目前的状况，其中一节专门介绍了遗迹猎人这个职业。

这是旧世界毁灭之后才逐渐兴起的一个职业——以探寻旧世界的城市废墟，

从中获取日用品、书籍、技术资料、相应文献等各种资源为生的职业。

遗迹猎人这个职业人员构成非常复杂，既有古物学者、历史研究者，也有科研人员、大势力调查员，但更多的还是以寻找和贩卖遗迹物品为生的人，而他们之中很大一部分又“兼任”着荒野强盗。

经过多年的混乱，遗迹猎人们为了交换情报和物资，为了证明彼此的信用，在强者的倡议下，建立了一个松散的组织，叫猎人公会。

蒋白棉听完赞扬了一句：“这次声音足够大。”

她随即笑道：“其实，现在也有新生产的电子表，不过数量很少，基本只有在最初城才能看到。

“啊，不知道什么时候才有机会去最初城。”

最初城既是一座城市的名字，也是一个大势力的称呼。前者据说是旧世界毁灭后，人类依托原本某个废墟建立起来的第一座城市，是后者的首都，后者目前是灰土之上人口最多，影响力最大的势力。

听到“最初城”这个名字，白晨的表情顿时变得阴郁，仿佛回想起了什么不堪回首的往事。

她没有打断蒋白棉，只是往长沙发扶手位置缩了缩身体。

“啪！”蒋白棉拍了自己的额头一下：“哎呀，刚才讲长话短说，结果又扯了一堆。下面是重点，待遇问题！商见曜、龙悦红，你们定D1级，和其他岗位一样，每月1800点。不过嘛，我们是有餐补的。

“待遇是这样：每个月休息四天，剩下是训练日，训练日在旁边小食堂用早中晚餐，每天两份特供肉菜，共半斤，每份只要1个贡献点，你们可以选择一顿吃完，也可以分两顿吃。休息日，每天多发25个贡献点，相当于半斤生猪肉，每月总共多发100个贡献点。也就是说，训练阶段，呃，不包括野外拉练，每月是1900个贡献点。离开公司到灰土上训练时，每天不仅补给免费，而且额外有30个贡献点外勤补贴，如果受伤，治疗费用全部报销，若是因此残疾，公司会提供免费的生物义肢移植手术。”

说到这里，蒋白棉看了龙悦红一眼：“要是死亡，肯定有抚恤金，标准是每人八十个月的月薪。总之，在D7级以下，我们小组的待遇比任何同级岗位都好。等到你们完成了全部训练课程，并且通过了考核，立刻可以升到D2级。其他岗位的人也许要用一年、两年，甚至更久。”

龙悦红先是心一沉，旋即又有点高兴，毕竟自己的工作听起来前途光明。

如果能活过旧调小组前面几次行动，他说不定都能升到D6级，然后，就可以打报告调离这个岗位了。到了那个时候，同龄人里面，他多半是层阶最高，收入最多的一个，只要不去管理者们居住的地方，无论到了哪里，都能高昂起头颅。

“至于你……”蒋白棉看向白晨，“因为还不是正式员工，保留当前待遇不变，但同样有餐补和外勤补贴。等到训练课程全部结束，通过了考核，你就是正式员工了。”

白晨的表情早已缓和，她轻轻点头表示自己知道了。

蒋白棉活动了一下左手五根指头，道：“今天上午的训练内容是认枪、拆枪、装枪。”

“这个不是学过了吗？”龙悦红脱口而出。

这是基础教育的一部分。在大学里，也是有格斗、射击等必修课程的。

蒋白棉笑了笑，道：“你们只学过公司的制式武器。接下来，我将，不，白晨将带你们认识产自不同势力，来自不同荒野、不同废墟的各种武器。你们要知道，我们外出行动时，很容易就陷入武器丢失，或者无法得到有效补给的状况中，到时候，捡到什么枪，就要会修什么枪，捡到什么尺寸的子弹，就要会用对应的武器，多掌握一点这方面的技能，就能多一分活下来的希望。”①

“好了。”她拍了下手，“先去旁边小澡堂的更衣室把制服换上，然后到15号房间。”

她旋即指了指放在茶几上的几套衣服。

① 后面主要说子弹的口径，不提倍径等参数。

第12章 充实的一天

647层15号房间，换上灰色制服的商见曜推门而入。

龙悦红紧跟在他后面，颇感好奇地张望起四周。映入他眼帘的是各式各样的武器，长的、短的、银白色的、铁黑色的，有的摆在桌上，有的挂起来了，如此种种，不一而足，就像一个热兵器博览会。

坦白地讲，龙悦红只是在书上看过“博览会”这个名词，听老师讲解过大致的含意，实际生活里从未遇到过。唯一一个让他觉得接近博览会的活动是前几年内生态区搞的“各试验田新品种展”。

而现在，他觉得博览会应该就是眼前的样子。

蒋白棉立在门边，打量了商见曜几眼，赞许地点头道：“穿出了气质，穿出了风格！”

安全部的制服本来就设计得不错，相当有型，而商见曜身高体壮，穿衣显瘦，气质阳刚，将衣服既帅又酷的感觉展现得淋漓尽致。

“这衣服不是太好。”商见曜微皱眉头回了一句。

“为什么？”旁边的白晨略感诧异地问道。

蒋白棉见状，张了张嘴巴，嘀咕了一句：“我觉得不要理他这句话比较好……”

与此同时，商见曜的嘴角咧开，他笑着回答了白晨的问题：“没法跳黄金海岸摇摆草裙舞。”

"……"白晨。

"……我有时候真不知道你是在开玩笑，还是脑子有问题。"蒋白棉笑骂了一句，侧头看向龙悦红，"别发呆了，到那边去，开始上课！"

她顿了顿，目光上下来回地扫了一遍，微笑着说道："挺精神的，比之前英俊多了。"

刚才两个女士都关注商见曜去了，忽视了龙悦红，原本有点低落自卑的他此时腰背一挺，道："是，组长！"

到了蒋白棉指的那张长桌旁，白晨拿起一把枪管银白、握柄上镶嵌着黑色防滑垫的手枪道："它是让遗迹猎人和荒野强盗又爱又恨的一把枪。看到了吗？它的枪管很粗很长，所用的子弹直径为11.18毫米，所以威力很大，可以用来猎杀较大型的野兽，和它相似的还有几种，就在旁边，有的被称为蟒蛇。

"它的后坐力很大，没有足够健壮的身体是无法驾驭的，嗯，你们应该都接受过基因改良，应该没有问题。

"它的原型出自旧世界的城市废墟，这把是联合工业最新生产的，型号是202，缺点是比其他类型的手枪容易卡壳，使用的时候务必注意这点……"

白晨娓娓道来，将手中那把联合202手枪的大致特点、枪身结构和使用经验告诉了商见曜和龙悦红。

教完这个，白晨顺手拿起了别的长桌上的一把黑色手枪："这把用的是7.62毫米的子弹，威力较大，体积小，手感好，精度高，便于携带，维护方便，只是对手掌较大的人不是太友好，对我来说就非常棒了……目前荒野上常见的两种是救世军出产的乌北6和乌北7，它们的区别之一是前者的设计存在一定的问题，卡壳率和联合202有得一比，另外……

"这把用的是14.5毫米的子弹，威力可想而知。它来自铁山城市废墟，但橘子公司有仿制的，我们都叫它'胖子'，不过在狙击枪里，它不是最好用的，我更喜欢'鹰眼'和'神之眼'，喏，就在那边……

"最好的狙击枪其实是高斯步枪和电浆步枪，不过这里没有，不是可能遭遇最初城、联合工业这几个大势力的精英队伍，在荒野上基本不会看见。

“这是我最喜欢的冲锋枪，外号‘短脖子’……”

白晨一一介绍着，讲解着，商见曜和龙悦红都听得非常专注，时不时上手试一下。

蒋白棉没有打断白晨的讲解，只是在喝水时，指着附近桌上一根粗大的钢管道：“猜猜它是什么武器？”

龙悦红眺望过去，从钢管上读出了五个灰土文——林南钢管厂。

“哈哈。”蒋白棉笑道，“它其实是一个单兵作战式火箭筒，只不过主要部件来自救世军一个无缝钢管厂，好了，你们继续。”

傍晚六点二十分，洗过澡，换上日常衣服的商见曜和龙悦红各自拿着饭盒，在647层的2号食堂内，找了个位置坐下——安全部的各个小食堂六点十分就开餐，比生活区的要早二十分钟。

“浑身疼痛，组长下手也太狠了吧。”龙悦红坐下的过程中，碰到了身上的淤青处，痛得他龇牙咧嘴，忍不住抱怨了一句。

他们上午是武器课程，下午是格斗训练，而蒋白棉一点也没留手，将两人狠狠操练了一番。

相对来说，商见曜还能支撑一会儿，龙悦红每次不超过三十秒就惨败倒地了。

“她的基因改良效果肯定比我们好！你看，那力量，那反应速度，那协调性，和怪物一样！呵，你也是个怪物，大怪物！”龙悦红今天才发现商见曜在之前学校的格斗课上连一半的实力都没有发挥出来过。

他竟然和那个怪物打得有来有回！

虽然他只能维持很短一段时间，但那也是有来有回。

商见曜笑眯眯地看着龙悦红道：“你连白晨都打不过。”

龙悦红一张脸顿时涨红，支支吾吾半天：“她不讲规则！而且，你不也没赢几次？”

他原本以为对付白晨这么娇小的一个姑娘，自己凭借体形和力量就能轻松获胜，谁知道，输了一次又一次。

要知道从胚胎状态就开始做基因改良的他，可不仅仅有体形和力量的优势，还有良好的反应速度、协调能力和平衡能力，另外，他还具备多年的格斗经验。

“荒野上的格斗没有规则，只有生和死。”商见曜平淡地回了一句。

“也是，她的格斗技巧都很实用……”龙悦红说着说着，低头望向了自己的饭盒。

那点缀着许多土豆的白色米饭上，黑色的梅干菜一点点铺开，汁水已渗透了米饭。梅干菜之上，是块肥多瘦少，肥瘦相间的肉，这肉染着汁水的颜色，又厚又细嫩，看起来沉甸甸的。

这就是龙悦红用1个贡献点换来的特供肉菜——他中午已经享用过一盘粉蒸猪肉了。

“真香啊！”龙悦红眯起了眼睛，“如果不用出外勤，这样的岗位就是我梦寐以求的。”

“明天还有格斗课。”商见曜瞥了他一眼。

特供肉菜没有挑选的余地，他的也是梅干菜蒸肉。

“不要说了，安静吃饭！”龙悦红脸一垮。

他发现和组长相处了一天后，自己越来越习惯咆哮了。

商见曜没有理他，埋头享用起土豆焖饭和梅干菜蒸肉。

用过晚餐，商见曜和龙悦红拿着饭盒，乘坐电梯，返回了495层C区。

两人刚进入活动中心，就看到一个个子高挑，五官不错，气质干净，穿着简朴连衣裙的女孩走了过来。

“冯云英，你来找我？”龙悦红忘记了商见曜，大步迎了上去，脸上满是掩饰不住的笑容。

那女孩有点愕然：“你就吃完饭了？我是来还一个朋友东西的。”

龙悦红笑容不变地说道：“我在小食堂吃的。”

“小食堂？你分配到哪里了？”冯云英好奇地问道。

能有小食堂的，可不是普通部门。

她所在的娱乐部，也就广播站有。

龙悦红这才发现自己说漏了嘴，勉强笑道："安全部。"

冯云英怔了一下，客气地说道："那你得小心一点。"

两人对话间，商见曜走到一边，拉过凳子，坐到了活动中心主管陈贤宇陈老头身边。

"怎么样？分到哪个小组了？要不要我找熟人照顾你一下？"陈贤宇望着面前摊位上的物品，随口问了一句。

"保密。"商见曜言简意赅。

"呵……"陈贤宇扭过了脑袋。

他没再多问，拍了拍商见曜的肩膀："万事小心。"

这时，陈贤宇的下属拿着他的饭盒，从员工食堂走了回来。

商见曜看着陈老头一手端着饭盒，一手运筷如飞，突然开口道："陈爷爷，你说你认识这个楼层所有的人？"

陈贤宇含含糊糊地回答道："不敢说百分之百，但至少认识百分之九十五的人吧。"

商见曜正要斟酌措辞，猛然看见了一道熟悉的身影。

那是他今天凌晨在A区35号见到的李姓女子，生命祭礼的教徒。

"她，你认识吗？"商见曜指了指这个漂亮女士。

陈贤宇抬头看了一眼："李祯，你应该认识啊？你们之前应该算邻居。不过那时候你年纪小，未必记得。

"唉，她也是可怜人，结婚后生了两个孩子，然后就和丈夫一起被调去了别的岗位，受到了污染，再也没法要孩子了，而她家两个孩子，前些年因意外，都死了……"

商见曜沉默地听陈贤宇说完，没有开口。

他在活动中心坐了一阵后，回到B区196号，和往常一样，于昏暗的床上半躺半靠地等待广播响起。

没过多久，那熟悉的甜美嗓音又一次回荡于生活区每一个楼层："大家好，我是整点新闻播音员后夷，现在是晚上八点整。

“因今年气候异常，灰土之上已有怪物群开始迁徙，公司附近的荒野上出现了乌社教团的踪迹……

“内生态区59牧场的牲畜的腹泻病已得到解决……

“娱乐部决定于这周休息日，在活动中心举办员工篮球赛……”

第13章 仪式感

一晃两个月过去了。

通往647层的电梯内，穿涤纶衬衣的龙悦红看着电梯金属厢壁上映照出来的自己，比了个挤胸肌的动作：“这种高强度的训练真的很管用啊，我觉得我能打赢刚毕业时的自己五个，不，三个。而且身材也更好了，气质阳刚了许多。”

商见曜目视电梯门缝道：“哎，我做了基因改良才一米七五，长得也普通，成绩还一般……”

“……”龙悦红一时竟不知该用什么样的表情来应对。

他深吸了口气，重重叹息道：“真是的，这两个月每天都有肉吃，怎么就没长高一厘米呢？”

说话间，两人走出了电梯，熟练地拐入14号房间。

他们还不知道今天上午要训练什么，无法确定是换安全部统一的制服，还是穿便于格斗的衣服，所以只能先找蒋白棉报到，后去澡堂更衣室。

此时，蒋白棉和白晨都已经抵达，围在属于蒋白棉的那张棕红色办公桌旁，认真地观看着什么。

“上午好，组长！”商见曜和龙悦红都已习惯大喊出声。

蒋白棉抬头招手：“过来过来，有事情和你们讲。”

龙悦红看了商见曜一眼，发现他似乎也不清楚究竟是什么事情。两人走了过去，看见蒋白棉刷棕红油漆的办公桌上摊着一张精度很低的地图。

蒋白棉握拳轻捶了一下地图，笑眯眯地说道：“今天的训练项目是——野外拉练！”

“啊？”龙悦红惊呼出声。

他知道野外拉练迟早会到来，可完全没想过组长一点都不给他们准备的时间，之前什么征兆都没有！

商见曜没有说话，但脸上的笑容怎么都掩饰不住。

蒋白棉环顾一圈道：“本来是打算过两天再开始，但刚好上面给了一个小任务，需要去某个荒野流浪者聚居点送净水装置过滤芯片，那干脆今天就出发吧。白晨，你给他们讲一讲目的地和大致路线。”

依旧系着灰扑扑围巾的白晨一手撑着桌缘，一手轻敲地图某个地方道：“这是祈丰镇，距离公司三百多公里，如果有修复好的公路，中间也不存在任何危险，我们轮流开车，一天之内就能到达。可惜，黑沼荒野上没有完好的路。或许，中途有那么一小段旧世界遗留下来的路保存得还算不错，只是长了许多杂草，路面有一定的开裂，但那只是个例。”

商见曜和龙悦红都知道“黑沼荒野”指的是公司外面那个充满危险的地区。

它占地面积极广，最北方连接着冰原，东北位置与救世军的势力接壤，东边是白骑士团的势力范围，往东南走很久，则会进入最初城。至于南方，是另一片荒野和几条山脉。

白晨继续讲解道：“你们应该看到了，咱们和祈丰镇中间隔着大沼泽，许多地方标注有高危险符号。根据我的经验，这些地方要么根本没有路，是纯粹的沼泽；要么有畸变、可怕的怪物或怪物群盘踞；要么存在旧世界的废墟，一去就回不来。

“再去掉污染严重的区域，我们能选择的路线并不多，而且，还得排除掉公司常用的、设置有哨所的两条路，否则达不到野外拉练的目的。

“综合以上的条件和考虑到大沼泽的地理情况，我规划了两条路线：它们都需要在大沼泽内穿过，花费的时间也差不多，得一周甚至两周才能抵达祈丰镇，具体还得看天气情况。

“你们更倾向哪条路线？或者，想从外围绕过大沼泽？那花费的时间会更久，危险程度也不见得低太多。嗯，我对大沼泽的了解也不是太多，许多地方都没有去过，你们可以提供别的意见。”

不等蒋白棉开口，商见曜上前一步，指着其中一条路线道：“这条好。”

“为什么？”白晨下意识地问道。

然后，她深深地后悔，觉得自己不该问。

“线条流畅，形状优美。”商见曜一脸诚恳。

白晨侧头望向组长，希望她能“主持公道”。

蒋白棉摩挲着自己的下巴道：“我赞同商见曜的选择，既然两条路线没有本质区别，那肯定选更好看的那条。就这么愉快地决定了！”

说完，她看向商见曜和龙悦红，指了指自己的电子手表道：“你们有十五分钟的准备时间。”

“才十五分钟？”龙悦红的脸都快皱起来了。

“十四分五十五秒。”蒋白棉看着电子表，头也不抬地回应。

龙悦红当即转身，追随商见曜的背影而去：“喂，等等我！”

两人迅速进入附近澡堂的更衣室，打开了属于自己的柜子。

因为他们每天都会训练得满身大汗，所以将不少衣服都放在了这里，便于更换。

在公司内部，由于没有阳光，晚上又很寒冷，员工们没法晾晒衣服，所以衣服都是由后勤保障部派人统一收走，统一清洗，统一弄干，统一送回。贴身的小物件可以晾在自己洗漱台的上方，但下面要放个盆子接落下的水滴。

商见曜拿出一个安全部标配的迷彩背包，扯开拉链，将其中一套制服塞了进去。然后，他将公司发放的洗头洗身二合一、黄澄澄的肥皂装进塑料小袋，连同牙膏、牙刷、贴身小件等零散物品一起扔进了背包。

放完零散物品后，商见曜快速脱掉身上的衣服，丢入柜子。只穿了条裤衩的他随即拿出剩下那套灰底制服，动作迅速地套至身上。

弯腰系好皮靴的带子后，他直起身，走到半身镜前，整理起上衣来。

镜中的他，眉毛挺直，棕眸明亮，黑发干净利落，脸庞线条深刻而刚硬。再配上军人气质十足的制服，整个人显得既阳光又有力量。

看着镜中的自己，商见曜缓慢地从口袋里摸出了一个名牌，将它戴至左胸。

那名牌以红色为底，表面凸显着四个金色的灰土文——盘古生物。

出了更衣室，商见曜等了两分钟，等到龙悦红弄好，一起返回14号房间。

龙悦红看了商见曜两眼，终于忍不住开口说道："你不觉得我有什么不同吗？"

商见曜斜了他一眼，没有说话。

龙悦红抬了下手臂道："我没紧张！你没发现我都没紧张吗？如果是以前，我肯定又害怕又悲观，而现在，只是一场野外拉练嘛，我觉得我能应付得了。这两个月的训练真的很有用。"

商见曜放缓脚步，上下打量起龙悦红。忽然，他露出了笑容："你的腿在抖。"

"……"龙悦红的脸顿时垮了下去。

商见曜没再理他。

龙悦红回过神来，低头看了看自己的双腿，嚷嚷道："没有抖！没有抖！"

这么一打岔，他觉得自己真的是一点也不紧张了。

两人很快回到了14号房间。蒋白棉目光扫过，落到了商见曜的左胸处。

她微挑眉毛道："没必要戴名牌，又不是公司层面的行动。而且，人数很少的情况下，名牌只会带来危险。灰土上那些强盗、流浪者根本不会在意是不是大势力。有些时候，他们如果抢不到东西，可能连当天都活不过去。"

商见曜轻轻点头，大声说道："仪式感！"

"出了公司就摘掉吧，我们现在出发。"蒋白棉揉了揉额角道。

背着同款迷彩包的商见曜、白晨、龙悦红跟在她后面。进了电梯，蒋白棉拿出自己的电子卡刷了一下，按亮了"650"这个数字。

也就几秒钟，电梯结束上行，打开了厢门和厅门。

650层是盘古生物地下大楼距离地面最近的一层，这里几乎看不到自由活动的人影，只有银白金属铸就的墙壁，被一扇扇沉重的大门分隔成的过道，以及拿着武器站岗的员工。

蒋白棉一次又一次刷起电子卡，打开一扇又一扇沉重的金属大门。她带着商见曜等人经长长的过道，抵达了650层另外一边。

这个过程中，有好几扇门会扫描持卡者的虹膜和身体，确认是不是假冒者，到了最后那扇，甚至还附加了输入密码的环节。

过道的尽头是一排电梯，蒋白棉随意选了一个，刷卡按亮了地表区对应的金属键。电梯缓慢上升，显露在商见曜、龙悦红等人眼前的是一片宽阔的广场，上方有金属穹顶和钢铁支架的广场。

“停车场。”蒋白棉笑着介绍了一句。

这里停的不仅有各种汽车，还有坦克和导弹车，它们整齐有序地排列着，一辆辆，一行行，看不到尽头，深深地震撼了商见曜、龙悦红等人。

蒋白棉迅速找到了分配给自己的汽车：一辆灰绿色的四门吉普车，底盘高，车轮大，非常有气势。

蒋白棉随即打开后备厢，指着左边道：“这是这次野外拉练的武器，公司制式的口径9毫米的手枪，名字叫冰苔，它仿制了最初城的红河枪，这种枪的子弹最常见，最容易补给。”

冰苔手枪通体呈银白色，握柄上有防滑的花纹。

蒋白棉继续说道：“每人一把，还有，联合202，也是每人一把。这两把是突击步枪，你们认识的，公司制式的狂战士，用的是5.56毫米的子弹……

“这把是橘子步枪，装上瞄准镜能当狙击枪用……

“这把是榴弹枪，外号‘暴君’……

“这就是所有的武器，子弹也在这里，你们先把手枪放身上，各带几个弹匣。”

商见曜和龙悦红这段时间已见惯各种武器，对它们熟得不能再熟，平静地拿起冰苔和联合202，挂到了腰间武装带上。

蒋白棉又指了指右边的纸箱：“军用罐头、能量棒、压缩饼干，这就是我们的食物。呵呵，它们肯定支撑不到我们抵达祈丰镇，剩余的部分需要自己在野外获取，这是训练的一部分。”

“是，组长！”白晨、商见曜等人一点也不意外。

“好了，上车。”蒋白棉颇为豪气地挥了下手。

因为商见曜和龙悦红还不会开车，所以两个女士坐到前排，准备轮流驾驶。

她们打算到了较开阔的区域再让两个男性学。

模拟出的声浪里，蒋白棉开动了这台四门吉普车，让它在停车场中通过了一个又一个检查岗和分隔门。

过了一阵，蒋白棉用下巴指了指前方：“最后一道门了。”

那是两扇对开的银白色大门，沿途有接近二十名安全部员工看守。接受完最后一次检查，蒋白棉驾驶着吉普车，冲向了金属大门。

这个时候，商见曜和龙悦红难以遏制地紧张起来，屏住了呼吸。

这是他们出生以来第一次前往地表。

随着吉普车靠近，那两扇对开的银白色大门一点点向后敞开。金色的光芒猛地照了进来，既不像日光灯那么白，也没有蜡烛火光那么黄。

商见曜和龙悦红同时缩了缩身体，抬起右手，挡在眼前。

那光芒有点刺眼。

第 14 章 黑沼荒野

直到吉普车完全驶出了银白色大门，商见曜和龙悦红才适应了外面的光芒，放下右手，睁大眼睛，将目光投向窗外。

经过了最初的、难以言喻的恐惧后，他们看到了一片蔚蓝的澄澈天空，看到了形状不同的白色云彩，看到了不断变化队形的鸟群，看到了在阳光下闪烁着淡金光芒的山壁。

“太阳！太阳！”龙悦红对着高空那个炽烈的巨大火球高声喊道。

他死死盯着那里，即使眼睛刺痛，流下了泪水，也舍不得移开视线。

“不要直视这种状态的太阳，伤眼睛！如果真要看，喏。”蒋白棉一边开车，一边从扶手箱里翻找出一件物品，递给龙悦红。

趴在玻璃窗上的龙悦红回头一看，发现是副镜片全黑的眼镜。

“墨镜！”他回忆学过的知识，找到了对应的名词。

“你不戴，我就戴了。”这时，商见曜转身说道。

龙悦红望了过去，发现商见曜的眼睛红红的，仿佛随时会流下泪水。

“哈哈，你也盯着太阳看了？”龙悦红难以忍耐地笑出了声音。

下一秒，他看见商见曜把墨镜抢了过去，架到了鼻梁上。

“喂……”他一时不知该愤怒，还是该反省。

“这里还有一副。”龙悦红准备扑向商见曜时，副驾驶位置的白晨往后递了副墨镜过来。

这墨镜比蒋白棉那副精致，如同两颗连起来的“心”，镜片颜色也不是纯黑，泛着点玫红。

“不要弄坏了，我当初花了好多东西才换来的。”白晨叮嘱了一句。

“谢谢。”龙悦红诚恳道谢，戴上了那副墨镜。

有了这个“装备”，他终于可以认认真真仔仔细细地观察太阳，对比它和幻灯片上的不同之处。

“这就是太阳啊！”不知过了多久，龙悦红感慨了一句，摘下墨镜，还给白晨。

商见曜也收回视线，若有所思地将蒋白棉的墨镜放回了扶手箱。

“你在想什么？”龙悦红看了好友一眼。

商见曜表情严肃地回答道：“我在想，哪里可以弄到墨镜。”

地下大楼内的人们根本不需要这东西，只有少数项目组会用到，所以无论物资供应市场，还是495层活动中心的小集市，都没出现过这东西。

开车的蒋白棉呼了口气：“我就知道你关注的重点不对。”

白晨微笑着说道：“等路过荒野流浪者们聚居的地方，可以进去看一看，说不定一块压缩饼干就可以换到一副好墨镜。”

“我的就是这么换来的！”蒋白棉赶紧附和道，“你的为什么要用很多东西换？”

“我是从一名女性遗迹猎人手上换到的，当时，她觉得这很漂亮，想自己用，也不怎么缺物资。”白晨回忆起当初的情况。

商见曜和龙悦红没仔细听，又都趴在了各自那边的车窗上，凝望外面的场景。

无论是两侧的巨大树木，还是偶然跑过的棕色松鼠，都能让他们看得津津有味，赞叹不已。

“这和我想象的灰土环境不太一样……”不知过了多久，龙悦红坐正身体，感慨了一句。

“你想象的是什么样子？”蒋白棉一边让吉普车在颠簸的路上跳跃，一边随口问道。

龙悦红努力寻找起形容词："就是……就是……"

商见曜转过脑袋，帮他描述："昏暗，阴冷，潮湿，压抑，天空布满尘埃，阳光照不透乌云，到处都是灰蒙蒙的。"

"对对对！就是这样！"龙悦红完全赞同。

他们的教科书上并没有详细描述灰土的环境，只是讲污染、疾病、饥荒，这就让他们自然而然形成了灰土上环境恶劣的印象。

而那些到过地表的员工，碍于保密条例，能讲的不多，即使偶尔提一句某些地方阳光明媚，环境不错，也会被旁听的员工们下意识地忽略掉。

蒋白棉手肘压着方向盘，目视前方，呵呵笑道："也许旧世界刚毁灭那会儿是这样，但很快就好转了，只有部分地方还是灰蒙蒙的状态。"

"而那也意味着危险，意味着污染、疾病和畸变。"白晨在旁边补充道。

"这样啊……"龙悦红再次将脸贴到了车窗上，欣赏沐浴着阳光的山林美景。

商见曜同样如此。

蒋白棉通过后视镜看到这一幕，暗笑一声，摁下了某个按钮。嘀的一声，四个车门上的玻璃窗户猛地往下方收起。

龙悦红吓了一跳，挺直了身体："它……它……还能这么收起啊？"

"让你们呼吸下外面的空气。"蒋白棉假装自己刚才不是在恶作剧。

商见曜的姿势未有丝毫改变，他似乎在享受玻璃滑过脸庞的感觉，看起来颇为滑稽。他随即眯起眼睛，深深地吸了口气。

"怎么样？"蒋白棉笑着问道。

商见曜一本正经地看着外面："有新鲜的屎味。"

"……"蒋白棉承认商见曜嗅觉敏锐，但又不想搭理他。

旁观了蒋白棉打开车窗全过程的白晨若有所思地插话道："组长，你是哪年生的？"

"新历23年，怎么了？"蒋白棉随口回答。

"你比我还小三岁……"白晨有些震惊。

龙悦红更是诧异："组长，你只比我们大两岁？你已经D6级了！"

“这就是在安全部上班的好处，危险是危险，升职真的很快，毕竟你们的上司，比如说我，不知道什么时候就死掉了。”蒋白棉开了句玩笑。

她顿了一下，状似随意地补充道：“而且，我之前还做过一些贡献。啊，忘记提醒你们，观察空气颜色很重要，有的时候必须提前戴上防毒面具。”

接下来的半个小时内，吉普车跌跌撞撞地在山林间穿梭，商见曜和龙悦红依旧像小孩一样，专注地看着外面的景色，对什么都很好奇。

眼见前方泥土逐渐变黑，周围的树木开始稀疏，道路不再崎岖，龙悦红忽然微皱眉头道：“我总觉得外面的环境不太对，少了点什么似的。”

商见曜已坐直了身体，嗓音沉而不低地说道：“没有人。”

“没有人……对！”龙悦红一拍大腿道，“是啊，沿途除了几个哨所内有人，其他地方都没有人类出现！”

而哨所里的人毫无疑问都是公司的员工。

“附近的人要么被公司吸纳了，要么流浪到了有食物的地方，要么……”蒋白棉话锋一转道，“等通过前方那个哨所，真正进入黑沼荒野，就有机会遇到人类了。”

“但那未必是你们想要的。”白晨没有回头，低低补了一句。

“你说什么？”蒋白棉侧头问道。

“组长，专心开车！”白晨收敛住情绪，笑着喊道。

商见曜和龙悦红沉默下来，时不时看一看窗外愈发开阔的场景。

不知过了多久，龙悦红突然问道：“组长，我都还没有告诉家人要外出拉练，最近不会回家，这可怎么办？”

“上面会派人通知的。”蒋白棉看着前方的道路，轻轻拉了拉方向盘。

龙悦红闭上了嘴巴。

吉普车内又是漫长的沉默。

等到经过了盘古生物的边缘哨所，前方的地势愈发平坦。

这里的泥土呈灰黑色，比较软，上面清晰地显现出了纵横交错的各种痕迹，有属于车轮的，有来自动物的，有源于人类的。

道路周围的树木更加稀疏，让人一眼就可以看见远方的黑色沼泽。

这些树木的树干都偏黑色，叶子深绿，它们有的很高，有二三十米，有的非常低矮，也就一人多高，共同点是姿态扭曲，千奇百怪，就仿佛死去的怪物，在阳光之下都显得阴暗。

“在大沼泽边缘，还不需要太小心，等深入之后，就必须放慢车速，时刻注意前方的道路是不是已经被沼泽吞噬。如果真的开进去了，就果断弃车回撤。”白晨借机讲课，“组长，那边有干净的水源。”

蒋白棉点了点头：“好，到那边休息一下，补充点水。然后，趁地形开阔，不算危险，换商见曜、龙悦红你们开车。希望你们能在今天学会。”

她打了下方向盘，让吉普车驶向了荒野上一片树木稀疏的林地。

一条地下河在这里钻出地表，流了几百米，又回到了地下。

蒋白棉拿着装在吉普车顶部的太阳能充电板和容量不小的热水壶，走到河边，对商见曜和龙悦红说道：“这种流动的地下水一般没有问题，但还是要观察两点。

“一是附近的植物是否有明显的畸变，二是水里的生物和同类相比，是否显得奇怪。然后，如果有条件，都烧开后再装入水囊，若是不行，就放生物清洁片。”

观察了一阵，蒋白棉蹲到河边，装了满满一壶水。然后，她将热水壶放到已充好电的太阳能充电板上，插上了插头。

这个过程中，她拿出一个乳白色的塑料瓶，倒出一粒小指指甲盖大小的白色药片，丢进水中。

这是盘古生物特产的生物清洁片。

龙悦红在旁边兴致勃勃地看着，似乎想亲自尝试。

对每天需要去物资供应市场提热水的他来说，这种事情相当新鲜——他家人口比较多，小孩的能源配额又有限，热水壶也不是什么便宜的东西，所以只能拿上暖水瓶，去供应市场的热水房打开水。

蒋白棉忙完之后，站起身来，看了龙悦红一眼，笑骂道：“这种时候你应该做的是拿出冰苔，防止有生物袭击我们，或者抢夺物资。白晨就不用说了，非常老练，你看，商见曜也在戒备四周。”

拔出了冰苔手枪、望着河水源头方向的商见曜突然开口道：“组长，那边有人影闪过！”

第 15 章
夜宿

蒋白棉闻言转身，望了过去。

与此同时，她飞快地拔出了可装9毫米子弹的冰苔枪。

蒋白棉仔细观察了一阵，开口问道：“你看见那人影是什么样子了吗？”

商见曜一边戒备，一边回答道：“衣服很破烂，但穿得很厚，就跟土拨鼠一样。”

蒋白棉并不紧张，诧异地脱口问道：“你知道什么是土拨鼠吗？”

如果她没记错，商见曜是第一次出公司来到地表，而公司内部会出现土拨鼠的唯一地点是研究区，商见曜大学刚毕业，不可能踏足那里。

她能想到的唯一理由是，教科书上有土拨鼠的图片，商见曜据此做出了判断，但没见过实物的人，很难产生这样的联想。

商见曜用另一只手指了指河流对面：“那里就有一只，和教科书上的很像。”

蒋白棉循着商见曜的手指看了过去，果然发现了一只高度紧张的土拨鼠。

土拨鼠叫了一声，钻回了地洞。

“观察力敏锐。”蒋白棉憋了半天，给出了评价。

白晨抬头看了一眼天空：“这个季节，这个时间点，却穿得那么厚，而且只有一个人，应该是荒野上的流浪者。不用太担心，我们人多，有武器，他不敢靠近的。唯一的问题是，他可能和某些强盗团有联系，会引来点麻烦。不过我们也不会在这里停留太久，很快就会离开。”

“如果真有强盗团，正好让你们练练手！”蒋白棉收回视线，看着商见曜和龙悦红笑道。

龙悦红心脏一颤道：“组长，你不担心强盗团人多、火力猛吗？”

蒋白棉呵呵笑道：“这里距离公司不是太远，安全部经常派队伍过来训练、演习，真有人多火力猛的强盗团，早就被清除了。而且，灰土之上很多强盗团可能和你想象的不太一样。他们更接近流浪者，为了活下去抱在一起取暖，不会有太多的枪，也不会有太多的人，因为无法获取足够的物资。当然，那些有名气的强盗团就不太好对付了，他们都找到了让自身长久存活的方法。”

商见曜依旧戒备着四周，但这不妨碍他开口提问，及时学习知识：“为什么会把聚居点里的人也称作荒野流浪者？刚才那个才是真正的荒野流浪者。”

白晨拉了拉脖子上的围巾，表情凝重地说道：“因为聚居点从来都不稳定。水源的变化、土地的质量、天气的好坏、怪物迁徙的情况都是影响一个地方是否能作为聚居点的因素。一旦环境改变，人们就要重新流浪，寻找新的聚居点。

“而所有因素里，对他们影响最大的，其实是有没有被大势力发现。”

“为什么？”龙悦红很好奇。

白晨看了他一眼：“在灰土之上，最臭名昭著的不是最大的那几个强盗团，而是最初城的捕奴队，他们经常攻破聚居点，将人们抓回去，充当奴隶。在最初城占据的矿山里，建造的工厂内，数不清的奴隶变成了尸体。”

蒋白棉轻轻颔首，补充了一句：“有些强盗团也会这么做，尤其是本身占据矿藏的那种。”

“如果不是最初城的捕奴队会将强盗团也抓回去，我想，现在灰土上最活跃的行业就是奴隶贸易。”白晨不知是回想起了什么，一语带过，将话题转了回去，“另外，许多聚居点出产的东西无法养活所有的居民，他们必须经常离开聚居点，到荒野上寻找果实，狩猎野兽，拾取各种物品用来交换自身所需的东西，从这个角度讲，他们依旧是荒野流浪者。”

龙悦红听着听着，想到了自己。

虽然之前那么多年，他一周只能吃一回肉，经常半夜饿醒，但至少基本的温饱还是不成问题的。

和那些荒野流浪者相比，他就像生活在天堂里。

“真是可怜啊！”龙悦红感慨了一句。

白晨看了他一眼：“确实可怜，但你遇到荒野流浪者的时候，最好不要太心软。如果他们饿到了一定程度，而你的武器不怎么样，戒备不严，他们就与强盗没什么差别。

“我当初在荒野上流浪的时候，经常被人袭击，也经常袭击别人。在荒野流浪者的眼里，没有好人，也没有坏人，只有活着和死去。”

她这几句话声音不大，让蒋白棉费了九牛二虎之力才勉强听到。

这个扎着马尾辫、盘古生物D6级员工摇了摇头：“不能说得这么绝对，我遇到过不少知道感恩，愿意用善意回应善意的荒野流浪者。”

“比如说？”商见曜追问道。

蒋白棉露出了灿烂的笑容：“比如，白晨！”

白晨沉默了许久道：“组长，水烧开了！”

蒋白棉点了点头，对商见曜和龙悦红道：“去车上把四个水囊都拿过来。”

补好水后，商见曜和龙悦红开始学习怎么驾驶那辆吉普车。

因为道路宽阔，没有别的车辆，且不需要将车停在固定的范围内，而两人又是接受过基因改良的新一代，专注力、反应速度、肢体协调性都称得上优秀，所以几乎不费吹灰之力就掌握了开车这项技能。

“有种飞的感觉。”龙悦红恋恋不舍地将驾驶座让给了白晨。

商见曜点头。

如果不是这里路面较软，且距离大沼泽越来越近，状况开始复杂，他能把车开得飞起来。

“天要黑了，小心一点。”等到龙悦红坐回了后排，白晨边踩油门，边开口说道，“前面有片废弃的建筑群，据说是旧世界公路旁的休息站，我们今晚就在那里扎营。”

蒋白棉趁机教导起商见曜和龙悦红："我们之所以不在天黑之后继续赶路，不是因为夜里可能会有更多更危险的生物出没，基本上夜里会遇到的白天也会遇到，主要原因是天黑之后，光线不足，能看清楚的范围大大缩小了。

"这会导致我们难以提前发现前方的坑洼和沼泽，同样的，也无法提前察觉到危险生物的靠近，这就很致命了。你们应该记住一点，大部分野兽和怪物，只要能提前发现，对火力足够的人类来说，都不是太大的问题，我们最危险的敌人其实是同类和疾病。"

开车的白晨插嘴道："我曾经遇到过畸变的蚊群，它们每一个都有指头大，数量无法计算，聚在一起就像一大片乌云从天边飞来，遮蔽了所有阳光。

"它们在叮咬时会释放一种可怕的毒素，让人类和动物身体麻痹，思维变得迟缓。

"当时好几十个流浪者被它们密密麻麻地覆盖住，吸干了全部的血液。而无论是手枪、步枪，还是机枪、火箭筒，都难以对它们造成太大的损伤。

"还好，我们那次捡到了几个还能用的火焰喷射器，靠着它们，最后有三分之一的人活了下来。"

龙悦红听得头皮发麻，对荒野又多了几分恐惧。

商见曜眼眸微动，似乎在思索还有什么办法可以对付这类怪物。

蒋白棉轻轻颔首道："这种情况下，公司的除草弹是个好选择。"

四人说话间，吉普车来到了一片不大的废墟前。

几栋不超过三层的建筑物垮塌了大半，表面长满了密密麻麻的爬山虎，原本的墙壁几乎看不到了，就如同被绿色的浪潮淹没了一样。

这些建筑物前，有片大的空地，堆放着或大或小的石头，地面则有多处开裂，一丛丛植物从中钻了出来。

白晨停车之后，扫视了一圈道："没有新的人类活动痕迹，今晚就在这里休息，附近有干净的水源。"

商见曜、龙悦红相继下了车，遵循着蒋白棉的教导，搜集木材，点燃篝火，并用晒了一天太阳的充电板给吉普车的高性能电池补充电量——除非对荒野很了解，知道哪些聚居点或废墟可以提供汽油，或者自带装满足够油的油桶，否则燃油汽车只能在公司掌控的区域内活动，因为盘古生物相当缺乏石油方面的资源。

至于帐篷，他们没有准备，因为可以直接在吉普车上睡觉——两人守夜，两人休息，轮流着来。

很快，火光照亮了逐渐黯淡的四周，蒋白棉拿了几个军用罐头出来，开始加热。

先啃了根能量棒的商见曜则挎着绰号"狂战士"的公司制式突击步枪，在周围巡逻，防备意外。

突然，他感觉到了什么，抬头望向被爬山虎吞噬的倒塌的建筑群。

那些建筑物边缘最靠上的地方，一道黑影掠过，然后被障碍物遮挡，不见踪迹。

商见曜没有惊恐，像什么事情都未发生一样对蒋白棉、白晨和龙悦红道："你们快点吃。"

"啊？"龙悦红一脸疑惑。

商见曜平静地说道："好像有什么东西靠近了。"

第 16 章

插曲

龙悦红吓了一跳，一只手本能地抓住旁边的“狂战士”突击步枪，蹦了起来。他另一只手正拿着饭盒，就在犹豫着要不要扔掉时，蒋白棉不慌不忙地环顾了一圈，道：“没什么动静啊。”

她随即对龙悦红笑了笑：“不要紧张，这不还没真正靠近吗？坐下，坐下，等罐头热了就能吃。”

说话间，她拍了拍放在身边的外号“暴君”的榴弹枪。

篝火另外一边，白晨仔细观察了一阵，又将注意力放回了食物上。

“可是，组长，都有东西在靠近我们了！你不担心被突然袭击吗？”龙悦红无法理解蒋白棉的态度。

蒋白棉盯着那几个早已打开的罐头道：“这不是有商见曜防备这种情况吗？如果那东西一直不靠近，难道我们就一直不吃饭，在这里等着它？真要饿到不行，疲惫得不行，反而影响发挥。”

她逐渐露出了笑容：“总之，天只要还没塌下来，就不影响我们填饱肚子。”

龙悦红将信将疑地坐了下去，时不时抬头看看商见曜，害怕他出现纰漏而没有发现有可能威胁到己方的敌人。

火焰摇曳间，罐头里的汁液化开，难以言喻的浓香不断往四周散逸。

这是猪肉、黄豆、盐、香料混合而成的味道，在场每一个人的胃里都仿佛伸出了一只手，迫不及待地要从嘴巴里抓取食物。

“好了。”蒋白棉由衷地笑道。

就在这时，倒塌的建筑群顶部，一根根绿色藤蔓缠绕的地方，一道黑影扑了出来，直奔篝火旁的龙悦红。

火光晃动中，商见曜等人终于看清了这黑影的模样：她是一个雌性人类，衣衫褴褛，露出了毛发较浓密的肮脏肌肤；她的头发乱七八糟地垂下，油腻腻的，凝成一绺又一绺；她的指甲又长又尖，闪烁着寒光；她的眼睛布满血丝，一片浑浊。

她身体弯曲着，速度极快，仿佛一只抓着藤蔓荡过来的猿猴。

“砰！”

商见曜刚抬起手中的突击步枪，就听见了一声枪响。

“哐当！”

来袭的黑影重重地摔到了地面上。

她脸部朝上，左胸到肩膀位置出现了一个狰狞的血洞。抽动了两下后，她失去了生命。

蒋白棉收回联合202手枪，平静地说道：“一个无心者。”

“无心者?!”龙悦红又惊讶又好奇地望向了那具尸体。

这是每一个研究灰土历史的人无法绕过的名词，也是盘古生物内部教材浓墨重彩描述的对象。

无心者又叫失心者，指的是罹患无心病的人类——这种病又被称为兽化病、返祖病，得病的人将失去智慧、思维、情感，变成类似野兽的生物，只剩下捕食、求生的本能，只能使用简单的工具。

他们无法交流，会主动攻击正常人类，将对方视作猎物。

无心病最早出现在旧世界毁灭时，一个城市一个城市的人类在很短时间内变成了无心者，而更多没有防备的正常人死在了无心者手中。

由于无心者需要靠进食来维持生存，如同真正的野兽，所以在人类秩序崩坏，大饥荒来临后，耗光城市存粮的他们很快就死去了大部分，剩下不到百分之一。

据灰土上许多历史研究者观察，无心者除了猎杀人类，还会捕食野兽，挖掘树根，采摘果实，抓老鼠，最饥饿时，他们会攻击彼此。

这样的“食谱”和生存环境，让无心者们很少能活过三十岁，但他们具备繁衍的本能，留下了大量的后代。而初代之后的无心者会多一点点智慧，拥有更强的猎杀能力。

按理来说，当人类恢复一定秩序，掌握了足够武器后，对付更接近野兽的无心者们不是一件太困难的事情，但实际并非如此。

一方面，无心者虽然不懂得拆解和维护武器，但他们会使用武器，就像具备某种本能——越是远离初代的无心者，这方面的“本能”越强。而且，无心者有人类的本质，会遭受污染，产生畸变，这让大量无心者痛苦死亡的同时，也催生了一批顶级的猎杀者。

当然，不管无心者再怎么擅长使用武器，不懂得对武器进行科学研究、组织生产、保养维护的他们，哪怕成了顶级的猎杀者，在火力充沛的人类军队面前，也无法制造太大的麻烦，毕竟人类掌握着“诱导突变、基因改造”的技术。即使这些技术还不那么成熟，成功率较低，人类也能碾压看天吃饭的无心者。

而另一方面，人类始终没找出无心病的发病机理和传播规律，不知道该怎么预防这种疾病。这就导致士兵们不愿意去无心者聚集的区域，害怕被传染。所以各大势力清除掉自身周边的无心者后，不愿意去对付盘踞在旧世界城市废墟内的那些。

直到今天，无心病依旧是笼罩在人类头顶的阴影。

因为哪怕一直生活在聚居点内、没有直接接触过无心者的人，也可能在一觉之后，失去理性和智慧，变成“野兽”。而他们的亲朋好友则完全没事，也没有感染的迹象——这是在长期隔离观察后得出的结论。

在早些年，有一个惧怕无心病到极点的大势力高层，睡在隔离房，出入都要戴防毒面具，穿防化服，结果，还是在某一天成了无心者。

还好进入新历时代以来，无心病的平均发病率不是太高，否则人类可能已经崩溃了。

那具尸体的惨状让第一次看到这样画面的龙悦红鼻子一酸，他下意识地扭过了脑袋，不忍心再看下去。

“看起来是初代。”白晨回想刚才，做出了判断。

“从衣服的破烂程度看，发病不超过一年。”蒋白棉望向商见曜和龙悦红，“需要我再给你们讲一遍无心者的知识吗？”

商见曜未做回答，突然开口道：“这不是我刚才看见的黑影。那个黑影要更矮一点。”

蒋白棉轻轻颔首道：“你们两个搜一下尸体，看有没有有价值的物品，然后把尸体抬到外面埋掉，不要离开火光照亮的地方。”

她想了想，走到吉普车那里，拿出四个黑乎乎的东西，分别扔给商见曜和龙悦红一个：“对讲机，有效范围两公里，开阔地带会更远。有什么状况，立刻通知我，你们……应该懂得怎么用吧？”

“我会修。”商见曜答非所问。他和龙悦红大学里学的都是电子专业。

龙悦红挂好对讲机，脚步迟疑地走到了那个无心者的尸体前。

血的味道混杂着难以言喻的恶臭四处弥漫，这让畏畏缩缩不敢看尸体的龙悦红险些呕吐出来。

商见曜走了过去，主动做起搜查，然后站到了尸体的头部，也就是有枪伤的那边。

“需要我背吗？”他问龙悦红道。

“呃……”龙悦红想说让商见曜背尸体不是太好。

“我是说，需要我背你吗？”商见曜没有表情地解释道。

龙悦红干笑了一声：“不用，不用。”他弯下腰，抓住了尸体的双脚。

商见曜则将双臂穿过了那名无心者的腋下。

血一点点滴落，两人抬着那具尸体，走出空地，在火光照亮的边缘地带，挖了个坑，将尸体埋了进去。

这有些影响龙悦红的食欲，后来他只吃了一块压缩饼干和半盒黄豆烧猪肉罐头。

天色越来越暗，蒋白棉正要安排今晚的值夜顺序，远方突然传来了一道嘶吼。

“嗷呜！”

声音响彻云霄，粗哑苍凉。

它刚刚落下，此起彼伏的吼叫声就在大沼泽地各个方向响起，回荡不休。

龙悦红听得心头发怵，忍不住开口问道：“这是狼群？”

“你见过分散在不同地方的狼群吗？”蒋白棉呵呵笑道。

“大沼泽上野兽嘶吼的情况常见吗？”龙悦红忐忑地问道。

蒋白棉摇了摇头，笑容不变：“不常见。”

“这……这可怎么办？”龙悦红脱口问道。

蒋白棉笑着看了他一眼：“今天确实有些异常，说明大沼泽深处可能发生了点什么事。但看大致的区域、方向，和我们的路线、目的地完全没有交集，所以不用管它。”

“不用管？”龙悦红望向旁边的商见曜，发现他一点也不害怕。

负责戒备四周的白晨见状，平静地说道：“黑沼荒野上，每几天就会有一次异常或者意外发生，怎么管得过来？这么大一个荒野，影响到我们的概率很低很低。”

“可万一影响到了呢？”龙悦红追问道。

商见曜盯着篝火：“那只能说明你名字不好。”

“也是，命不好怎么都躲不开，命好怎么也遇不上。”龙悦红咬牙点了下头。

蒋白棉没法理解两人的对话，也不好意思追问，只得笑道：“我们远离事件发生地，根本弄不清楚具体的情况，也就无法提前做准备。在不撤回公司的前提下，唯一的选择就是绕开那个地方走，绕远一点，而恰好我们的路线本来就是这样的。”

“这比刚才的话听起来有道理多了。”龙悦红仔细思索，发现明明表达的是同一个意思，因为表达方式不同，竟然有截然不同的效果。

蒋白棉闻言笑道："所以，要学会抓事情的本质。这一点，商见曜比你强多了，你看，他一直都没有紧张。"

商见曜微微点头道："我只是在考虑要不要参与。"

"啊？"蒋白棉、龙悦红和白晨都一脸的不解。

商见曜张开嘴巴，发出了声音："嗷呜！"

第 17 章
在路上

蒋白棉、龙悦红、白晨愣在那里，好半天没有回过神来。

原来他所谓的要不要参与是要不要和那些野兽一起“合唱”。龙悦红找回思绪后，本想说一句，可又觉得这种氛围下，谁搭理了商见曜，谁就输了。

隔了几秒，蒋白棉笑出了声音：“白晨，你忘记戒备四周了！商见曜，荒野强盗就算来了几十个，都未必对付得了我们，而你以一己之力，从内部瓦解了防御体系！”

商见曜严肃地颔首道：“所以我考虑了一下。而且，我正在防备突发情况。”

“我确实有点诧异，但并没有放松对周围的戒备。”白晨强行解释了一句。

她对自己刚才的失态加失职有点羞愧。

作为一个在荒野上流浪多年的人类，她的见识不可谓不多，精神崩溃、状态异常的流浪者她也不是没遭遇过，甚至还不少，那些人的言行举止比商见曜可夸张多了。但问题在于，商见曜绝大多数时候都表现得很正常，正常到白晨觉得他只是偶尔开个玩笑，做个恶作剧。

她怎么都没想到，对方会如此有“创意”。

“不错，随时保持住警戒状态。”蒋白棉没有戳穿白晨，略歪脑袋，微笑地看着商见曜道，“等这次拉练结束，确实有必要做一次全体成员的精神评估。”

商见曜轻轻鼓掌道：“祝你满分！”

白晨没想到蒋白棉会这么大大咧咧地把精神评估的事情说出来，因为这明显会严重刺激到商见曜——虽然她之前也这么提议过，但那个时候商见曜表现得还不是太夸张，勉强在正常范围内，顶多算喜欢讲冷笑话，所以提议的指向性并不强。

同样的，白晨也没想到商见曜会一点也不在意，好像刚才确实只是他的一次恶作剧。

或者，他早就认清楚了自己的状态，接受了这样的自己，一点也不自卑，也不敏感？白晨摇了摇头，提醒自己不管别人怎么样，都要做好分内的工作，不能被影响。

这时，蒋白棉低头看了下电子表："好了，轮流休息。正常情况下应该是我和白晨一组，商见曜和龙悦红一组，轮流休息。但你们两个没什么经验，很容易忽视一些征兆，而且，出外勤的时候，危险重重，条件有限，大家没必要强行区分男女。坦诚相对，彼此信任，才是最重要的。所以我和商见曜一组，白晨和龙悦红一组。"

说到这里，蒋白棉笑了笑："其实，这次条件很可以了，有辆吉普车，一个睡前排，一个睡后座，根本不会打扰到对方。"

白晨闻言点头道："我曾经和两个男人、两个女人、一头猪、两只鸡，睡在同一个帐篷里。"

蒋白棉随即站起身来："好了，你俩去休息吧，我和商见曜开始值夜。"

她又低头看了下腕表："你们有六个小时。"

"组长，这会不会太久了？"白晨不太放心。

他们从现在开始值夜六个小时，正好会经历人类生理周期里最疲惫最困的那个时间段，很容易忽略掉周围的不正常动静。

蒋白棉笑了笑道："我们三个都是做过基因改良的人，有个共同点——精力充沛。在这方面，我应该比他们更强，一两天不睡也能保持不错的专注力。"

"我也可以……"龙悦红嘀咕了一句。

蒋白棉侧头看向了他："你说什么？是不是在背后说我坏话？"

“他没有！”商见曜抢答道，“他当着你的面说的！”

龙悦红被呛住，咳出了声音。

蒋白棉摆了摆手，对商见曜道：“你这种时候就挺正常的。好了，你俩快去睡吧。”

她最后是望着白晨和龙悦红说的。

这一夜，没有任何意外发生。当太阳从天边升起，将云彩染得一片金红时，旧调小组四个成员已围在篝火旁，喝着温开水，啃食能量棒。

“真美，真壮观啊！”龙悦红望着日出的方向，发现自己的词汇是如此的贫乏。那恢弘壮美的场景，那蕴含着无限生命力的画面，让第一次来到地表的龙悦红和商见曜身心都仿佛受到了洗涤，感受到了某种难以言喻的美好和希望。

“我第一次看见日出比你们还失态。”蒋白棉没有嘲笑他们。

白晨同样看着日出的方向，但没有说话。

作为生于荒野，长于荒野的人类，她对日出早已司空见惯，可每次看见依旧会莫名地感到愉悦和振奋。

“好了，收拾东西，准备出发。龙悦红，你和白晨坐后排，再补一下觉，我和商见曜轮流开车。”蒋白棉将自己的水囊装满后，起身说道。

“是，组长！”龙悦红收回目光，高声回应。

处理完篝火，他看见昨晚吃的那几个罐头的空壳被随意丢在地上，便问：“组长，不回收吗？”

盘古生物位于地下，缺乏矿藏，金属资源一直都处于非常紧张的状态，必须用自身出产的粮食、基因改良原液、生物药剂、地下卤水和岩石表面提取的盐等，与别的大势力换取所需物资。

蒋白棉回头看了一眼，沉默了两秒道：“不用。占地方。”

说完，她拉开车门，坐到了驾驶座上。

既然组长都这么说了，龙悦红只好忍住了回收的冲动，端着枪，快步回到车上。

发动机声音响起，灰绿色四门吉普车顶着密密麻麻的太阳能充电板开出了空地，远离了这片不大的废墟。

过了几分钟，一道黑影从半坍塌的建筑群后方走了出来，蹑手蹑脚地靠近熄灭的篝火。

“他”时而停顿，以植物和残壁为遮掩，时而匍匐，双肘交替着前行。

等确认了之前那四个人已真正离开，“他”猛地弹了起来，冲到篝火旁，拾起那几个用金属铸造的罐头空壳。

“他”披着黑色的麻布，背着一把步枪，身高一米六左右，脸庞上没有皮肤和血肉，只有银灰色的金属。金属表面多有裂缝，隐约显露出下方颜色不一的线路和元件。“他”的眼睛一只闪烁着红光，一只早已熄灭，双手仿佛骨架，纯粹由银灰色的金属打造而成。

这是一个智能机器人。

“捡到了，捡到了……”它发出没有起伏的单调声音，抱着那几个罐头空壳，噔噔噔跑回了废墟后方。

七拐八绕后，它钻进了一个由钢筋、混凝土胡乱搭在一起而隔出来的空洞中。

空洞里有个裹着破旧棉袄，围着动物毛皮的男孩。

这小孩也就十二三岁，脸上脏兮兮的，双手指甲缝里满是黑泥，旁边停了一辆装满各种杂物和垃圾的破烂三轮车。

小男孩接过那几个罐头空壳，露出了掩饰不住的笑容。

然后，他边将罐头空壳分成三组，放到不同的杂物堆里，边对那个智能机器人笑道：“小七，这个快攒满了，可以给你换个新眼睛了。这边还得攒一攒，冬天快要到了，我们需要换很多的食物和煤炭，还有你的电池。这里的等回去就换掉……”

说着，男孩挠了挠头，不好意思地笑道：“快没有吃的了。我最近吃得有点多……”

小七用力地点头，依旧是那没什么起伏的腔调：“安排得很好。”

“快上车，我们回定居点。”男孩坐到了三轮车的驾驶位置。

嘟嘟嘟的声音里，他开着这辆三轮车在狭窄坎坷几乎称不上有路的废墟和植物间驶向了远方。

他一边开车，一边对后面的智能机器人道："小七，你说，冬天过去，妈妈和爸爸是不是就回来了？"

吉普车保持着不快的速度，在黑沼荒野上不断前行。

快到中午的时候，开车的白晨在拐弯之后，突然皱起了眉头："前面有群人……"

不等蒋白棉、商见曜和龙悦红回应，她又沉声补充道："他们看见我们了。"

第 18 章 交易未成

听到白晨的提醒，正半转身体和商见曜、龙悦红说话的蒋白棉赶紧将目光投向了前方。

软烂道路的两侧是异常稀疏的树林，左边的土地有些许沼泽的特征，泥泞松软，蚊虫众多，右边杂草丛生，开阔处停着一辆满是泥点的黑色汽车。

以蒋白棉的见识，自然不难认出这是一辆越野车，而且明显做过多次或主动或被动的改装，因为许多地方的色调都没有统一。

越野车外面站着三个人，一个穿着陈旧的棉袄，一个裹着硝化过的毛皮，一个披着一件皱巴巴的、明显偏短的黑色呢子大衣。

他们嘴里叼着由棕色烟叶简单卷成的粗糙香烟，手里拿着不同式样的武器，有联合202手枪，有绰号“暴雨”的冲锋枪，有源于旧世界的步枪。

这三个人的旁边还有两辆重型摩托车，黑色的底盘，涂装着红色的图案，给人张扬肆意的感觉。

两辆摩托车上分别坐着一名男子，他们戴着未拉下面罩的头盔，各自挎着一把微型冲锋枪。

“你们能看出什么？”蒋白棉毫不慌张，反而抓住机会询问起商见曜和龙悦红。

已摇下车窗，探头望向前方的商见曜当即回答道：“吃得挺好的。”

“……”龙悦红望着挡风玻璃，本想说出自己的判断，结果被商见曜打乱了思绪，一时竟忘记自己要说什么了。

蒋白棉没有批评商见曜，反而点了点头："眼神不错。"

那五个人虽然脸部皮肤很粗糙，但没有面黄肌瘦的感觉。这说明他们平时至少是能够保证温饱的。

这就和一般的荒野流浪者区分开来了！

这时，龙悦红终于找回了思路，赶紧说道："装备不错！"

无论是改装多次的越野车、重型摩托车，还是身上的衣服、手里的武器，都展现出了那些人与一般荒野流浪者的不同。

蒋白棉轻轻颔首道："可以初步推断，他们是混得不错的遗迹猎人，或者是混得不错的荒野强盗，而这两者之间，某些时候是没有区别的。"

她话音刚落，白晨就补充道："从那辆越野车的改装方式来看，它是烧油的。这表示那些人对这片地区很熟，知道哪些地方可以补充汽油，或者说有信心在汽油烧光前脱离荒野。"

眼见双方越来越近，蒋白棉没有再多说，拿起榴弹枪道："你们把狂战士端起来，放到窗口，让他们能够一眼看见。"

龙悦红顿时有点紧张："组长，会打起来吗？"

"谁知道呢？"蒋白棉笑了笑道，"啊对，记住一点，在荒野上，展示自己的肌肉是友善的一种表现，正义、公平和交流只存在于枪口下。"

白晨解释道："我们管这叫'尊重只在强者间'。很多荒野流浪者曾经也奢望过有强者能够仁慈、善良，充满爱心，怜悯弱小者，愿意帮助自己，但很可惜，这更接近幻想。或许确实有这样的人，但肯定不多，很难遇到，比起对他们抱有期待，依靠自己更管用。"

"以前的救世军真的可以算，现在嘛……"蒋白棉声音渐低。

"展现出我们的不好对付，他们才会表现出友善的一面。"龙悦红若有所思地点了下头，理解了组长和白晨的话语。

他旋即又有了新的疑惑："为什么我也要这么做？他们只看得到商见曜那边。"

蒋白棉还未回答，商见曜笑出了声音：“你会不会玩捉迷藏啊？没发现就代表那边真的没人藏着？”

蒋白棉跟着笑道：“这类比不伦不类的。龙悦红，让你把狂战士端起来，做好准备，是为了震慑靠沼泽那边可能潜藏着的敌人，保护好专心驾驶的白晨。

“还有，如果你没这么做，哪怕靠沼泽那边确实没藏着敌人，对方也能猜到车上的人缺乏足够的经验，是可以尝试对付的猎物。”

龙悦红恍然大悟：“我懂了！”

他立刻端起了突击步枪，将它架在未完全收起的车窗上。

另外一边的商见曜早就架好了狂战士，跃跃欲试地问道：“组长，可以自行依据形势开枪吗？”

蒋白棉呵了一声：“挺大胆的嘛，前面那些人明显不是太好对付。嗯……三种情况下你可以开枪，一是我下令了，二是他们持续向我们靠近，阻止无效后，三是他们有瞄准的迹象时。”

说话间，灰绿色四门吉普车与黑色越野车、重型摩托车只剩不到十米的直线距离。

那边的五个人，叼着粗糙卷烟的三个已抬起了手中的枪，剩下两个则匍匐在重型摩托车上，一手握着油门把手，一手端着微型冲锋枪。

如果不是这边的车窗处伸出了榴弹枪和突击步枪的枪管，他们或许已经改换位置，发动了袭击。

由于黑色越野车、重型摩托车停靠的位置不是在主路上，两边的树林稀疏，双方虽然越来越近，但完全没有碰到一起的危险。

这个过程中，白晨压低了车速，让吉普车一点点挪动，免得对方产生过激反应。

突然，蒋白棉大声喊道：“你们知道昨晚沼泽深处的异常是怎么回事吗？”

穿着皱巴巴黑色呢子大衣，拿着暴雨冲锋枪的三十来岁的壮年男子吐掉嘴里叼着的简陋卷烟，高声回应道：“隔得太远，不清楚！”

蒋白棉再次喊道：“你们在这里做什么？”

“冬天快到了，得多狩猎些野兽备着！”那名壮年男子眉毛杂乱，右眼眼角处有道陈旧疤痕。

他整个人气质凶悍，如同穿上了人类衣服的棕熊。

不等蒋白棉再喊，那名壮年男子反问道：“你们到这里来做什么？”

蒋白棉回应道：“我们是遗迹猎人！”

“遗迹猎人？”那名壮年男子低语了一句后，忽然笑道，“前几个月沼泽深处传来消息，说那里发现了一个以前从未被记录的城市废墟，啊，也许，昨晚沼泽深处的异常就和这方面的事情有关！虽然两件事情间隔了好几个月，但谁能说得准呢？猎人们，你们想知道那个城市废墟的大致位置吗？可以用食物交换！”

他吼得很大声，吉普车内所有人都听得清清楚楚。

商见曜专注地瞄着外面，似乎随时会来个短点射。

突然，他开口问道：“组长，他吼得太大声，对我们的耳朵造成了伤害，是否需要开枪？”

“不用。”蒋白棉先回了商见曜一句，然后拔高声音道，“我们有军用罐头、能量棒、压缩饼干，你开个价吧！”

那名壮年男子眼眸微动道：“六十个军用罐头！”

“那算了！”蒋白棉似乎根本就没想过要讨价还价，只是敷衍下对方。

此时，吉普车已驶过黑色越野车所在的位置，双方的距离逐渐拉大。

那名壮年男子也没坚持，高声回应道：“希望下次有交易的机会！”

说完，他保持着戒备的姿态，目送吉普车越开越远，超出射击范围。

“老大，怎么不开枪？”这时，他旁边那个穿着陈旧的棉袄，身形瘦削的年轻男子手夹粗糙卷烟，急吼吼地问道。

“是啊，老大，虽然他们的武器不弱，但我们有那个东西啊！”趴在重型摩托车上，脸上胡子拉碴的男人直起身体，指了指黑色越野车的后备厢，“他们的物资肯定不少！”

那名壮年男子摇了摇头：“再怎么样我们的损失也不会小。不划算，不划算。”

穿陈旧的棉袄，拿着联合202手枪的年轻男子不解：“老大，人为财死，鸟为食亡啊！再说，荒野上不就是看谁够狠够猛吗？反正明天可能就莫名其妙死了，不如今天搏一把！”

那名壮年男子冷冷地扫了他一眼：“荒野上只讲狠和猛的，都活不了太久。这里没多少纯粹的猎物，绝大部分既是猎人，又是猎物。如果一味地横冲直撞，那我们很快就会虚弱到成为别人的猎物。

“你们看那些猛兽，它们吃饱后，若遇到差不多强大的猛兽，都不会强行进攻，它们知道，自己一旦受伤，就可能会成为别人的猎物，所以要减少不必要的狩猎。你们难道还不如野兽？”

另外那个裹着兽皮，端着旧世界的步枪，叼着粗糙卷烟，年纪略大的男子附和道：“老大说得对！而且，你们没发现吗？刚才那帮人的食物只有军用罐头、能量棒和压缩饼干！这说明了什么你们难道不知道？

“正常的遗迹猎人只有刚从大势力的某个城市、某个集镇出发的时候，才是这种状态，而附近似乎没有我们知道的大势力的城市、集镇。”

坐在摩托上的另外一个男子咕哝道：“也许，他们刚找到一个旧世界的军用仓库呢？”

为首的壮年男子吐了口气道：“好了，大家不要争了。”

他旋即露出笑容：“你们难道没发现，他们很可能会经过那个地方吗？这片区域可供车辆通行的路可不多，知道那里发生了异变的人更是没有几个。

“上车，这个距离差不多了，我们悄悄跟上去，等他们遇到那个大麻烦，拼到极限，我们再把他们收拾掉！”

其余几名男子顿时脸露惊喜，异口同声地说道：“是，老大！”

第 19 章 枪响

吉普车上，蒋白棉看着后视镜，呵呵笑道："你们刚才发现什么了吗？"

"那群荒野强盗挺冷静的，素质不低。"龙悦红回想着书本上学来的各种词语，希望找到最恰当的描述。

商见曜将搁在车窗上的狂战士突击步枪收了回来："除了头目和另外一个，剩下的都有强烈的攻击欲望，随时会开枪。"

"不错啊！"蒋白棉颇为诧异，"没有经历过多次战斗和各种危险的人，竟然能敏锐察觉到攻击欲望这种相对抽象的东西。"

"天赋。"商见曜一脸认真。

蒋白棉轻轻颔首道："基因改良过程中出现一定的突变是正常现象。"

她旋即笑道："那么，你觉得你观察到的现象能说明什么？"

商见曜侧头看向龙悦红，笑着催促道："考你呢！"

"说明……说明他们……他们……"龙悦红隐约有些头绪，可由于这本是提给别人的问题，突然被丢给他，他有点压力，一紧张，怎么都抓不住那一闪而过的念头。

"说明他们有强烈的自杀倾向！"商见曜帮他做出了回答。

"你在搞笑吗？"龙悦红忍不住说了一句。

然后，他据此有了联想，抓住了事情的关键："我明白了！在我们展现了强大的武器且给出了友善的态度后，他们还有那么强烈的攻击欲望，说明他们有不小的信心能解决我们，而这从他们的人数、武器和其他装备上都无法看出。

“难道他们的车里有秘密武器？他们中某个人具备外表看不出来的可怕实力？比如，接受基因改造实验活了下来？或者，他们周围还潜藏着不少同伙？”

蒋白棉嗯了一声：“下次再遇到他们，不要给他们准备的时间。”

“是，组长！”商见曜和龙悦红同时做出回答。

吉普车继续前行，绕过一片片泥泞的地带，在畸形的树木和大片杂草间，艰难地奔往远处。

坐在后排右侧的商见曜突然直起身体，取下了挂在武装带上的冰苔手枪。

手枪在阳光下闪烁着明晃晃的金属光泽，精致得仿佛一件艺术品。

商见曜双手拿着这把枪，开始熟练地拆解，检查每一个部位。

悦耳的金属碰撞声里，商见曜将最后一颗黄澄澄的子弹压入弹匣，完成了冰苔的拆装。

上好弹匣，他将冰苔挂回武装带上，抽出联合202手枪。

这把枪的枪身也是银白色的，只是握柄镶嵌有黑色的防滑垫，和冰苔相比，它的枪管更粗，各个部位更为粗犷。

商见曜重复了一遍刚才的操作后，开始折腾那把黑沉沉的狂战士突击步枪。

作为盘古生物自产的武器，这把枪同样非常有设计感，充满了工业风。

做完检查，商见曜将这把纯黑色的，闪烁着金属光泽的武器架到了车窗上，伏低身体，瞄准起外面不同的目标。

龙悦红在旁边看得心里发毛，等到商见曜终于安静下来，忙开口问道：“你在做什么？”

商见曜头也不回地说道：“校枪，准备，以及演习。”

龙悦红顿时松了口气：“我还以为你发现了什么。不要把大家弄得都很紧张嘛。”

“真发现了什么我会开口提醒你们的。”商见曜收回突击步枪，坐直了身体。

“组长，你看……”龙悦红寻求起正义的裁决。

蒋白棉抬手摸了摸左耳内的金属装置，难掩笑意地回应道：“你说什么？我没听清楚！”

不等龙悦红重复，她嗯了一声：“之前忘记提醒你们了。在荒野上，必须始终保持适当的警惕，不过嘛，也没必要警惕过度，太紧张的状态很快就会带来疲惫感。好了，吃午餐吧，压缩饼干、能量棒和水，不用特意停车了。”

龙悦红和商见曜没再说话，各自拿出食物，就着水囊，解决了一顿。

然后，龙悦红换下白晨，白晨进食。

就这么开了一个小时之后，坐在后排左侧的白晨，望了窗外许久，突然开口道：“这片区域有点不对劲。”

龙悦红吓了一跳，差点踩下刹车。

他左右看了一眼，发现这里和之前经过的地方并没有什么不同。

唯一不同的就是左侧沼泽化的程度更高了，那些畸形生长的树木仿佛是从黑色的泥潭里支出来的。

“没什么啊。”他疑惑地回应道。

蒋白棉则嗯了一声：“太安静了。”

听闻此言，商见曜若有所思地往窗外扫了一圈：“有一段时间没看到动物了。”

龙悦红这才惊觉：“对！真的有问题。”

黑沼荒野上，几个小时，乃至一天两天，碰不到人类很正常，因为这里是野生动物的乐园，时不时就能看到一些或正常或不正常的动物，比如，忙碌地搜集过冬食物的松鼠，穿行于稀疏林地之间的鸟类，躲在较隐蔽的地方观察着吉普车的孤狼。

白晨收回目光，对蒋白棉道：“组长，换我来开吧，我怕这片区域有什么事发生。”

“好，你比我们都更加了解这个地方，遇到意外能第一时间做出正确的选择。”蒋白棉立刻示意龙悦红停车。

交换位置后，白晨加快了车速，似乎想尽快通过这个有些不对劲的地方。

这片区域，两侧的树木依旧保持着稀疏的状态，黑色的泥潭在阳光下反射着微弱的水光，一丛丛杂草在较开阔的区域肆意生长。

这一切看起来是如此正常，但失去了所有的动静，如同一幅大型油画。

感觉车外风都凝固了，龙悦红内心打起了鼓，略有些战战兢兢地说道："怎么越来越严重了？要不我们往回开，换条路？"

白晨没有嘲笑龙悦红，认真点头道："再开两分钟，如果还没有变化，就往回走。"

说话的时候，她看了蒋白棉一眼，似在征求组长的意见。

"嗯。"蒋白棉表示可以。

说话间，吉普车通过了一片有阴影的地方。

这是因为两侧树木陡然变得高大，枝叶伸展，纠缠在一起，遮住了主路上方大半个天空。

就在这时，商见曜、蒋白棉、龙悦红和白晨看见一道粗大的黑影从半空垂下，荡了过来，重重砸向吉普车的挡风玻璃。

那黑影有个布满漆黑鳞片的狰狞脑袋，两只眼睛暗黄冰冷，嘴巴大张，露出了白森森的、带着腐烂血肉的尖牙，吐着鲜红的芯子。

这是一条超越正常人想象的巨大蟒蛇！

白晨表情微动，没有被吓到，冷静地将油门踩到了底。

灰绿色吉普车顿时箭一样蹿了出去，刚好从蟒蛇头部下方擦过。

双方的距离瞬间拉大，商见曜回过神来，端起狂战士突击步枪，扭转身体，将它架在车窗上。

然后，他看清楚了那条巨蟒的模样。

这突如其来的袭击者，至少有两个水桶那么粗，身长超过十米，尾部在树上缠了一圈又一圈。

它的体表覆盖着厚厚的漆黑鳞片，在穿过枝叶缝隙的阳光下闪烁出金属般的光泽。

这时，白晨往右边打了下方向盘，让吉普车略微横过来一点。

这样一来，坐在后排右侧的商见曜就能瞄准那条巨大的蟒蛇了。

"砰砰砰！"

商见曜扣动扳机，来了个点射。

那一颗颗子弹打在蟒蛇的身上，溅起了夸张的火星。可这并没能击穿那厚实的漆黑鳞片，只是让外层出现了龟裂的痕迹。

狂战士突击步枪竟然没法伤害到这条可怕的蟒蛇！

蟒蛇似乎感觉到了疼痛，发出嗞嗞嗞的声音，张开嘴巴，吐出了一团黄绿色的气体。

这气体急速扩散，周围都仿佛被黄绿色的薄雾笼罩了起来。一丛丛杂草在雾气中急速衰萎枯黄，倒伏至地面。

“关窗！”蒋白棉冷静地下达了命令。

她旋即补充了一句：“是黑沼铁蛇！”

刚从惊恐中恢复的龙悦红听到这句话，额头瞬间就沁出了一层冷汗。

之前的训练课上，他和商见曜听白晨提起过，黑沼荒野中危险度较高的怪物大致有哪些。

这里面就包含黑沼铁蛇。

这是一种在旧世界毁灭时遭受污染，已经畸变，但畸变特性能稳定遗传的蟒蛇。

它最大的特点就是体表覆盖着一层又一层黑铁般的滑腻鳞片，大部分热武器对它无效。另外，它身备毒囊，可以让强侵蚀性的毒液飞溅，也可以制造可怕的对动植物都有害的毒雾。

这两条结合起来，就让黑沼铁蛇变成了一种噩梦般的生物，即使是人数众多的军队，如果不出动重武器或者特殊武器，也很难对抗它。

而且，黑沼铁蛇似乎拥有对危险的即时感知能力，比如说，当有人藏在远处，用狙击枪瞄准它脆弱的眼睛，试图打爆它的脑袋时，它能提前做出反应，尝试规避。

正因为如此，黑沼铁蛇被称为怪物，而不是野兽。

现在出现在商见曜、龙悦红等人眼前的这条黑沼铁蛇则比白晨描述的还要大不少。

远处，悄悄地跟在吉普车后面的那群人听到砰砰砰的枪响从前方传来。

他们彼此对视了一眼，同时露出喜悦的神情。

“开始了。”他们的头目笑着说道。

第 20 章
赛跑

坐在黑色越野车前排，穿着陈旧棉袄的年轻男子扭过脑袋，急切地问道：“老大，现在就追上去吗？”

那个气质凶悍的壮年男子笑着摇了摇头：“不要急，以他们的火力和经验，应该还能支撑一段时间。而且黑沼铁蛇的体形摆在那里，直线速度肯定没法和吉普车比。

“我们要是到得太早，说不定会同时受到两边的攻击，那就太危险了。再说，我们还得趁这个机会做些准备。吉顺，停车！”

“是，老大。”开车的是那名裹有动物皮毛，年纪较长的男子。

黑色越野车随即停了下来，气质凶悍，挎着暴雨冲锋枪的壮年男子推门下车，走到了后备厢旁。

接着，他脱掉皱巴巴的黑色呢子大衣，将它连同武器一块交给了左侧重型摩托车上的同伴。

做完这件事，壮年男子掀开后备厢的盖子，弯下腰背，探出双手，握住了一个东西。

他的脸庞一下涨红，额头青筋暴突，两个膝盖屈得更加厉害，整个人似乎已用了不少的力气。

他一步步后退，搬出了一个破破烂烂的足以装进一个人的方形木箱。

哐当一声，这木箱被放到了地面。

随着它被打开，内里的东西显露了出来。

这是一个铁黑色的、疑似盔甲却有许多金属骨骼的物品。

“阿禹、吉顺，你们帮我一下。”壮年男子转头对穿着陈旧棉袄的年轻男子和之前负责开车的中年男人说道。

阿禹和吉顺靠了过来，一人一边，不算太吃力地提起了方形木箱内的东西。

随着重力的牵引，这物品迅速展开，显露出了完整的模样。

它的外观非常接近人形，有带着晶体护目镜的金属头盔，头盔下方是几块连接在一起、保护着重要管道和线路的装甲。

装甲下是铁黑色的、异常坚固的硕大背包，而围绕着这能源背包，往前往下延伸出了类似颈椎、胸椎、肱骨、尺骨、桡骨、股骨、腓骨、胫骨的各种金属骨骼，它们同样有着关节，并带有金属卡扣和密密麻麻的感应器。

其中，胸椎位置牵连着一片片厚重的装甲，双臂分别嵌着一个榴弹发射器和一把电磁武器。

这是军用外骨骼装置，产量一直不足，即使在大势力内部，也只有精锐中的精锐才能配备，是真正意义上的大杀器。

它不仅能通过复杂精密的感应系统，将人类的动作精准地反应出来，让穿戴者无论力量、速度，还是平衡能力，都远超人类的极限，而且加载有热武器系统、精确瞄准系统、辅助格斗系统、综合预警系统、防毒过滤系统，重要部位有防弹装甲。

另外，就像热武器的发明降低了战斗中人类体力的要求一样，外骨骼装置能极大地减少穿戴者力量的消耗，让他们可以持续作战。

只要穿戴上这种装备，一个人对抗一支只拥有轻型武器的队伍绝对不是梦想。

靠着远超人类的反应速度和综合预警系统，穿戴者没被防弹装甲保护的部位也不是那么好命中的。

壮年男子走了过去，在阿禹和吉顺的帮助下，穿戴上了这个军用外骨骼装置，一个接一个地扣上了各个部位的金属卡扣。

最后，他调整好金属头盔上的晶体护目镜，启动了这个装备。

等到集成系统自检通过，壮年男子笑了一声："电池只剩百分之三十，还能用两个多小时……足够了。"

说话间，他那覆盖着铁黑色辅助骨骼的双手，非常轻松地拿回了属于自己的暴雨冲锋枪，就像那只是玩具，没有半点重量一样。

"这，怎么办？"听到黑沼铁蛇这个名词，龙悦红险些窒息。

这种情况下，对此毫无经验的他只能从蒋白棉和白晨那里寻求答案。

他刚才清楚地看见，商见曜的突击步枪长点射没能对那条巨蟒造成一点伤害，仅仅让外层鳞片出现了些破损。

结合之前了解到的知识，他怀疑联合202这种大口径手枪和白晨那把能当狙击枪用的橘子步枪同样没办法击穿黑沼铁蛇厚厚的鳞片，除非能命中没有鳞片保护的要害。

至于那把榴弹枪是否有效果，龙悦红没法肯定，但感觉也不行，毕竟榴弹枪的主要杀伤力在于爆炸产生的碎片，不利于破甲。

蒋白棉通过后视镜看了一眼："先赛跑吧。这家伙并不擅长这方面的事情，而且它会累，吉普车不会，只要高性能电池和发动机、轮胎这些还挺得住，跑到明早都不是问题。"

蒋白棉说话的时候，白晨并没有让车速降太多，只是解除了极限状态，免得吉普车各个零部件出现故障。

很显然，她也赞同和黑沼铁蛇赛跑。

吉普车高速奔驰着，时不时碰到石头、树桩，颠簸一下，给人快飞起来的感觉。

要不是白晨技术相当好，且对荒野飙车有一定的经验，出现状况能及时反应，理性应对，吉普车可能早就翻倒在地，连滚数圈了。

那条巨大的黑沼铁蛇似乎被激怒了，借助稀疏的树木、丛生的杂草，时而天上时而地面地追赶着商见曜等人。

它的速度肯定比不过火力全开的吉普车，但由于地形问题，吉普车也没法一直保持高速状态，因为白晨必须时不时减慢速度，躲避障碍或泥潭，所以，虽然双方的距离越拉越大，但黑沼铁蛇始终没被甩开。

这个过程中，黑沼铁蛇两次张大嘴巴，喷射毒液和毒雾，但都由于距离问题，没能影响到灰绿色吉普车。

两次后，这条巨大的蟒蛇好像学聪明了，不再进行远程攻击，只是死命地追赶。

就这么过了几分钟，白晨突然踩下刹车，拉动了方向盘。

“吱——”灰绿色吉普车打横停了下来。

龙悦红和商见曜因为在刚才的高速行驶中已自觉系上了安全带，所以没有被甩出去。

他们还没回过神来，白晨已沉声说道：“前面地形变了！”

蒋白棉同样发现了这个问题。

前面是一片黑色的看不到边际的泥潭，畸形的树木稀疏地生长着，中间完全找不到可供车辆通行的较硬的道路。

这就像是大沼泽不知什么时候扩张了过来，吞掉了原本存在的路一般。

而无论是往左，还是往右看，目前都发现不了边界，他们不知要开多久才能绕过去，也不知这片区域会不会被大沼泽包围，只有原路退回才能脱困。

就在白晨想着要不要提议继续赛跑，并加上“兜圈子”这个项目时，蒋白棉已高声喊道：“商见曜，从后备厢给我拿一根金属杆！白晨，你以吉普车车盖为支撑点，做好狙击黑沼铁蛇眼睛的准备！”

没人质疑，在这电光石火间，所有人都选择相信组长，听从她的命令。

商见曜当即解开安全带，往后探身，抓起了一根金属杆，递给已经开门下车的蒋白棉。

他们之前就看到了这东西，一直都有点疑惑。

为什么组长不带帐篷，反而要带这种奇怪的物品？

白晨提着那把橘子步枪，来到打横的吉普车车盖位置，将武器架了上去，将眼睛凑到了瞄准镜前。

蒋白棉接过金属杆后，原地活动起身体。

那条覆盖着黑色鳞片的巨蟒飞速游动，越来越近。

周围的风似乎都染上了腥臭的味道。

眼见这可怕的黑沼铁蛇将要进入可以喷吐毒雾的范围，蒋白棉左手拿着那根金属杆，猛地往前跑了两步。她的身体骤然顿住，顺势向黑沼铁蛇扔出了那根金属杆。

与此同时，她的左掌和金属杆间出现了明亮的、刺眼的、粗大的电弧！

那电弧越拉越长，缠绕住金属杆，发出了嗞嗞的声音。

瞬间，金属杆变成银白色的粗大电弧，划破天空，落向了黑沼铁蛇的身体。

黑沼铁蛇感应到了危险，但这样的攻击并不致命，所以，它只是身体一折，避开了头部。

“当——”

那根缠绕着无数银白电弧的金属杆命中了黑沼铁蛇又长又粗的躯干。

毫无疑问，以蒋白棉的力量，这根金属杆根本不可能刺穿黑沼铁蛇那厚厚的鳞片，但是它附带的恐怖的电弧群爆发了！

嗞的声音里，银白的光芒照亮了周围灰黑的泥土，数不清的电流以根本无从阻止的速度瞬间蔓延到了黑沼铁蛇的全身。

这条巨大而怪异的蟒蛇骤然僵直，停在了原地。

虽然不知道会发生这种变化，但早已做好准备的白晨没有犹豫，略微调整了一下枪口的朝向后，果断地扣动了橘子步枪的扳机。

“砰——”

一枚黄澄澄的子弹激射而出，直奔黑沼铁蛇那冰冷的、暗黄的左眼。

黑沼铁蛇提前感应到了致命的危险，但处在电击状态的它只能眼睁睁地看着，身体僵硬，无法动弹。

“噗——”

那枚子弹没入了它那有着竖直瞳孔的冰冷的眼睛内。

电光很快消退，黑沼铁蛇发出了一阵难以描述的、不属于蛇类的鸣叫。

它的身体猛地垮塌了下去，在原地疯狂翻滚，砰砰砰地撞倒了几棵树。

没过多久，这条巨大的蟒蛇停止动弹，失去了知觉。

蒋白棉侧头看向一脸茫然的商见曜和龙悦红，笑着用右手揉了揉左臂："电鳗型生物义肢，你们值得拥有。"

距离商见曜等人不远的地方，穿着军用外骨骼装置的壮年男子和他的同伴们听到了枪声、鸣叫声，察觉到了大地的轻微震动和树木倒塌的动静。

壮年男子一喜，道："他们到最激烈的阶段了。就是现在，冲！"

第21章 遭遇战

巨大的蟒蛇静静地躺在偏沼泽方向的稀疏树林里，而它刚才狂暴、恐怖的表现仿佛还浮现在龙悦红、商见曜的眼前。

蒋白棉见他们似乎还没回过神来，微笑着又补了一句："我在之前那次事故里，失去的不仅是部分听力，还有整条左臂。"

"不。"龙悦红下意识地摇了摇头，"我的意思是……这就解决了？黑沼铁蛇这就完蛋了？"

他完全忘了自己几秒钟前并未说过话，根本没表达过任何想法。他只是忍不住展现出自己的诧异，对威风八面的黑沼铁蛇在短短几秒钟内就失去了生命有点无法接受。

虽然这是好事。

蒋白棉侧头看了一眼黑沼铁蛇扭曲的尸体，笑了一声道："我不是告诉过你们，在所有荒野山林内，除了极少数生物，人类最强大的敌人永远是人类，很可惜，黑沼铁蛇不在那极少数生物的行列。在某种意义上，最顶级的猎食者应该是人类。"

她话音刚落，突然察觉到了什么，扭头望向了来时的地方。

"噔噔噔！"

穿戴着军用外骨骼装置的壮年男子挎着暴雨冲锋枪，端着一挺轻机枪，一马当先，冲向了枪声、鸣叫声传来的地方。

他的身后，两辆重型摩托车一左一右保护着侧翼，黑色越野车停在后面较远的地方，似乎不准备参加第一轮战斗，只等着收拾战场。

阿禹、吉顺等人对那台军用外骨骼装置非常有信心，觉得只需要老大一个人，就可以轻松解决掉两败俱伤的“遗迹猎人”队伍和黑沼铁蛇。

壮年男子金属头盔的晶体护目镜上映出了前方的场景。

有两个水桶粗，覆盖着漆黑、厚重的鳞片，身长至少十米的黑沼铁蛇倒在路边，周围是断折的树木和它甩出的各种液体。

那辆灰绿色四门吉普车横着停在几十米外，两名穿灰底迷彩服的男子一个站在右侧车门外，一个立于后备厢左边，都端着黑沉沉的突击步枪。那个扎着马尾辫，身材高挑的女人，右手正揉着左肩，位于灰绿色吉普车和黑沼铁蛇的尸体之间，当然，更靠近右侧车门。

此时，那女人已转过身，望向壮年男子。

而吉普车车头位置，架着一把外形修长的步枪，另一个女子蹲在它后面，正将瞄准镜转过来……

壮年男子额头血管一跳，想都没想就做出了规避的动作。

在外骨骼装置的帮助下，他瞬间弹跳起来，向右侧跃出了七八米。

“砰！”

白晨扣动扳机，一枚子弹飞出，从壮年男子一秒前所在的位置穿过，打在了远处的树干上。

壮年男子一时又惊愕又后怕：“他们怎么一点损伤都没有？黑沼铁蛇就这样死了？

“他们这么快就解决了黑沼铁蛇，甚至还聊了会儿天？

“怎么办到的？

“要不是有综合预警系统，我刚才已经死了，根本反应不过来！”

思绪飞转间，壮年男子飞快地做出决定：哪怕对方轻松击杀了黑沼铁蛇，展现出恐怖的实力，自己也得硬冲上去，完成火力压制。

这个时候，如果掉头就跑，有军用外骨骼装置的他倒是问题不大，阿禹和吉顺等人则一个都逃不掉！

而且，他并不认为穿戴着军用外骨骼装置的自己就一定比黑沼铁蛇强——速度和反应能力可能会超过，力量和抗击打能力就差得太远了。

黑沼铁蛇都被对面那群人轻松解决了，穿戴着军用外骨骼装置的自己就一定跑得掉吗？

他双脚刚一落地，立刻抬起手中的轻型机枪，疯狂地向对面扫射。

“嗒嗒嗒！”

地面一蓬蓬泥土飞溅，灰绿色吉普车的车门上出现了一个又一个弹孔。

而早在白晨开枪，那名穿戴着外骨骼装置的壮年男子躲避前，最先发现他们的蒋白棉一边抽出了联合202手枪，一边绷紧双腿肌肉，猎豹般蹿向了黑沼铁蛇庞大尸体所在的地方。

她做出这样的反应，一方面是觉得转身躲到吉普车后可能已来不及了，另一方面则是认为需要有一个火力交叉点，让彼此可以互相支援。

另外，黑沼铁蛇尸体的防弹能力可比吉普车强多了。

可惜的是，生物义肢的电能需要积蓄，用一次得等一段时间才能用第二次，蒋白棉现在只能想别的办法来对付敌人。

蒋白棉狂奔的同时，商见曜顾不得应该先坐回吉普车内，再从另外一边下车，他单手按住车门，腰腹用力，膝盖猛撑，直接腾空而起，翻过吉普车顶部，落到了白晨所在的那侧。

先天做了基因改良，后天又接受过艰苦训练的他，身体素质在这一刻展现得淋漓尽致。

白晨刚开完枪，商见曜已弯着膝盖，伏着腰背，小步跑到了她的旁边，躲在了车头后面。

这是他们训练课上教过的东西——遇到枪战，如果想用车辆做“墙壁”保护自己，必须选择装有各种设备的车头部位——其他地方很容易被子弹击穿，起不到多大的保护作用。

所以，本身就在白晨同侧的龙悦红紧张归紧张，慢了一拍归慢了一拍，但还是反应了过来，同样缩到了商见曜右手边。而白晨见穿着外骨骼装置的目标未被击中，也当机立断，拖回步枪，蹲了下来。

“嗒嗒嗒！”

机枪扫射的声音响起，敲打着三人的神经，让他们的身体都不可避免地紧绷了起来。

另外一边，蒋白棉抢在轻型机枪扫过来之前，双脚一蹬，鱼跃着扑到了黑沼铁蛇尸体的后方，顺势匍匐。

“当当当！”

那截尸体最外层的漆黑鳞片在连续的射击下，终于纷纷破裂，但里面还有两层。而就算这两层被击破，黑沼铁蛇的血肉也是具备强大的减速作用的，更别提血肉的另外一面，靠近蒋白棉的地方，黑沼铁蛇的尸体还有三层漆黑鳞片。

也就是说，壮年男子想靠轻机枪打穿黑沼铁蛇的尸体，伤及蒋白棉，几乎是不可能的事情，除非他能始终瞄准一个地方，且子弹管够，同时蒋白棉还不能匍匐移动，改变位置。

壮年男子在外骨骼装置的辅助下，端着轻型机枪，快速靠近着黑沼铁蛇和灰绿色吉普车，压制得白晨、商见曜、龙悦红和蒋白棉都不敢冒头反击。

等到枪管严重发烫，预先准备的缠绕在身上的子弹消耗一空，壮年男子才扔下这挺轻型机枪，右手端起了挎在身上的暴雨冲锋枪。

他的左臂跟着抬高，让上面加载的榴弹发射器指向前方。与此同时，金属头盔的晶体护目镜上出现了精确瞄准系统对应的图案。一串串数字在这瞄准图案的周围急速闪过，帮助壮年男子选择一条合适的弹道。

只要他发射出那枚榴弹，灰绿色吉普车就将被炸得四分五裂，而躲在车头那面的白晨、商见曜和龙悦红毫无疑问无法幸免。

可这样一来，吉普车本身和它装载的物品肯定也会被炸毁。而对荒野强盗来说，物资才是他们战斗搏杀的终极目标。

犹豫了一下，壮年男子改变了朝向，让榴弹发射器瞄准了蒋白棉所在的位置。

他一边继续用暴雨冲锋枪压制蒋白棉，一边利用综合预警系统的热能成像模块确定对方准确的位置。

这个过程中，他示意骑重型摩托车的两名同伴往吉普车方向迂回包抄，并进行火力压制，目的是不让那边的敌人干扰到自己。

那两名强盗对类似的情况并不陌生，不需要老大开口就明白了他的意思，当即绕向远离黑沼铁蛇的地方，向吉普车车头位置靠近。

“嗒嗒嗒！”

他们技术精湛，一手握着车把，一手用微型冲锋枪点射，商见曜、龙悦红和白晨不敢冒头。

当蒋白棉橘、红、绿相间的影像，透过冷掉的黑沼铁蛇尸体，终于传递到强盗团头目的眼中时，强盗团头目脸上露出一抹狞笑，开始选择榴弹的弹道。

黑沼铁蛇倒下之后，即使身体庞大，尸体的高度也远低于吉普车车头，只要他的射击距离和榴弹弹道合适，尸体就很难再对蒋白棉起到保护作用。

第22章 十米之内

蒋白棉匍匐在黑沼铁蛇的后面，时不时挪动一下位置，避免自己被对方彻底锁定。

她没有想过一直这么维持下去，也无法确定对方有没有携带反坦克反装甲型重武器，一般来说，这是不便于随身装备的东西，但有了外骨骼装置的辅助，这些装备将变得很轻便。

泥土和血液的气息混合成的腥臭味萦绕于蒋白棉的鼻端，但并没有干扰到她的专注，这个“旧世界毁灭原因调查小组”的组长略微侧过脑袋，仿佛在倾听着什么。

可是，以她的听力状态，即使有金属耳蜗的辅助，也没法依靠外骨骼装置产生的种种动静确定敌人的位置。

但在之前，那个穿戴外骨骼装置的敌人出现在她的视野中时，侧对目标的她，却是第一个察觉到异常并做出反应的人，比用橘子步枪瞄准镜监控着那个方向的白晨更早。

嗒嗒嗒的枪声不断，掩盖了其他动静，而蒋白棉似乎并没受干扰，在那里默数起对方与自己的距离变化。

这个过程中，她用左手取出了一枚暗绿色的手雷。

当穿戴外骨骼装置的壮年男子，抬起榴弹发射器，慢慢靠近时，蒋白棉霍然用牙齿拔掉了手雷的拉环。

然后，她腰腹用力，原地侧翻，在不脱离黑沼铁蛇尸体保护的前提下，猛地将手雷扔向了目标。

她那个电鳗型生物义肢除了能产生、存储、释放电流，还拥有超越人类的巨力。

这方面的改造技术是盘古生物最擅长的研究方向之一。

“轰隆隆！”

炽烈的火团伴随着冲击波剧烈扩散，迅速地吞噬了那片区域。

不过，穿戴着军用外骨骼装置的壮年男子在此之前已获得预警，提前大跳，跃出二十多米，完美躲过了爆炸。

即使不躲避，他也有充裕的时间，在精确瞄准系统的辅助下，用暴雨冲锋枪隔空击爆那枚手雷，但他不清楚那是个什么性质的手雷，害怕出现意外，最终放弃了强行进攻。

蒋白棉抓住这个机会，挺身而起，单膝跪在了黑沼铁蛇的尸体后方。

她用右掌握着联合202手枪，向着目标，连续射击。

“砰砰砰！”

11.18毫米的子弹呼啸而出，射向那名穿戴军用外骨骼装置的壮年男子，目标皆是没有装甲和辅助骨骼保护的关键部位。

虽然蒋白棉没有精确瞄准系统帮助，但她的射击水平非同一般，敌人只能依靠外骨骼装置连续闪避，一秒也不敢停下来。

那名壮年男子额头冒出了一层冷汗，他不敢相信，对方每一枪都没落空，自己根本没有反击的机会。若非穿戴着军用外骨骼装置，且有综合预警系统辅助，他觉得自己都躲不过去。

那是一名真正的神枪手！

盘古生物内部做过基因改良的员工，都拥有不错的射击天赋，而蒋白棉则是佼佼者中的佼佼者，商见曜和龙悦红都不如她。而且，她后天也一直在进行艰苦的训练。

砰砰砰！一时之间，蒋白棉靠着联合202手枪，强行压制了穿戴着外骨骼装置的敌人。

她唯一忧虑的是，弹匣里的子弹快空了，而联合202和狂战士突击步枪不同，她没法依靠技术及时更换弹匣——对面也不是正常的敌人，只要稍有空隙，立刻就能反扑。

另外一边，在重型摩托车发动机的轰鸣声越来越近时，白晨将橘子步枪放到了一边，正对着吉普车高底盘带来的车下空间。

她蹲在那里，背靠着车头，侧前方是她不知什么时候放的一面镜子。

这镜子如同后视镜，将一个狭窄范围内的场景展现在没法冒头的白晨面前。

然后，白晨语速极快地说道："帮我压制另外两个，把他们往侧面赶！"

说完，她脱掉外套，猛地往上空一扔。

"嗒嗒嗒！"

那件灰底迷彩服被子弹击出了好几个洞。

白晨顺势一滚，翻到了车门位置，匍匐在那里，重新握住了橘子步枪。

下一秒，她通过车底空间，瞄准了穿戴着外骨骼装置的敌人，从对方没有想到的角度，射击起他的脚踝。

"砰砰砰！"

那名壮年男子正要反击蒋白棉，却察觉到了其他危险。

"不错啊！"蒋白棉暗道一声，对白晨的反应能力、决断能力和冒险精神都非常满意。

她抓住这个机会，丢下联合202手枪，换上了冰苔。

吉普车车头处，白晨支援蒋白棉时，商见曜已取下挎着的狂战士突击步枪，将它放到了龙悦红旁边。

"你来压制，往侧面赶！"他重复了一遍。

将两辆重型摩托车往侧面赶是不想让敌人瞄准车门位置射击，子弹若穿过吉普车，有不小的概率伤到匍匐在车门下方的白晨。

"我……"龙悦红非常紧张。

"开枪！"商见曜的脸部表情隐约有些扭曲。

龙悦红也是经受过艰苦训练的人，他不再犹豫，依靠车头为屏障，伸出手，拿起突击步枪，也不做瞄准，向着自己背对的地方扫射，疯狂扫射。

两把微型冲锋枪的声音顿时停下来了，发动机的声音愈发响亮。

龙悦红抓住这个机会，一个翻转，将半个身体露出了车头位置。然后，他开始做瞄准性的扫射，压制敌人，将他们往侧面赶。子弹打光后，他没更换弹匣，抓起商见曜的狂战士，继续扫射。

嗒嗒嗒的声音里，商见曜抽出联合202手枪，腰背半弯起来，猎豹一样冲向那两辆重型摩托车。

龙悦红完全没想到商见曜会如此大胆如此冒险，自己继续进行火力压制。

“嗒嗒嗒！”

两名强盗单手端着微型冲锋枪，于摩托车的高速奔驰中做出反击。

商见曜猛地前扑，一个翻滚，躲开了这轮射击，背后是好几蓬往上腾起的烟尘。

可这个时候，两辆重型摩托车疾速靠拢过来，与他距离不到十米。

更接近商见曜的那辆摩托车上，戴着头盔的敌人又一次瞄准了商见曜。

这个距离，他有绝对的把握让商见曜躲无可躲。他的脑海内甚至浮现出了相应的画面：嗒嗒的枪响中，摩托车飞快驶过，敌人的身体抽搐着倒下。

另外一辆摩托车上的敌人则还击着龙悦红，不给他拯救同伴的机会。

商见曜翻滚之后，弹起来看见了微型冲锋枪黑幽幽的枪口。戴着头盔的敌人没有犹豫，手指用力，准备扣动扳机。

突然之间，他的动作僵硬了，停滞了，他的额头和后背流出了大量的汗水。

他发现自己忘记了怎么扣动扳机！

那么简单的一个动作，他怎么都完成不了，就像丢失了相应的能力一样！

要怎么才能完成射击？这个瞬间，他脑海里产生的竟是如此荒谬的念头。

抓住这个机会，商见曜眼眸深邃，表情淡漠地抬起手臂，扣动了联合202手枪的扳机。

“砰砰砰！”

一发子弹打在了敌人的身上，一发子弹命中了对方的脖子，一发则击中了摩托车的车身。敌人的身体晃了晃，从摩托车上栽倒在地，发出扑通的声音。

失去驾驶者的重型摩托车继续向前狂奔了十几米，然后哐当侧倒，激起了大量的尘埃。

商见曜没有停顿，手腕微动，瞄准了另外一个与龙悦红互射的敌人。

“砰砰砰！”

他一发子弹钻进了重型摩托车的油箱，两发命中了对方的躯干。他的射击天赋在基因改良者里属于中等偏上，还算不错。

“轰隆！”

那辆重型摩托车摔倒在地，直接爆炸了。

大片赤红色的火焰腾起，包裹住了骑在这辆摩托车上的敌人，他惨叫着，抽搐着，最后没了动静。

穿戴着军用外骨骼装置的壮年男子听到声音，扭头望了过来，眼睛一下就红了。

商见曜没有与他对视，疯狂地奔跑着，翻滚着，往吉普车车头位置返回。

那名壮年男子怒吼一声，不再管能源的消耗、机体的负担，超额发挥起外骨骼装置强大的机动能力，连跑带跳，不顾一切地冲向了吉普车。

这与他刚才谨慎的打法完全不同。

“砰砰砰！”

蒋白棉和白晨的射击都没能命中对方的要害，顶多造成了一点擦伤。

军用外骨骼装置的强大可见一斑。

“砰——”

那名壮年男子腾空而起，重重地落在了吉普车的引擎盖上，将暴雨冲锋枪、榴弹发射器和电磁武器的枪口都对准了下方三人。而同时，白晨、龙悦红和商见曜也瞄准了他。

第23章
情绪上脑

壮年男子愤怒归愤怒，冒险归冒险，但还是保持着基本的思考能力，从未考虑过要用自己的生命为两个同伴复仇。

按照他的计划，跳到吉普车引擎盖上后，他会借助外骨骼装置强大的腿部力量，再次高高跳起，躲过前后敌人的搏命射击，然后，从空中发射榴弹，将躲在车头位置的两男一女直接炸死！

这个过程中，他还能于半空完成一轮冲锋枪扫射，力求不放过一个目标。

接着，他会开启军用外骨骼装置的简易喷气装备，在空中强行变向，不给躲在黑沼铁蛇尸体后的敌人机会。

就在壮年男子的膝盖带动辅助关节微微弯曲，行将往上弹起时，他的脑海内突然闪过了一个强烈的念头："不！我就不！"

他觉得自己必须面对面将杀死同伴的敌人打成马蜂窝，看着对方后悔地死去，才能算真正帮同伴复仇！

什么高高跳起，往下扫射，那是懦夫的行为，根本没有诚意！

真男人就要勇敢地和对方战斗！

这念头迅速扩大成了无法遏制的情绪，让壮年男子瞬间放弃了原本的打算。

当然，他也没有完全失去理智，穿戴着铁黑色外骨骼装置的他猛地做出蹲的动作，并弯折腰部，如巨人般将上半身伏了下去。这样一来，躲在车头位置的两男一女直面的将是他的金属头盔、胸前装甲和覆盖辅助骨骼的那些地方，只有不多的空隙可以命中他未被保护到的身体部位。

下一秒，他看见了目标那似乎比正常人更加幽暗的眼睛。

商见曜没有逞强，放弃了瞄准。他往侧方用力跃开，继续团身滚动。

而对壮年男子侧后方的蒋白棉来说，对方现在的姿势摆得实在是太好了，她根本没做思考，依循着本能就扣动了扳机。

“砰！”

一枚黄澄澄的子弹飞出二三十米的距离，擦着铁黑色的辅助骨骼，钻入了壮年男子的脊椎与能源背包的交界处。

这与蒋白棉预想的命中点完全吻合，她就像在打一个不会移动的靶子一样。对她这样的神枪手来说，这几乎没有什么难度，即使距离再加二十米，也不成问题。

噗的一声，壮年男子的背部绽放出了大片的血花。剧烈的疼痛中，他恢复了清醒，不敢相信自己在关键时刻竟如此矫情，做出了几乎是最差的选择。

“砰砰砰！”

蒋白棉的第二发子弹如约而至，白晨的子弹也倾斜着没入了壮年男子的腹部，龙悦红的连续射击则被金属头盔、胸前装甲挡住，没能伤害到敌人。

壮年男子自知已无法幸免，表情顿时狰狞起来。意识变得模糊，他准备发射榴弹，疯狂扫射，带着面前的敌人一起去死。

可是，他怎么都做不出扣动扳机这个动作。

他的双手似乎已先大脑一步死去。

“哐当！”

这名壮年男子带着七八十公斤重的外骨骼装置，重重地倒在了吉普车的引擎盖上。

他的眼睛圆睁着，似乎充满了疑惑和不甘。

远处压阵的那辆黑色越野车，在摩托车车手发出惨叫之后，已经疯狂奔了过来。

可是，它终究慢了一步，当它进入有效射击范围时，叫吉顺和阿禹的两名男子正好看见老大背部爆出的一团血花。

阿禹怒吼，将半个身体探出车窗，试图寻找敌人射杀。

就在这时，壮年男子异常沉重的身体滚动了一下，吉普车出现了明显的摇晃。

嗞的声音里，那辆黑色越野车完成了一个大漂移，车身打横了过来。

阿禹险些被甩了出去，如果不是因为穿得臃肿，且及时找到了支撑点，他早就被甩到半空了。

“轰！”

黑色越野车又是一个大转弯，向着来路狂奔而去，速度极快。

“你干什么？”阿禹缩回身体，怒吼道。

年纪较长的吉顺把着方向盘，高声回应：“逃啊！”

“老大他们还在那里！”阿禹用自己的联合202手枪抵住了吉顺的太阳穴，“给我回去啊！”

他嘶吼着，眼里满是血丝。

吉顺不为所动，再次喊道：“老大已经死了！你也想跟着一起死吗？”

他几乎将油门踩到了底。

阿禹嘴唇翕动了几下，表情不断变化。就这么僵持了一阵，他忽然往后一甩手臂，将身体重重地扔入了副驾驶位置。

“真是个胆小鬼！”他怒骂道。

“我也真是个胆小鬼……”他声音渐低，脸上尽是泪水。

“嚯，跑得真快啊。”蒋白棉一边给冰苔手枪换弹匣，一边望着黑色越野车行将消失在远方的背影，感慨了一句。

她只可惜下车的时候没带那把榴弹枪，否则还能尝试着送逃跑的敌人一朵大烟花。

吉普车位置，龙悦红已打完了枪里的子弹，停了下来，弯着腰背，重重喘气。他的眼睛没有焦点，一片迷茫，整个人似乎已进入某个与外面隔绝的世界。

白晨端着橘子步枪，环顾了一圈，见不再有别的敌人，略微松了口气。她表情相对冷静，仿佛刚才发生的一切只是她日常生活中的一部分，隔段时间就会经历一次，不值得浪费太多的感情。

她看到了蒋白棉放在副驾驶位置的榴弹枪，但她确认壮年男子已彻底死亡，而那辆黑色越野车又逃得很远，就放弃了补枪，何况她本就不太擅长使用榴弹枪。

“没必要浪费一枚榴弹……”白晨收回目光，望向了七八米外的商见曜。

她对壮年男子最后的选择非常疑惑。

刚才那种状况下，穿戴着外骨骼装置的敌人完全有机会以受点轻伤或者擦伤为代价，将他们三人击杀。谁知，他就像被愤怒冲昏了头一样，根本没有任何战术，鲁莽，只有鲁莽。

而在那个瞬间，商见曜是唯一做出不同反应，提前扑向旁边的。

白晨抿了下嘴唇，看了一眼奔跑回来的蒋白棉：“你们有没有受伤？”

吉普车内有一个医疗箱。

听到这句话，龙悦红打了个冷战，从那种茫然的状态中回归现实世界。

他的身体因紧绷而战栗着，但这不妨碍他快速检查自己的状态：“我……我没事。”

这时，商见曜笑着回应道：“稍微有点头疼。”

“也许是爆炸声、枪声对耳朵造成了一定的压力。”白晨根据之前的情况，从现实的角度做出了分析。

“很好。”回到吉普车处的蒋白棉则赞扬了一句，然后对白晨道，“我有几个地方有擦伤，给我瓶碘伏。”

说完，她趁机教导起龙悦红和商见曜：“在荒野上，致命的危险往往还来自感染和污染，不能因为做过基因改良，拥有强大的免疫能力和自我修复能力，就在这方面大意。”

等到商见曜、龙悦红点头，蒋白棉接过碘伏，一边给手上的伤口消毒，一边笑道：“怎么样？精彩吧？刺激吧？”

龙悦红微微皱眉，脸色略显苍白地说道：“组长，这种事情怎么能用精彩和刺激来描述？”

他只感觉害怕、难过和紧张，不想再经历一次。如果不是这次没有同伴伤亡，他觉得自己很可能会当场崩溃。

就算如此，看到之前还生龙活虎的三个人无声地躺在了地上，他也产生了一种说不出的感受。

蒋白棉没有因龙悦红反驳自己而生气，半笑半叹地说道：“这就是灰土上的常态，和公司内部的情况完全不同。当你经历了各种各样的战斗，你发现自己还活着，是多么值得庆幸，多么值得高兴的事情，尤其是你的战友们也都还活着。

“我刚才主要是想给你一种放松的感觉，让你尽快克服战后心理障碍。别和商见曜比，他的问题也许更严重，战后心理障碍根本算不了什么。”

商见曜张了张嘴巴，似乎想声明自己没有问题。而这个时候，白晨已将穿戴着外骨骼装置的尸体推下了引擎盖。她旋即打开引擎盖，检查起车辆情况。

车头里面，卡着好几枚子弹。

“怎么样？”蒋白棉开口问道。

“确实受损了……不知道能不能修好，我先试一试。”白晨拉了拉脖子上的灰色围巾，返回后备厢处，拿出了装着修理工具的塑料提盒，“希望可以。”

蒋白棉转头对商见曜和龙悦红道：“你们打扫战场，搜集有价值的物品，我负责警戒四周，防备意外。嗯，先从这边开始。”

“好。”商见曜和龙悦红同时走向了那具穿戴着外骨骼装置的尸体。

如果能尽快剥离外骨骼装置，掌握它的使用技巧，接下来再出现什么情况，他们也有不小的应对把握。

第 24 章 信

因为军用外骨骼装置设计时会考虑穿戴者死亡后的回收问题，而商见曜和龙悦红在两个月的训练中也熟悉过这类物品，所以，商见曜只摸索了几下，就找到了按钮，顺利关闭了集成系统和能源背包。

完成这一步后，接下来的工作就没什么技术含量了——挨个解开辅助关节处的金属卡扣。

龙悦红一边弄着肘关节和手腕处的卡扣，一边张了张嘴巴，又闭了起来。

就这么欲言又止了三次，他终于忍不住压着嗓音，开口问道："你刚才都不紧张，不害怕吗？"

负责腿部的商见曜指了指自己："你是问我？"

"这里除了你，还有谁？"龙悦红好气又好笑地反问。

白晨在他的背后修理吉普车，蒋白棉拿着手枪，绕到了另外一边，尸体所在的小区域内，只有他和商见曜两个人。

商见曜拍了拍尸体的大腿："还有他啊。"

"……"龙悦红本想骂一句，可又莫名其妙地有点害怕。

他想起了大人们经常用来吓唬小孩的那些故事。

商见曜收敛住笑容，嗯了一声："肯定也会紧张和害怕啊。"

"可我完全看不出来。"龙悦红脱口而出。

商见曜轻轻颔首："因为我在心里告诉自己，我的目标是拯救全人类。"

“这有什么联系？”龙悦红觉得自己已经习惯商见曜时不时脑子抽一下，“我是说，为什么这样就不害怕不紧张了？”

商见曜表情严肃地回答道：“在实现目标的路上，牺牲在所难免。”

这个瞬间，龙悦红竟不知该说商见曜正常还是不正常。

他迅速决定放弃这个话题，转而问道：“你不会难受吗？亲手杀了两个人。就在不久之前，他们还能说能笑，能走能跳，活生生的，有血有肉。呃……不一定是难受，难道就没点特别的感受吗？”

商见曜轻轻点了下头：“有。”

龙悦红莫名松了口气。

商见曜继续说道：“想再补两枪。”

“为什么？”龙悦红放弃让自己的思绪和商见曜同步。

商见曜扫了他一眼，将目光投向了侧后方的吉普车：“我们从来没想过抢劫他们，伤害他们，射杀他们，而他们从一开始就对我们抱有恶意，一路追踪着，一有机会就发动攻击。

“如果我们没有超常发挥，那现在倒在这里，被搜查尸体的就是我们，你觉得他们会因此有特别的感受吗？

“不，他们只会唱着歌，吐我们口水，吃我们的能量棒，吃我们的压缩饼干和军用罐头，用我们杀死的黑沼铁蛇弄火锅，这你能忍？”

龙悦红脑海内条件反射地闪过了一些画面，这让他想起了从小到大经常忍受的强烈饥饿感。

他顿时勃然大怒：“不能！”

说完，他顿时蔫了下去，就像许久没有打气的篮球：“可是，我还是觉得不是那么舒服。”

商见曜听到这句话，嘴缓缓咧开，露出一个有点浮夸的笑容：“这就是灰土。好好习惯吧。”

“说得好像你不是第一次来到地表一样……”龙悦红嘀咕了一句，埋头忙碌起来。

没过多久，他们打开了所有金属卡扣，将那台军用外骨骼装置从尸体上脱了下来。

蒋白棉不知什么时候已回到了吉普车旁边，若有所思地说道："龙悦红，你试一试，看能不能驾驭。"

有些东西让某些男人永远狂热。龙悦红顾不得那外骨骼装置上还残留着血迹，连忙催促商见曜，在对方的帮助下，调整了辅助骨骼的长度，负上了能源背包，戴上了铁黑头盔，锁上了金属卡扣。

等到集成系统自检完毕，龙悦红看了一眼，赶紧汇报："还有百分之二十三的电，说是能用一小时五十五分钟。"

"别信这个，这只是你维持正常运动，仅做基本操作的情况，要想像那人那样飞天遁地，疯狂跑跳，让各个系统全部超负荷运转，我估计顶多半小时。"蒋白棉抬起左腿，用脚尖指了指壮年男子的尸体。

"嗯。"龙悦红开始做各种基本动作。

一连串的操作后，他惊喜地说道："组长，这比之前在公司试的那台好用多了！"

蒋白棉呵了一声："那是公司仿制的。你也不想想，咱们一个做生物研究的公司，在机械、电子上能有多强？"

"也是。"龙悦红兴奋地试验起那台军用外骨骼装置的其余功能。

商见曜依旧蹲在原地，搜查尸体的每一个口袋。

"只有两包饼干。"最后，他一脸嫌弃地看着摆放在面前的物品道。

这两包饼干并非压缩型，包装袋上写着一排排红河文——因为磨损严重，商见曜只勉强认出了"香葱"和"苏打"。

在灰土上，主流的语言是灰土语和红河语，前者是盘古生物、救世军等势力的通用语，后者主要在红河流域和靠近红河流域的势力内使用——这包括最初城、白骑士团和橘子公司等。

除了这两包饼干，商见曜还找到了两张信纸和一枚徽章。

两张信纸，一张折得整整齐齐，一张随意地叠在一起。

商见曜展开整齐干净的那张信纸，随口评价道：“这折过很多次了。”

蒋白棉吩咐龙悦红警戒四周后，凑到商见曜旁边，蹲了下来，和他一起读信。

这封信用的是灰土文：“亲爱的父亲，我在最初城过得很好，虽然阅读还有点障碍，但对话已经基本没有问题，不再有谁能察觉我来自荒野。

“这里等级非常森严，但和外面相比，美好得就像天堂，只要遵从他们的规则，服从比自己级别更高的人，找准自己所在的阶层和地位，就能比较顺利地过下去……

“我的学业您不用担心，在那位的帮助下，我已经转到了正规的学院，只要顺利毕业，就能摆脱‘奴隶’的身份，成为公民……

“不知道镇上的粮食储备还够吗？虽然现在还是夏天，但我听一些同学说，今年的冬天会格外难熬。我不知道他们判断的依据来自哪里，只是觉得有必要告诉您一声，让大家尽早做些准备，即使这是谣言，也宁可相信，不能忽视。

“您上次说成为遗迹猎人是一件好事，比起做强盗，这个职业显然更安全一点，当然，它也很危险……

“不要去新发现的城市废墟，不要去少有人回来的城市废墟，还有，不要再做强盗了，虽然这确实能最快地给镇上带回过冬的食物……

“我会尝试着在城里寻找敢于走私粮食的商人，但我没有任何把握，也没有足够的资源来交换，只能寄希望于那位带我认识元老院长老的人，看能不能从他身上找到机会。

“最后，希望您身体一直健康，希望饥荒不会到来，希望吉顺叔、锦丰叔、阿禹哥、钱宁哥都过得不错，都能给自己家里带回足够的食物，希望大家都能等到元老院认可，等到以公民而非奴隶身份整体并入最初城的那天。还有，那位对母亲很好，无需挂念。你的小安吉。”

看完之后，蒋白棉和商见曜许久没有说话。

“这就是灰土。”过了一阵，蒋白棉自嘲般笑了笑。

商见曜低声回应道：“这封信，他看了不下二十遍。”

他从信的折痕和纸张的状况可以做出一定的判断。

蒋白棉本想告诉商见曜，没必要因此有负罪感，可忽然想起了一件事情，只能拍了拍对方的肩膀：“每个人都有两面，甚至不止两面，对自己孩子和对陌生人是完全不一样的。

“作为陌生人，不需要关心他的孩子失去了父亲会怎么样，只用庆幸自己还活着。

“我知道你在想什么，我也听过一些传闻，我可以肯定地告诉你，我们公司的人，不会沦落到做这种层次的荒野强盗，要抢也只会抢敌对势力的物资运送队伍。”

商见曜没有说话，折好这封信，将它塞回了壮年男子的内侧口袋里。接着，他展开了另外那封皱巴巴的信：

“任务描述：探索月鲁车站以北区域，搜集目标相关的情报。目标描述：男性，来历不明，身高一米八左右，黑发金眼，长得英俊，魅力出众；喜欢穿风衣、靴子，戴手套，头发梳理得整整齐齐，完全不像荒野流浪者。危险程度暂定为高。

“报酬：一吨普通品阶的面粉（公会担保）。任务等级：C，100个信用积分。”

“这是猎人公会的任务文书。”蒋白棉介绍了一句，然后若有所思地拿起了商见曜搜出来的徽章，“月鲁车站是黑沼荒野内的一处旧世界遗迹，它再往北，就是大沼泽深处了，那里危机四伏。”

说话间，蒋白棉检查了下手中的徽章。那徽章呈黄铜色，正面有五官模糊的人脸浮雕，人脸的两颊分别刻着一把刀和一杆枪。徽章的背面则镶嵌着一块小小的芯片。

这是来自猎人公会的徽章。

第25章 打扫战场

蒋白棉把玩了一下那枚徽章，将左手食指抵到了芯片某个位置。隐约间，似乎有一些细小到无法察觉的电流在闪动。

过了几秒，蒋白棉缩回手指，笑了笑道："还是一名正式猎人。"

"正式猎人"是猎人公会内部的一种称呼，来源于他们对遗迹猎人的划分。这种划分至少表面上看与实力没有任何关系，依赖所谓的信用积分，毕竟猎人公会成立的初衷是帮助大家更好地交换情报和资源，而不是提供上升的渠道。

在交易这件事情上，信用比实力更重要。

所以，猎人公会最初那个会长，从旧世界的某些资料里得到灵感，设计出了信用积分体系。遗迹猎人加入公会后，可以通过完成委托，与他人交易，向公会提供可靠的情报来收获不同数量的信用积分，而这与他们获得报酬是不冲突的，两者属于并行叠加的关系。

等到信用积分累积到100个，新手猎人就能成为正式猎人。正式猎人之上还有中级猎人、资深猎人、高级猎人和大师级猎人，而这都是用一次次任务、一次次交易喂出来的。当然，如果你级别不到，信用积分不够，很多任务是接不到的，很多交易是没法参与的，因为别人根本不会相信你，除非能找到一个或几个高信用的猎人做担保。

所以，新手猎人的实力比高级猎人、大师级猎人强不是什么怪事。但从另一个角度来看，在危险的灰土上，能完成那么多次任务和交易，依旧活着，积攒了足够的信用积分，本身就能说明很多问题——那些高级猎人、大师级猎人在实力、团队势力和掌握的资源上，总有一个是出类拔萃的。

也就是说，信用积分低的不一定弱，但信用积分高的，肯定很强，至少在某方面很强。

而基于对信用积分的重视，猎人公会一直严厉打击违约、违规、欺诈和不诚信交易等行为，一旦发现，会立刻扣除相应的信用积分，并在徽章芯片里录入失信行为的具体情况。若这方面的问题很严重，公会甚至会剥夺会员资格，让他上各地的黑名单——这种一般被称为黑暗猎人，当然，因为没有遍及灰土的通信网络，黑名单要想传遍所有分会，可能得几个月，甚至更久。

至于遗迹猎人们是否兼职强盗，有没有杀过人，只要与任务和交易无关，公会根本不管。

除此之外，猎人公会还有一个叫“首席猎人”的称号。

这属于荣誉，主要看资历，每个地区的猎人分会只有一个。

这些都是商见曜在课堂上和训练时了解到的情况，所以他对正式猎人这个名词一点也不好奇。但是，他依旧看着蒋白棉，认真地看着，没有说话。

蒋白棉低头看了看自己，忽然失笑道：“你是奇怪我为什么能读出猎人徽章芯片里的内容？”

这都是需要在各地分会用特殊机器才能读出来的。

商见曜当即点头，未做掩饰。

蒋白棉抬起左臂道：“既然是电鳗型生物义肢，那顺便装个需要用电的简单芯片和感应器、数据传输线路等配套元件，也是非常合适的。

“要读出芯片里面的内容不难，嗯，擦掉重写就非常困难了，这可是猎人公会从机械天堂统一购买的专用芯片和特制机器才能做到的，技术含量不低哟。”

商见曜恍然大悟，旋即好奇地问道：“现在的生物义肢都开始搭配电子、机械方面的东西了？”

“我们的理念是管用就行。而且，生物、电子、机械的融合技术本身也是研究重点啊，就像许多大势力在尝试把外骨骼装置、仿生智能盔甲结合起来，做出真正实用的动力装甲。”蒋白棉不甚在意地解释道。

突然，她哎呀了一声。

商见曜的手当即放到了冰苔的握把上。

“哈哈，蹲太久，腿有点麻了。”蒋白棉不太好意思地站了起来，活动开双腿，她的马尾辫在身后一抖一抖的。

等到商见曜也起身，她才开口道：“这个任务有点奇怪啊，在黑沼荒野里搜集一个特定人的情报，简直就像是往大海里撒网，抓特定的一条鱼。”

商见曜飞快地回应道：“你看过大海？”

“这不是重点。”蒋白棉呸了一声，“至少我见过真正的湖泊，大海应该比那宽广很多。”

商见曜无视了蒋白棉的回答，接起前面的话题：“可能这任务不仅仅给了一个猎人。”

“也是，广撒网嘛。”蒋白棉表示赞同。说完，她和商见曜异口同声地感慨道：“真富有啊！”

能让提供有效情报的人都获得报酬，需要准备的绝对不止一吨面粉。

蒋白棉将目光投向了大沼泽深处，也就是月鲁车站以北，颇感疑惑地自语道：“那家伙究竟什么来头啊？值得这么重视。”

这个时候，白晨完成了修理，坐到驾驶座上，试着启动吉普车。嘈杂的声音响起，就连商见曜都能听出那不太正常。

白晨将脑袋伸出窗外，大声对蒋白棉道：“后面也受损了，很多地方都受损了，现在勉强能开，但速度上不去，而且我不确定它什么时候会彻底抛锚。”

“修不好吗？”蒋白棉认真地问道。

白晨摇了摇头：“能修好，但缺关键的零件。组长，我记得附近不远的地方有个荒野流浪者的聚居点，只需要两三个小时就能抵达，我们不如绕下路，去那里看看能不能交换到需要的东西。就算吉普车半途抛锚，我也能骑那辆摩托车赶过去再回来。”

她指了指还算完好的一辆重型摩托车。

另外一辆已在之前的爆炸里损毁，只剩下一堆废铜烂铁。

蒋白棉想了两秒："好。"

白晨和商见曜立刻检查起剩余两具尸体和其周围的情况，最终又获得了一辆轻度受损的重型摩托车，两把微型冲锋枪和一些冲锋枪子弹，来自摩托残骸的部分零件，半块面包及几根用烤制过的烟叶直接裹成的卷烟。而在之前那名壮年男子身上，他们还得到了一把暴雨冲锋枪。

龙悦红则穿戴着外骨骼装置，将那挺轻型机枪抱了回来。

"这三把冲锋枪用的都是9毫米的子弹，属常见类型，我们准备了不少！"蒋白棉略作分辨，高兴地说道。

接着，她看了看那挺轻机枪，不无遗憾地叹了口气："7.92毫米的子弹，这就暂时没法用了。先放车上吧，回头可以交易，或者带回公司。"

"这个放到后备厢就没地方放外骨骼装置了。"白晨微皱眉头。

他们的后备厢可是有罐头、饼干、子弹、过滤芯片等各种各样的东西。

"外骨骼装置放副驾驶位置，大家轮流骑重型摩托车，而且，三个人也能挤后座嘛，宽敞着呢。"蒋白棉随口说道。

白晨嗯了一声："那辆重型摩托车需要燃油，我们未必补给得上，等会儿能交易就尽量交易掉吧。"

蒋白棉未直接回应，环顾一圈道："好了，大家分散，把能看到的子弹壳捡回去，这可是战略资源。

"龙悦红，你可以把外骨骼装置脱了，节省点电量，我们这次只带了一块备用的高性能电池，得谨慎些。"

车顶的太阳能充电板，每天也就只能为吉普车充电一次。

"是，组长！"龙悦红刚回答完毕，忽然想起一件事，回头指着路旁道，"它怎么办？"

他说的是黑沼铁蛇庞大的尸体。

蒋白棉英气的眉毛扭曲了起来："这没法搬啊。肉就不要了，这种因污染而产生变异的生物，不是真的没有吃的，最好不要吃它们。

“嘴里的毒囊也不能要，我们没带密封装置，里面的液体又是容易挥发的，到时候，黑沼铁蛇不知不觉就报了仇。

“把那层皮剥下来吧，应该能带得走，嗯，折叠起来，绑在车顶。这可是极好的生物材料，研究部那边肯定喜欢，他们之前一直在做类似的仿生盔甲。

“龙悦红，你穿着外骨骼装置过去处理，它的头盔有防毒效果，如果我没记错，它应该还有高温切割的功能。记住，从眼睛、嘴巴处开始。”

经过一刻钟的忙碌，龙悦红在戴着防毒面具的商见曜的帮助下，将变异蟒蛇的皮剥了下来。

他们将这玩意儿先折叠一次，然后裹起来，绑到吉普车的车顶，用绳子和太阳能充电板的固定器固定起来。

“呼——搞定。”蒋白棉拍了下手，看着龙悦红和商见曜将外骨骼装置放到了副驾驶位置。

“这怎么处理？”她指了指不远处的三具尸体，“衣服要剥下来吗？”

这也是灰土上的硬通货，只比食物、军火稍逊。

白晨、龙悦红给出意见前，商见曜抢先开口，表情认真：“沉到沼泽里吧。”

蒋白棉若有所思地颔首道：“好。”

第26章 补课

尸体被抛到了前方的沼泽中，镶嵌在软烂发黑的泥泞表面，一寸一寸地往下沉没。

商见曜望了龙悦红几秒，转身走向了吉普车位置。

蒋白棉没问谁先来骑重型摩托车，直接戴好头盔，跨坐了上去。背负着微型冲锋枪的她侧头望向商见曜等人，难掩笑意地说道：“我很早前就想弄一辆，只是一直没有机会。”

话音未落，她已扭动油门，让重型摩托车发出低沉而暴烈的轰鸣声。她整个人伏了下去，虽然是第一次骑，但造型还是摆得相当专业。

轰鸣声越来越大，那辆重型摩托车箭一般冲了出去，沿着沼泽边缘，奔向远方。

“钢铁、燃油的浪漫啊！”龙悦红羡慕地低语道，“还有自由和风。”

轰隆的声音里，那辆重型摩托车转了回来，停在了不远处。

蒋白棉用脚撑地，拉起头盔的面罩，干笑了两声：“这个……那个……白晨，该往哪边走？”

白晨低头看了一眼自己的围巾，高声回应道：“你跟着吉普车走！”

“啊？你说什么？”蒋白棉抬手摸起耳朵，可那里已被头盔挡住。

她笑容不改，重新拉下面罩，将重型摩托车骑回了吉普车旁边，仿佛是自己做出的决定。

商见曜和龙悦红相继上车，白晨坐回驾驶位置，发动了吉普车。

就这样，他们以一个相对较低的速度在黑沼荒野内行进着，时不时改变方向，钻来绕去。这个过程中，蒋白棉屡次以侦察周围为理由，骑着那辆摩托车，脱离队伍，飞驰向不同地方。

近两个小时后，白晨让似乎有点不堪重负的吉普车停了下来。她推开车门，对刚从远方呼啸而回的蒋白棉道："组长，快到那个聚居点了。"

蒋白棉单脚撑地，拉起面罩道："你有什么想法？"

白晨摸了摸脸部颇为粗糙的皮肤："我担心我们这么过去，会让聚居点的荒野流浪者们产生过激反应，他们在这方面总是非常警惕。

"不如这样，你们在这里等，我骑摩托过去，做好接洽，然后再回来接应你们。如果他们不让我们进入，我就尝试在外面交易。"

蒋白棉轻轻颔首道："我们的火力确实让人忌惮。"

吉普车顶部绑着的黑沼铁蛇外皮更是让人畏惧。

她当即下车，停好摩托，将头盔取了下来，递给白晨。看着白晨的背影消失在前方稀疏的山林后，蒋白棉拉开吉普车的门，坐到了驾驶位置。

"要不要来一根？"她笑着拿起了放在扶手箱内的粗糙卷烟。这是之前获得的战利品。那烤得焦黄偏黑的烟叶散发着一股难闻的气味。

"不用。"龙悦红和商见曜同时摇头。

"你们两个啊！在有些人眼里，这可是奢侈品！"蒋白棉放下了那根粗糙的卷烟，"上过战场的，不知有多少人痴迷它。某些时候它能让他们的精神获得放松，就像酒精饮料可以让人忘记许多不愉快一样。哎，很多人只有在喝醉以后，才会高兴起来。"

"那不是真正的快乐。"商见曜忽然唱了一句。

"哟，还唱起来了。"蒋白棉嘴巴微张，笑出声。

商见曜认真地点头道："我喜欢音乐。"

"可歌词好像不是太对……"蒋白棉摩挲起耳朵内的金属装置。

商见曜就像在讨论一个学术问题般说道："歌词可以做一定的修改，符合当前的场景，才能更好地表达。”

蒋白棉挥了挥手：“这不是重点，被你这么一打岔，我差点忘记自己要说什么了！”

她吐了口气，不高兴地说道：“我提卷烟，是想引出战争创伤这个话题。虽然你们刚才经历的战斗还达不到这个层次，但你们也有必要注意，无论香烟，还是酒精，其实都不是很好的疗伤物品，它们容易让你们产生严重的依赖性，且对身体不好。

“你们如果有精神太过紧绷，压力过大，焦虑、暴躁，注意力难以集中的情况出现，可以随时找我聊天，我学过一些心理方面的课程。”

“是，组长！”龙悦红大声回应道，“刚才，途中，白晨其实也找我们聊过这方面的事情，我现在感觉好多了。”

“不错。”蒋白棉赞了一句，“自从上面批准成立这个旧调小组以来，我做的最正确的事情就是通过了白晨的申请，啧，我的眼光不错吧？”

不等商见曜和龙悦红回应，她斜靠到驾驶座上，眼眸微转，道：“白晨不知道什么时候才能回来，闲着也是闲着，再给你们讲一些事情吧，之前没给你们讲过的。”

商见曜和龙悦红顿时坐得端端正正，就像在学校里一样。

蒋白棉低笑起来：“不要这么专注！分心留意外面！你们不怕哪里飞来一发榴弹，把我们一锅端了吗？

“好了，回归正题。我之前不是说过吗？灰土之上，除了极少数生物，人类最危险的敌人永远是人类。

“那么，哪些人类称得上危险呢？龙悦红，你觉得有哪些？”

龙悦红回想了一下，道：“穿戴着外骨骼装置的人。”

之前那场战斗里，军用外骨骼装置发挥的威力让他印象深刻。

他甚至怀疑这会成为他噩梦的来源之一。

“对，另外还可以加上穿着仿生智能盔甲的人。这两种人，单独一个就能对付一支队伍，甚至抹平一个小的荒野流浪者聚居点。”蒋白棉将目光投向了商见曜，“你认为还有哪些？”

“装备着重武器的队伍，弹药充足的团队，安装了特定类型生物义肢或者做过相应机械、电子改造的人。”商见曜一口气说了几类。

蒋白棉轻轻颔首：“确实。”

她用右手抚摸着左臂道：“它给我带来了很大的提升，但还是原装的好啊，你们要珍惜！”

她旋即补充：“另外还有乌社教团的修者、基因改良者。你们或许不知道，在很多势力里，像你们这样的人被称为‘天选者’。”

“为什么呢？”龙悦红颇感惊愕地问道。

蒋白棉笑了一声：“你们是平时接触了太多同类，所以才体会不到这种技术的珍贵。

“所有的势力里，目前只有我们公司和白骑士团能稳定地做基因改良，出产相应的原液。

“你们想想，一个身子高、体格壮、速度快、反应灵敏、协调能力强、平衡能力强、免疫力强、自我修复能力强、精力极其充沛、视力相当出众、射击天赋不低的人，对普通人来说，不就像是上天的宠儿吗？不就是危险的代名词吗？

“不过，你们也别骄傲，某些势力极端排斥基因方面的技术，认为这是对自然、对上天、对神灵的亵渎，是旧世界毁灭的主要原因。”

蒋白棉缓了口气，继续说道：“而比基因改良者更强的，是做过基因改造的人，他们往往都拥有一些人类不具备的能力，而那些因污染而畸变的次人，也有类似的特性。我甚至见过像某些植物一样可以自己完成光合作用，三个月不用进食的次人。

“不过，基因改造的技术还非常不成熟，失败率和死亡率都相当高，你们不要轻易尝试。”

次人本身是正常人类，只是在旧世界毁灭的大灾变里，受到污染，产生了畸变。虽然他们之中很大一部分人在遭受污染后没过多久就彻底死去了，但依旧有一些人活了下来，并将自身的变异基因遗传给了后代。

这些人受到正常人类的歧视，被逐出了聚居点，并被侮辱性地称为“次人”。次人们因身体的改变和遭遇，不可避免地憎恨起正常人类，他们带着难以化解的怨毒情绪，把正常人类当成了死敌。

在这种情况下，“次人”这个称呼在灰土上真正流传开来，成了“学名”。

而在旧世界毁灭多年后的新历时代，部分地区依旧残存着强度很高的污染，畸变并未从人类中消失，新的次人还在诞生。

当然，如今绝大部分次人都是自然繁衍出来的。

“还有这样的次人……”龙悦红知道什么是次人，但并未听说过蒋白棉描述的那种次人。

蒋白棉嗯了一声，分别看了商见曜和龙悦红一眼，若无其事地说道：“除了刚才提到的那些，还有一种人称得上危险，甚至可以说非常危险。”

“哪种人？”龙悦红异常好奇，商见曜同样如此。

蒋白棉之前说的那些，他们两人或多或少在教材里、训练中听说过，只是没有从“危险人类”的角度去考虑。

蒋白棉低头微笑道：“觉醒者。”

“觉醒者……”龙悦红、商见曜低声重复。

蒋白棉抬起头，望向两人，道：“觉醒者是指不明原因地产生了奇怪变异的人，他们具备一些诡异的、可怕的能力。

“曾经有人觉得部分觉醒者的能力可以用搞笑来形容，但后来，事实证明，再搞笑的能力，在特定场景下，也会变得非常恐怖。

“迄今为止，没有哪个势力弄清楚了觉醒者产生的规律，所有人工制造觉醒者的实验都失败了。所以觉醒者的数量非常稀少，不太容易遇到，我之前也就没急着告诉你们。

“啊，对了，这是需要保密的。”

龙悦红颇感担忧地问道：“组长，你把觉醒者说得那么恐怖，如果遇到了，该怎么对付？”

商见曜沉默着，没有说话。

蒋白棉笑了笑道："除了少量非常强大的觉醒者，大部分觉醒者的能力都有范围限制，而且，这个范围并不大。

"基于这一点，如果遇到他们，尽量先拉开距离，用枪远程解决。"

"这样啊……"龙悦红开始想象相应的场景。

商见曜轻轻颔首，仿佛在思考什么事情。

蒋白棉见状，又补了一句："还有，不要只重视这些危险的人类，从另一个角度来说，我们的身体也很脆弱，如果大意，任何人都有机会干掉我们。"

白晨骑着重型摩托车，绕行一阵后，竟沿着一条看似软烂的道路深入了沼泽。十来分钟后，她前方的路面出现了一个小红点。

轻轻晃动的红色光点。

这是一个警告。

第 27 章 水围镇

白晨立刻放慢了重型摩托车的速度，抬头望向前方。

百米开外，有一堵红棕色的墙，它极尽所能地向着两侧延伸，于白晨视线的尽头拐向后方，似乎要合围在一起。

这堵墙的砖块大部分斑驳而陈旧，但也有少量看起来很新，像是最近一年内才烧制出来的。

墙头、墙外皆拉着锈迹斑斑的铁丝网，只有一条道路可以通过。

铁丝网与墙壁之间，还有墙后竖立的几个木架上，都有衣服肮脏且式样混乱的守卫端着枪支巡逻。

警告白晨的是站在最高那个木架上的守卫，他里面穿着发黄发硬的衬衣，外面裹着藏青色疑似棉袄的衣服。

这守卫挎着一把自动步枪，手里拿着一个像笔一般的黑色物品。物品发出红光，照到白晨面前，形成了一个小点。

白晨停下摩托，摘掉头盔，试着将刚过耳的短发往后拢了拢。

她这是在有意地展现自己女性的身份。这倒不是为了魅惑或者勾引谁，而是让对方放松一点，不那么紧张。

她很清楚，在灰土之上，在没多少秩序的地方，即使枪支能将男女的危害性拉到同一个层次，但一个陌生男性远比女性更能带来恐慌。

无论是从体格，还是侵略性上讲，男人都要比女人危险。

白晨在荒野上流浪的那些年，总是呈现两种不同的状态。

当她需要探索废墟、穿过较危险的地带或和某些强盗团交易时，她会藏起长发，弄黑脸庞，让自己像个男人；当她靠近有一定秩序的聚居点，或者与来自大势力，更在乎情报和旧世界资料的遗迹猎人打交道时，她则会展现出女性的身份。

等到被盘古生物吸纳，有了底气，她终于可以按自己的喜好剪一个齐耳的发型。

将头盔放在身前位置后，白晨让重型摩托车缓慢地继续往前。

这个过程中，那个红色光点始终在她前方晃动，时不时落到她的摩托上。这表示对方已经瞄准了。

当双方的距离拉近到三十米后，白晨倾斜摩托，单脚支地，高声喊道：“我来找田二河田镇长！”

她重复了两遍，不再言语，开始耐心等待。

木架上的守卫则出来了一个，沿着斜铺的木板噔噔往下走。

五六分钟后，一位老者出现在了墙头。

他戴着顶毛茸茸的深蓝色帽子，就仿佛将一个钵盂倒扣在了头上。他的鬓角处有着非常明显的白发，眼窝凹陷，脸庞干瘦，能长皱纹的地方都长着皱纹，很是苍老。不过，他深棕色的眼眸依旧明亮，精神矍铄。

正是这个聚居点的镇长田二河！

他穿着发黄的白色T恤，套着件皱巴巴的满是补丁的西服，外面披着件偏大偏长，和他身材明显不搭的军绿色大衣。下半身是深黄色的毛呢裤，里面不知道还塞了多少条别的裤子，看起来很是臃肿。

田二河眺望向白晨，认真分辨了几秒。

“啊……”他似乎认出了对方，可想要打招呼的时候，却发现白晨离得太远，而自己已经没法像以前那样随意地高声呼喊了。

他连忙扭头，怒气冲冲地对旁边的守卫道：“把我的喇叭给我！真是的，一点都不聪明！”

守卫委屈巴巴地回应道：“你的喇叭早没电了，最近又换不到同款型的电池。我……我可以帮你喊。”

田二河想了想道：“帮我喊‘白丫头，这一年死哪去了？我还以为你被野兽给吃了’。”

“白丫头……”守卫恍然大悟，“是之前常来的那个白晨？”

“不是她还能是谁？我都七十好几了，眼神不好，都能认得出来，你这二十出头的小伙，怎么跟个瞎子一样？”田二河瞥了守卫一眼，骂了两句。

这个聚居点的人都已习惯田二河的脾气，守卫并不在意刚才的责骂，只是嘀咕了两句：“她比之前好看多了……不仔细看哪认得出来……”

不等田二河瞪眼看他，这守卫扯开嗓子，朗声喊道：“白丫头，这一年死哪去了？我还以为你被野兽给吃了！”

白晨的表情不知不觉柔和了下来，她大声回应道：“去了别的地方。镇长，我来换点东西！”

这个地方叫“水围镇”，白晨听田二河讲过，旧世界毁灭前，这里四水环绕，故而得名。

旧世界毁灭后，经过长期的混战，多次的地质灾害，附近的水流已成为大沼泽的一部分，这为水围镇提供了天然的防御墙，带来了足够的隐蔽性。

只有水围镇的居民和他们曾经邀请过的客人，才能在大沼泽内找到那些看似被淤泥覆盖的道路，绕过迷宫般的地形抵达这里。

和那些时常得迁徙的聚居点不同，有干净水源和不少耕地的水围镇，自旧世界毁灭后就一直在这里。

田二河本想高声交谈几句，可还没开口，喉咙已是痒痒的，忍不住咳了两声。

“进来吧，进来吧。”他无奈地摆了摆手。

旁边的守卫立刻喊道：“进来吧！进来吧！把枪交给门口的人！”

“啪！”田二河拍了他一下：“谁让你加的后面那句？白丫头是可以信任的人！”

“可她已经一年没来过了。”守卫梗着脖子回应。

田二河沉默了两秒，没再说什么，转身走下了木架。

白晨没有抗拒，将背负的枪支，连同那辆重型摩托车，全部交给了大门处的守卫。

铁黑色的大门随即敞开。

田二河已等在那里，上下打量了白晨几眼，呵呵笑道：“看来最近过得还不错，以前就是个泥丫头。”

白晨本能地闭了下眼睛：“有团队收留了我。”

田二河若有所思地点了点头：“不错，不错。”

他没再继续这个话题，随口问道：“你那个机器人呢？叫……叫35那个。”

白晨眼帘略微垂下，隔了一秒道：“坏了。”

田二河顿时沉默了下去。

过了几秒，他吸了口气，仿佛刚才什么都没说过般问道：“你要交换什么东西？”

“一些汽车上的零件……”白晨神情如常地回答。

“停！别和我说具体是哪些，我也不懂，你直接跟我去看一看，挑一挑吧。”田二河笑着打断了白晨的话语。

他转过身，领着白晨，往镇子深处走去。

这个镇子并不大，和旧世界概念里的镇完全不一样。

白晨一眼望去，最先看到的是三栋三层楼房，楼房不高，但很长，每一层都隔出了许多房间。

这三栋房屋并非平行，而是呈“品”字形排列。

据白晨所知，住在有单独厕所或楼层带厕所的房间里的人，都是镇卫队的成员和他们的家属，同时，有重要技术的人也能分到这样的房间，比如，懂得修理枪械的、掌握了旧世界农业技术的。

“品”字两边，有一竖一横两个大型公共厕所。“品”字前方有一个水泥修成的小广场，小广场往外则是三个并排的夯土为底的广场。

广场左右各有一排平房，它们距离围墙不远，属于水围镇原本的居民——按水围镇的人口来算，大部分居民家都有镇卫队的成员，否则不足以维持镇卫队。

四个广场上，则有数不清的混乱搭建的房屋耸立在那里，有土房、砖房，也有帐篷。

这些住所属于水围镇历年以来吸收的荒野流浪者，或者居民里违反过法条的。

此时，太阳挂在天空，傍晚尚未来临，水围镇的居民一部分还在镇子后方的田地里劳作，另一部分则以小队的形式外出狩猎去了，只有少数人留守镇内。

他们从密密麻麻挤在一起的房间走出，从一扇扇玻璃窗后投来了目光。其共同点就是：脸都不太干净，头发枯黄油腻，衣服不成套，也不合体，但眼睛比白晨在其他地方遇到的荒野流浪者都更有神。

“镇长，你……你最近身体怎么样？”白晨没在意别人的注视，张了张嘴巴，不是太熟练地问道。

田二河自嘲般笑道：“还可以，就是越来越怕冷了，你看，冬天都还没到，就要穿这么多了，呵，也不知道能不能过得了这个冬天。”

“肯定可以！”白晨跟随田二河，沿房屋间的道路往“品”字形的第三栋楼走去。

她回答得很笃定，语气却有点飘忽。

“不用宽慰我。”田二河摸了摸残留着白色胡茬的下巴，“我都七十七了！经历过旧世界毁灭的人，能活到这个岁数的，有几个？

“再说，我的孩子们都不在了，就算再等几年，真找到了新世界，对我来说，也没什么意义。

“哎，楠楠如果还活着，应该和你差不多大……”

“至少得看一眼新世界。”白晨沉默了一阵道。

眼角的余光扫过周围混乱搭建的房屋，她看见他们的门口、窗边都堆着塑料瓶、玻璃瓶、旧纸板、纽扣、破布、不知来自哪里的零件、或长或短的电缆、金属瓶盖、按键不全的手柄、有裂缝的镜盒、子弹壳、瞄准镜、生锈的眼镜架等物品，就仿佛一个个垃圾场、回收站。

田二河叹了口气：“新世界……谁知道在哪里。年轻人可以信，至少拥有希望，我们这种老家伙，就算了。”

第 28 章 入镇

白晨一阵默然，左右看了一眼，岔开了话题：“你们还在接纳外来的荒野流浪者吗？”

田二河循着她的目光，望向了一顶破旧的帐篷。

“没有了。”他叹了口气，“田地快不够分了。”

说到这里，他又自嘲般笑了笑：“也就是我这种容易心软的家伙，才会见不得别人受苦，想着能帮就尽量帮一帮。镇上其他人其实都不是太愿意，毕竟这里地形特殊，没法开辟新的田地，总的收成是有限的，人多了，每个人能分到的自然也就变少了。

“以前我还能用人口不够，田地利用不足压他们，现在，我们都在后面的林地里种蘑菇。呵呵，反正我已经老了，身体越来越不如当年，应该不会再有机会外出了，看不见，也就不会心软。”

白晨忍不住回了一句：“你不要总是提自己年纪大了，这不是挺精神的嘛。”

“好好好。”田二河正了正头上毛茸茸的帽子，转而笑道，“旧世界城市废墟里真的有好东西，之前老蛮、小牛他们找回来了一本《蘑菇种植与栽培技术》，照着它弄，真能捣鼓出东西来。”

白晨露出些许笑容：“蘑菇不错，挺好吃的。”

她顿了一下又道：“我没法承诺什么，只能说，以后如果有机会，可以卖一些高产的粮食种子给你们，还有补充田地肥力的东西。”

田二河眼睛一亮："那敢情好！"

说话间，两人通过广场，来到呈"品"字形的三栋楼附近。

在水泥修成的那个小广场右侧，横着的公共厕所前方，有一片空地，空地上停了不少辆破破烂烂的车。

这里面有乳白色的轿车、灰色的小货车、个头很高的大货车、能坐十几个人的中巴车、造型别致的电能车……

除了这些，旁边还挤着不少三轮的、两轮的车，有的依赖电能，有的需要燃油，有的纯靠人力。

此地搭着个很大的棚子，所有的车辆都停放在里面。

棚子的左侧，还有三间并排在一起的平房，平房里有些地方打通了，分门别类地放着各式各样的零配件。它们有的已经损坏，有的看起来很陈旧，有的保养得还不错，有的与干瘪的篮球、足球混在一起。

"你看看有没有需要的。"田二河指向那三间平房道，"都是从城市废墟里拆回来的。"

白晨没再言语，进入充当仓库的平房，绕了一圈。

然后，她连续指了几样东西出来："它、它，还有它……"

田二河不甚在意地点头道："没问题。白丫头，你打算用什么来交换？"

他虽然是镇长，但也没有将镇里物品白送出去的资格。当然，以他的权威，以他在镇里受尊敬的程度，真要这么做，也没人反对，可几十年来，田二河从来没违背过自己的原则。

这也是他如此受尊敬的原因之一。

白晨下意识地回答道："食物？"

田二河回想了下道："暂时不用。虽然今年天气一直有点异常，收成不是太好，但也只是减产了两成，加上前三年的结余，过这个冬天还是不成问题的。

"如果你们能弄几只猪、几头牛过来，那我不仅举双手双脚欢迎，还要倒贴东西给你们！但我想，这应该不太可能吧？"

水围镇最缺的是肉食，只能靠分派小队外出狩猎来补充——散养的鸡、鸭、鹅这些，在人类粮食不是太够吃的情况下，数量始终上不去，而且时不时还会被疾病抹杀一空。

白晨嗯了一声："你看我那辆摩托怎么样？燃油的，你们应该能找得到汽油。"

"有个城市废墟里，油库里还剩不少油。"田二河像只老狐狸般笑了一声，"还有什么能用来交换的？这摩托对我们来说，除了好看，能有什么用？一次能载几个人？"

白晨早有准备地说道："一挺轻机枪，用7.92毫米口径的子弹……"

她详细描述了轻机枪的各种参数。

"轻机枪？"田二河满是皱纹的脸庞仿佛在发亮，"这可是守镇的利器啊，这种类型的子弹我们也有一些。"

不等白晨回应，他一拍双手道："就这么成交了！"

"好，不过我得先回去和他们商量一下。"白晨没有一口就答应下来，虽然她之前就与蒋白棉沟通过，有足够的谈判权——反正对他们来说，那挺轻机枪不仅用不了，还占地方。

田二河抬头看了眼天空，微皱眉头，思索了片刻道："马上要下雨了，天色也不早了，不适合继续在荒野上活动，嗯……你可以带着你的同伴过来，在这里休息一晚上，不用卸除武器。

"我相信能被你认可的同伴不会太差。"

白晨略感疑惑地看了田二河一眼，又抬头望了望天边逐渐涌来的乌云。

"我先问问他们的意见。"白晨回应道。

田二河没有责怪白晨的犹豫，只是笑道："快去吧，再慢点雨就要下来了。"

白晨当即走出水围镇，拿回枪支，骑上摩托，返回至蒋白棉、商见曜和龙悦红所在的地方，将交易的细节和田二河的提议完完整整讲了一遍。

"组长，你觉得怎么样？"白晨靠在重型摩托车上，等待蒋白棉做出决定。

蒋白棉并未提出田二河或者水围镇的人包藏祸心的可能，而是饶有兴味地问道："那位田镇长有七十七了？经历了旧世界的毁灭？"

白晨毫不犹豫地点头："对，这点可以肯定。这么多年以来，他一直这么说，而且时常会回忆当初的情况。

"维持一个谎言也许可以很久，但那一定是出于某种目的，而他从来没依靠这个身份骗到过什么。"

蒋白棉侧头看向商见曜和龙悦红："那就去吧。"

"组长，这会不会有点危险？你不是说过，许多荒野流浪者随时可能变成荒野强盗吗？"龙悦红没有掩饰自己的担忧。

蒋白棉顿时笑道："嚯，还能想起这个？不错，有这方面的顾虑说明你进步了。不过嘛，以我们的火力，只要做好防备，他们也不敢做什么。要想吃下我们，他们怎么也得付出三五十个人的命，而现在距离冬天还有一个多月，就算他们已经没多少吃的了，也不会愿意付出如此大的代价。是我们危险，还是荒野上的那些野兽危险？

"嗯，到了冬天，人都快饿死的时候，就顾不了这么多了。

"再说嘛，聚居点内的环境是受限制的，范围不大，对人少且个个接受过训练的我们来说，反而更加有利。"

说话间，蒋白棉含笑扫了商见曜一眼。

商见曜立刻侧头，望向龙悦红，故作严肃地问道："你忘记我们是什么小组了吗？忘记我们的职责是什么了吗？"

"旧、旧调小组，旧世界毁灭原因调查小组……"龙悦红也不笨，瞬间明白了蒋白棉之前询问白晨的两个问题究竟代表什么，"组长，你是想从田镇长那里找到线索？"

"不一定会有线索，田镇长那个时候年纪肯定不大。但既然遇上了，怎么也得问一问。"蒋白棉回过头，看着白晨，笑容明澈地说道，"你觉得可以相信水围镇的人，那就可以相信，我相信你。"

白晨眼帘微垂，默然片刻道："可以去。"

"出发！"蒋白棉缩回驾驶座上，发动了吉普车。

在白晨的引领下，他们深入沼泽，于几乎无法分辨的迷宫一样的道路上缓慢前行。

抢在天空完全阴沉下来前，他们抵达了水围镇。

这一次，有了田二河的命令，守门的镇卫队成员不再让他们交出武器，只是引领着他们入门后立刻右转，于围墙拐角处一个木结构的棚子外停车。

“你们今晚可以睡棚子里，车嘛，淋一淋也不是坏事。”田二河简单交代了几句，“不要弄篝火，我让人给你们抱个炉子过来，再给你们点木炭，就算这次交易附赠的。我们的人会在周围巡逻和警戒，相信你们能够理解。”

商见曜和龙悦红正颇为好奇地打量水围镇的内部场景，蒋白棉则见怪不怪，笑着应付起田二河：“理解理解！镇长，不知道能不能邀请你一起吃个晚饭？”

说话间，她拿出了预先准备好的一个红烧牛肉罐头和一根焦黄偏黑的叶子烟。

田二河眼睛一直，脸上的皱纹相继展开：“这都是好东西啊！怎么？有什么事？还想交易点什么？”

蒋白棉笑道：“想听旧世界的故事，你懂的，知识等于财富。”

“成交！”田二河笑得很是开心。

他迅速扭头，吩咐起旁边的守卫：“狗子，快，把我家那个炉子抱过来！快点！”

小名狗子的守卫不敢埋怨镇长，迅速跑向了“品”字形的三栋楼。

此时，天空越来越阴暗，在后方田地里劳作的人相继返回，离得近的狩猎小队也回来了。不大的镇子一下热闹起来，一双双好奇的眼睛纷纷看向了停着吉普车的角落。

第29章
回忆过去

商见曜和龙悦红扫了一圈，对水围镇居民印象最深的有两点：每个人穿的衣服都五花八门，仿佛来自不同的地方，且多有补丁；身上很脏——手脏，脸脏，头发脏，衣服脏。

这两点之外，疲惫、瘦削、不高属于较为共通的特点。

居民们看了几眼外来者，见田二河也在那边，就不再关注和担心，各自回到家中，或搬出炉子，生火做饭；或将混杂着谷糠的粮食小心翼翼地弄一碗出来，倒进锅里；或直接就着凉水，吃起中午遗留的半个冷窝窝头……整个水围镇内逐渐弥漫起炊烟和食物的气味。

田二河注意到了商见曜和龙悦红对镇内居民的观察，笑着发问："怎么样？有看出点什么吗？"

龙悦红张了张嘴，觉得直接讲出自己的印象似乎不够礼貌，于是又闭上了嘴巴，斟酌说辞。

商见曜收回目光，坦然说道："不干净。"

"不干净？嘿。"田二河低笑了一声，"和你们比，肯定是不干净。"

虽然商见曜、蒋白棉等人在之前的战斗里做过翻滚，身上多有泥迹和污痕，但途中补水时，他们都习惯性地擦干净了脸庞。

不等蒋白棉和白晨插话，田二河用下巴指了指广场中间："虽然我们水围镇不缺干净的水源，但木炭还是得省着点用。我看书上说，过度砍伐树木，会让土地变得不肥沃，所以，我不让他们在附近砍树，必须去很远的地方。

“偶尔能从走私商队弄到煤炭，那就像是过年了一样。你们知道的，白骑士团那边煤炭很多。

“呵，夏天的时候还好，直接用冷水也能洗，入了秋，只能尽量忍着，脏一点总比生病好，实在受不了了，就烧壶水，擦擦身体。”

说到这里，田二河顿了一下，笑容变得复杂：“再说，他们每天都从早忙碌到晚，等到能休息的时候，谁还有那个精力啊？”

龙悦红顿时想起了之前两个月的训练：他和商见曜每天都被蒋白棉操练得筋疲力尽，回到家里后，只想躺在床上，什么都不做。

但盘古生物内部是有员工食堂的，他和商见曜可以直接拿着饭盒或者干脆不拿，去食堂吃现成的，不需要自己再劳累。

“难怪。”他出声表示理解。

商见曜没有说什么，默默点了下头。

蒋白棉含笑看了他一眼：“我还以为你会问他们冬天为什么不用冷水洗，这好像能有效促进血液循环，提高自身抵抗力。”

“体质太差了。”商见曜认真回答道。

这时，小名狗子的镇卫队成员抱着田二河家的炉子跑了过来，背上还负着一小袋木炭。

他非常有表现欲地帮忙生好了火，然后主动加入了负责周围区域的巡逻小队。

这不是因为他渴望能分到点红烧牛肉罐头，而是相比起镇内绝大部分姑娘，头发、脸庞收拾得干干净净的白晨、蒋白棉更能吸引年轻男子的目光。尤其是蒋白棉，身高腿长，从胚胎起就开始做基因改良，在这些镇卫队的小伙子眼中，漂亮得就和天仙一样，让他们只想在周围打转。

在灰土上，男女之间的关系并不那么保守，所以，那些在周围巡逻、戒备的镇卫队成员都昂首挺胸，尽情展现着自己。

蒋白棉扫了一眼，差点被他们逗笑。

她没去搭理，走到吉普车后备厢，又拿出了四个军用罐头。

“要锅吗？要锅吗？还有碗筷，要吗？”田二河眼睛发亮地问道。

“可以啊，这可比我们用饭盒方便多了。”蒋白棉完全不嫌弃。

“狗子！快，去把我家的锅和碗筷拿来！自己数有多少人！”田二河立刻拔高了嗓音。

小名狗子的镇卫队成员答应得飞快，没用多久就抱来了一口铁黑色的锅，锅内放着五副碗筷。

帮忙摆好锅后，他偷瞄了蒋白棉一眼，语气很弱地对田二河道：“镇长，能不能、能不能不要再喊我的小名？我都二十了……”

“怎么的？你爸都是我看着长大的，我现在还叫他小名呢！”田二河吹胡子瞪眼地回了两句，然后摆了摆手，“去去去，别影响我们吃饭，不，聊天。”

商见曜一直盯着那口锅，发现里面的碗呈淡青色，有非常精致的花纹，而筷子通体呈象牙白，没有丝毫瑕疵。

这可比盘古生物大部分员工家的碗筷好多了。

田二河扫了他一眼，呵呵笑道：“怎么？觉得这碗不够大？”

“他是觉得太好太精致了。”蒋白棉抢着帮商见曜回答了问题，似乎怕他说出什么不礼貌的答案。

商见曜也不见怪，点头表示这就是自己的想法。

下一秒，他望向蒋白棉，紧闭着嘴巴，呜呜了一阵。

众人讶异茫然中，他开口询问起蒋白棉：“你猜我刚才想说的是什么？”

“……这怎么猜得到？”蒋白棉表情有些呆滞，勉强保持着笑容。

“你刚才不就猜得很准吗？”商见曜颇为遗憾。

蒋白棉吸了口气，缓缓吐出：“如果不是你，我肯定认为这是在为刚才的事情生气。”

说话的时候，她盯的不是商见曜的眼睛，而是他的头顶，似乎想来那么一下。

田二河表情颇为奇怪地看着他们互动，末了笑道：“你们内部的气氛，似乎……似乎很放松。”

“主要是他脑子偶尔会抽一下，嗯，就是这样。”蒋白棉一本正经地强调道，白晨“心有戚戚”地点了下头。

商见曜当即回应：“你怎么知道我不是在故意活跃气氛？”

“……努力保持。”蒋白棉磨了下牙齿。

田二河笑了两声，拿起一副碗筷，道：“这都是从旧世界城市废墟里拿回来的，那里有太多类似的东西，而且本身也没多大价值。遗迹猎人们跋山涉水地过来，谁愿意背一背包或载一车的碗筷回去？”

蒋白棉听得很认真，有感而发：“确实，旧世界的城市废墟里还埋葬着很多东西。嗯……当前用不上，不代表没有价值。”

说话间，蒋白棉将五个罐头倒进了锅里。

“镇长，热好罐头前，你可以讲一讲旧世界的事情，讲一讲你当初的遭遇吗？”蒋白棉随手把罐头空壳扔到了旁边，殷勤地将那根焦黄偏黑的叶子烟递给了田二河。

田二河接过叶子烟，用炉子里的炭火将它点燃。

美美吸了一口后，田二河半眯起眼睛道：“我现在最大的愿望就是每年能抽三次烟，今年这是第二次。”

感叹完，他环顾了一圈，露出回忆的表情：“旧世界毁灭那会儿，我才十岁出头，正在爷爷家玩耍，就在水围镇旁边不远的那个村子里……

“我记得很清楚，他们说，再等八天，就来接我和爷爷、奶奶一起团聚。

“呵，我那时候野啊，在村子里到处乱跑，但每到晚上还是会想家，会看日历，算还有多少天，我爸我妈就会来接我了。

“倒数第二天的上午，我和几个小伙伴本来想去河边钓鱼，但被大人给挡住了，只能去很浅的小溪附近玩，然后，听到了一声巨响，感觉整个地面都在摇晃。我吓坏了，只想回爷爷家。

“那巨响一阵接一阵，越来越猛烈……”

商见曜、龙悦红、蒋白棉等人专注地倾听着，田二河伸手烤了下火，继续回忆道：“中间有一段，我不知为什么晕了过去，可能是被什么震到了吧，反正醒来没什么伤就是了。醒了之后，我继续往回跑，看见爷爷家的房子没了。

“那时，我爷爷和奶奶可比我现在年轻多了，养鸡，种菜，什么都做。

“喀，不说这个了。当时村里还有不少人活着，我跟着那些叔叔阿姨、爷爷奶奶们一路来到了镇上。镇上完好的房子还有不少，但我们都没选，而是挑了这里，因为有开阔地，可以暂时住在帐篷里。

“当时，通信也断了，没有信号，大家就在这里等啊，等啊……”

田二河的声音逐渐变低，似乎直到现在，他还记得当初的惶恐与绝望。

“有几个叔叔阿姨不想再这样等下去，到超市，到某些人家中，搜集了些食物，试着离开水围镇，去市里。我……我也跟着他们，希望能回到我爸我妈身边，不要笑，这是一个小孩子非常本能的选择。

“我们开了一阵车，爬过了断掉的路，走了很久，终于到了市里。

“市里……市里更加可怕……”

田二河的眼眸逐渐失去了焦点。他仿佛又陷入了某个一生都无法摆脱的噩梦中。

第30章 小小的“交易”

蒋白棉、商见曜等人没去催促田二河，就着炉火，安静端坐，仿佛正专心等待晚餐。

过了十来秒，田二河视线的焦点恢复，他低笑着摇了摇头：“市里突然出现了一群怪人，一群失去了理智的无心者。

“那些无心者和野兽一样凶猛，他们甚至还能像猴子一样，在高楼大厦的幕墙上攀爬，从十几米高的地方荡下来，出现在你的后面。他们还会使用枪支……

“我们当时一共有八九个人，遇到这样的情况后，很快就死了一半。可能是我当时年纪小，个头矮，不引人注意，第一轮并没有遭遇攻击，所以活了下来。

“我们慌不择路，疯狂地跑着，钻进了附近一个警察局。还算幸运，那些无心者虽然会射击，会换弹匣，但并不会主动搜寻武器，我们在警察局的一些尸体上找到了不少枪和子弹。”

说到这里，田二河笑了笑，对白晨、蒋白棉道：“你们是不是以为，我们靠着那些武器，终于杀出了重围？

“并没有。我们几个，包括年长的叔叔阿姨，都不会用枪，枪声反而会吸引更多的无心者。

“那个时候，我以为撑不下去了。还好，还好，那几个叔叔阿姨求生欲很强，也没有抛弃我。我们一路转移，到了停车场。

“那里有辆越野车，开着门，插着钥匙，可主人却不见了，我想，他应该是变成了无心者，没有理智地游荡去了别的地方。靠着这辆越野车，我们撞飞了几个无心者，冲到了大街上。

“那片区域的无心者不算多，我们抓住机会，一路冲出了市区。等到了郊外，就安全多了。”

田二河叹了口气：“从水围镇出发前，我还想着能回到家里，看一看我爸我妈在不在，结果……总之，我再也没有见到过他们。”

感慨之后，田二河看了一眼逐渐蒸腾出热气的铁锅，继续说道：“我们不得不原路返回，在途中搜集了一些食物和衣服。后来我们放弃了越野车，带着搜集来的东西，翻过断掉的路，找回了从镇里开出来的两辆车。就这样，我们又回到了水围镇。

“因为当时正是冬天，救援又迟迟不来，我们大家一合计，决定不再考虑后续地震的问题，开始征用镇上还算完好的建筑。人总不能硬撑着冻死自己，对吧？感谢有过年这个节日，家家户户都备有年货，几个超市里的东西也很多，我们整个冬天都没怎么担心食物。

“不过，有叔叔和阿姨提出，就这样发放食物不太好，容易养成惰性，且白白耽误宝贵的时间。他们提议用劳动来换食物。

“大部分人都同意了。春天真正来临前，我们将这里的几栋楼隔成了许许多多的小房间，修葺了围墙，维护了镇外田地的水渠，弄好了自来水厂在这边的水塔，熟练地掌握了枪械的使用方法。

“后来证明，这些事情都非常重要，不管是应对饥荒，还是防御流窜过来的野兽、强盗和无心者，它们都发挥了很大的作用。”

田二河的眼神又有些涣散，他似乎又回到了那个集体劳动的年代。

他的声音不自觉变低了少许：“等到天气回暖，倒春寒结束，我们终于确定了一件事情，我们再也回不到从前了……”

田二河抬起脑袋，扯出些许笑容道：“我们后面的经历，你们应该能猜得到。不外乎就是借着无心者在冬天大量死去的机会，开始探索周围几个城市的废墟，从中搜集食物、衣服、枪支、弹药、电池和燃油等物资，同时，组织生产，尝试狩猎，派人去远方看有没有幸存的城市。

“怎么样？还要听吗？”

蒋白棉小幅度地点头：“想听！”

说完，她露出灿烂的笑容：“你可以边吃边讲，我们边吃边听。”

锅里的红烧牛肉快热好了。

这时，商见曜摸了摸肚子：“我先去个厕所。”

“我也去。”龙悦红跟着站起。

“好，等你们回来。”蒋白棉分外理解这两个初到地表的组员。

她第一次离开公司，进入黑沼荒野时，也对就地解决有抗拒之情，不到实在憋不住，都不愿意钻小树林，躲灌木后。

其中，“小号”还好，时间较短，环境的影响不是那么大，羞耻心也不会那么强，“大号”就真的需要鼓起勇气了。

这次出门，据她观察，商见曜和龙悦红都还没有解过“大号”。

商见曜和龙悦红依循着田二河的指导，穿过各种住房杂乱密布的区域，走向了与侧面围墙平行的那个公共厕所。

这个过程中，他们闻到了各种各样的气味，这些气味混杂在一起，让人无从分辨具体是什么，只知道非常不好闻，必须强行忍住，否则必然干呕。

商见曜还看到有几家人聚在一起，共用一个炉子做饭；看到有人顾不得脱掉满是泥点的衣服，就那样蹲在门口，呼啦喝着薄薄的、颜色不够白的粥；看到有生病的人躺在房门半开的建筑物内，痛苦呻吟着拿过痰盂；看到有母亲抱着尚不满一岁的婴儿，因来不及回到家中，只能让孩子就地大便；看到很多十岁以下的小孩，忙碌着帮父母生火做饭，擦拭衣服……

走着走着，在一道道警惕、防备、好奇的目光中，商见曜和龙悦红抵达了公共厕所。

他们的左手边画着穿裙子的女人，右手边画着简笔的男性。

他们刚拐入右边，目光就一阵发直。

这公共厕所和他们想象的完全不一样，和盘古生物内部的公共厕所相比，简陋得不像样子。

靠前墙是一道长长的小便槽，靠后墙是同样长，但似乎更宽的大便槽。它们靠着与女厕所交接处的装置定时冲水，蹲位之间没有任何隔挡，一冲就能冲完全部。这就如同搬了两条小溪进来。

唯一让商见曜和龙悦红欣慰的是，水围镇对公厕的卫生还算重视，打扫得比较干净。

“上吗？”龙悦红有点犹豫。

“上！”商见曜一马当先，挑了个位置，脱掉裤子，蹲了下去。

龙悦红选了个和他离得比较远的地方，躲躲闪闪地解开了武装带。

“这，感觉有点奇怪……”他忍不住侧头看了一眼商见曜。

两人中间没有半点遮挡。

商见曜捏了下鼻子：“你最近火气有点重啊。”

“……”龙悦红无言以对。

就在他们以为这是最尴尬的场景时，外面呼啦啦冲进来了一群水围镇的居民。

他们打量了商见曜和龙悦红几眼，有的前往小便槽，有的找了个位置蹲下。

“这就更奇怪了。”商见曜说出了龙悦红的心声。

然后，他的思路拐向了奇怪的地方：“要是田镇长也蹲在这里，进来一个人就到他面前喊一声镇长好……”

商见曜旁边的水围镇居民下意识地说道：“镇长的房间里有单独的厕所。”

就这样，两人在奇怪的环境下聊了起来。

终于，龙悦红解决完了自己的个人问题，提上裤子，到外面的洗手台洗了个手。他深深地呼吸起相对新鲜的空气，再次深刻地确认了一件事情：和外面的流浪者聚居点相比，盘古生物的地下大楼美好得就像天堂。

过了一两分钟，商见曜也走了出来，洗了下手。

他们没有议论这个公共厕所的情况，很有默契地保持了沉默，再次穿过那个有砖房、有泥屋、有帐篷的混乱区域。

突然，一个小女孩跑到了商见曜身前。

她七八岁，头发还算柔顺地披着，内穿一件淡绿色的、起了很多球的、有两个明显破洞的毛衣，外面披着快到膝盖位置、浆洗得发白的、打着几个补丁的夹克。她下身穿的是看不出材质的、灰蓝色的、补着其他颜色布块的裤子，脚踏一双碎布扎成底的黑鞋，脸瘦瘦的、黄黄的，但眼睛很亮。

这小女孩手里捧着一堆杂物，有线头、碎布、褪色的纽扣、断掉的头绳、内嵌花瓣的玻璃球、空着的火柴盒和捏成一团的橡皮泥。

她抬起脑袋，眼巴巴地看着商见曜："哥哥，我能用这些换一点你们吃的东西吗？就一点，可以吗？可以吗？"

有木棚的那个角落，红烧牛肉的香味一阵阵飘了过来。

商见曜沉默地看了小女孩两秒，在她又一次开口前，蹲了下去，伸出手指，在那堆杂物里拨拉了几下。他挑出了一个内嵌黄色花瓣的透明玻璃球，笑着站起身来："就这个吧。"

"谢谢哥哥，谢谢哥哥。"那小女孩先是一愣，旋即连声道谢。

商见曜扭过头，望向了蒋白棉等人所在的木棚："我们过去吧。"

小女孩嗯嗯了两声，紧跟在他的身后。

龙悦红不知该说什么，左右看了一眼，大步跟了上去。

很快，他们回到了吉普车附近。

"她？"蒋白棉看着那个小女孩，表达出了自己的疑问。

商见曜笑容满面地说道："她用一个很好的东西和我换了一块红烧牛肉。"

他当即坐了下来，拿起自己的碗筷："可以开始了吗？"

"可以。"蒋白棉与田二河对视了一眼道。

商见曜迅速夹了一块牛肉，放在碗中，递给那个小女孩。

小女孩吞了口唾液，忙不迭接过，就要把整块牛肉都往嘴里塞。

可就在这时，商见曜又把碗和筷子拿了回去。

小女孩连忙抬头看向他，又茫然又委屈。

"小心烫。"商见曜没什么表情地低语了一句。

说话间，他将大腿并拢，把碗放在了那里，然后一手拿着一根筷子，缓慢而认真地撕扯起那块不小的牛肉，将它分成了多个小块。

完成了这件事情，他夹起一块牛肉，递到了小女孩嘴边。

小女孩眼睛发亮，一口咬住，快速咀嚼。

“好吃吗？”商见曜一直看着她吃完了这块牛肉。

那小女孩重重点头：“好吃！”

商见曜顿时露出了笑容，又夹了一块过去。

蒋白棉看到这一幕，忍不住叹了口气：“你啊……”

感叹中，她用下巴指了指远处。

商见曜抬头望去，发现混乱搭建着各种住房的区域，二十来个小孩正眼巴巴地靠过来，手里都捧着一堆杂物。

商见曜的身体霍然有些僵硬。

田二河唉了一声，笑着转头，吼了一声：“都回去！都回去！”

那些小孩顿时露出了难以掩饰的失望之色，一步三回头地往自家走去。

第31章 曾经

"好了。"田二河回过头来，调侃般对商见曜道，"现在你知道维持这么一个聚居点的秩序有多么困难了吧？"

蒋白棉不想继续刺激商见曜，接过话头，转而问道："镇长，刚才我们进来的时候，似乎没这么多小孩啊。他们跟着大人在劳作？"

田二河侧着身体，指了指呈"品"字形的三栋楼："他们在那边上课，大人们回来才放的学。"

"上课？"蒋白棉眉毛微动道，"你们还保持着课堂式教育？"

这在大势力之外，在灰土上许许多多的荒野流浪者聚居点里，是非常少见的事情，至少蒋白棉之前去过的那些聚居点是没有的。

对连生存下去都相当艰难的人们来说，组织课堂式教育是完全没必要的，这样做既浪费精力，又浪费资源——人力是资源里非常重要的一部分，脱产的老师和不在田地里帮忙的孩子于众多聚居点而言属于"奢侈品"。

在那些地方，也就父母长辈能在日常生活里偶尔为孩子提供一些教导，帮助他们获得常识，教会他们种地、采集、做饭、清理、射击、狩猎和带婴儿。

田二河笑了笑道："每次有外来者进入水围镇，发现这件事情，都会很诧异。确实，以我们的条件要想维持'学校'，并不容易，大家都省了又省，勒紧了裤腰带，才没让这个传统断掉。"

他下意识抬头，望向昏暗将雨的天空，半是回忆半是感慨地说道："最早提出让孩子们接受正式教育的是一位叫沈柳心的叔叔。

“他说不管多艰难，都得让孩子们识字、读书，学习最基本的知识。只有这样，他们和他们的后代，水围镇将来的居民们，才能记得自己是谁，来自哪里，属于什么群体，有过怎样的文化和历史。也只有始终记得这些，他们才能在糟糕的环境下，在看不到什么希望的‘黑暗’中，永抱期待地坚守下去。

“我那时候虽然赞同了沈叔叔的提议，但想得其实很简单。每次从城市废墟里搬回来的物品或某些说明书上，我都有一部分字不认识，而就算认识，它们连在一起后，我又往往不知道是什么意思了。这就没法有效地利用物品了啊，这怎么行?

“这种想法真的很朴素，到了最近几年，我才逐渐理解了沈叔叔那些话。”

说到这里，田二河站了起来，指着那三栋呈“品”字形的楼房道：“你们知道这里曾经是什么地方吗？”

白晨、蒋白棉、商见曜和龙悦红同时摇了下头。

“这里是以前那个水围镇的学校。那里是篮球场，那里是升旗台，那里是教师宿舍，那里是学生宿舍，那里是图书馆和实验楼，那里是教学楼……”田二河一个又一个地介绍起来，脸庞上映着木炭的火光。

蒋白棉和商见曜等人听得很入神，看得也很入神，哪怕那些建筑、那些场地，在傍晚的昏暗里只剩模糊的轮廓。

田二河收回手，转过身来，又重复了一遍最初的话语：“这里曾经是学校。”

他的表情又认真又严肃。

不等蒋白棉等人回应，他重新坐下，自嘲一笑，道：“对于这件事情，很多居民并不理解，他们倒不是不愿意维持这么一个小小的学校，而是觉得这应该只提供给原本的居民，至于后来收留的那些荒野流浪者，给他们一口吃的就已经是天大的仁慈了，为什么还要浪费资源?

“他们认为应该由原本的居民，尤其是镇卫队的核心成员们瓜分土地，后来的荒野流浪者只能租赁，需要交纳一定份额的收成。

“他们还认为，不该让后来的流浪者加入镇卫队，不该让他们掌握相对更好的武器。”

说到这里，田二河摇了下头：“呵，我活着的时候，还能靠威望压着，没人敢真正反对，顶多私下抱怨，等到我死了，真不知道水围镇会变成什么样子。

“不说了，不说了，吃吧，吃吧。”

对于水围镇的内部事务，蒋白棉和白晨都不好发表意见，只能保持着客人的礼貌，就着压缩饼干、能量棒，以及田二河叫人送来的杂粮馒头，吃起了那锅红烧牛肉。

商见曜没急着加入，继续一小块一小块地夹起碗里的牛肉，喂给身旁的小姑娘。

那小姑娘也很懂事，吃完之后，没有再要，认认真真地对商见曜鞠了个躬：“谢谢哥哥！”

道完谢，她捧着剩下的杂物，蹦蹦跳跳地返回了那个混乱搭建着众多住房的区域——那原本是几个并排的篮球场。

“动作很标准啊。”商见曜在她的背后赞了一句。

“这是老师专门教过的。”田二河颇有点得意。

商见曜依旧未去夹红烧牛肉，默默地在那里就水啃着黄黄的杂粮馒头。

蒋白棉没有劝他，边吃边向田二河询问起他们在旧世界毁灭后的种种经历。

这些经历大部分都很枯燥，毕竟水围镇有地理优势，受到的外来考验较少，但蒋白棉等人还是听得津津有味，这让田二河谈兴愈发浓厚，甚至讲起了自己和妻子在一次狩猎中萌发感情的经过。

等到所有人都吃得差不多了，商见曜才开始“进攻”剩下的红烧牛肉，用手里的杂粮馒头蘸汁水吃。

“好久没有这么高兴了。”田二河摸了摸肚子，看了眼地上的叶子烟灰烬，“我得回房间了，镇上还有一些事情等着我拿主意。”

蒋白棉忽然想起一事，连忙开口道：“镇长，我还有个问题。”

“什么？”田二河紧了紧披着的军绿色大衣。

蒋白棉思考了一下，道：“你们有没有见过这么一个人——男性，黑发，金眼，身高一米八的样子，很英俊，应该比他还英俊。”

她一边侧头示意参照对象是商见曜，一边继续说道：“喜欢穿风衣，戴手套，头发梳理得整整齐齐，还有，喜欢穿靴子。”

田二河想了想：“水围镇很少有外来者，我又有很久没出过镇子了，对你说的那个人，完全没有印象。

“狗子，你去问问最近外出狩猎的人，看他们有没有见过类似这样的人，然后回来告诉白丫头他们。”

“好的镇长。”见有表现的机会，小名狗子的镇卫队成员跑得飞快。

目送田二河离开木棚，进入混乱搭建着各种住房的那片区域后，白晨环顾了一圈，确认了镇卫队成员们的位置。

她随即坐下，自言自语般道：“镇长为什么要把水围镇内部的矛盾告诉我们？”

蒋白棉看着炉子的火光，笑了笑道：“当然是希望我们背后可能存在的大势力能接纳水围镇。要不然你以为他为什么要邀请我们来做客？

“就算他足够信任你，也没必要这么做，完全可以用别的方式表达他的关怀和善意。”

她侧头看向有些蒙的龙悦红和不知在想什么的商见曜，继续说道：“看得出来，水围镇内部的矛盾已经让田镇长忧虑了很久，他担心自己死去之后，水围镇往不好的方向滑落，最终分崩离析。在担忧中，他遇到了一个认识的，可以信赖的荒野流浪者，而很显然，这个荒野流浪者投靠了不小的势力，看起来过得还算不错。

“如果是你们，会不会有点心动，希望能搭上关系，让水围镇在将来可以依附那个对荒野流浪者不是太有恶意的大势力？有了这样的庇护，有了大势力的统筹和规划，水围镇内部这点矛盾就算不上什么了。”

龙悦红终于听懂了：“这样啊……组长，公司会接纳他们吗？”

这句话同样是白晨想问的，要不然她也不会故意自言自语。

感受到白晨的注视，蒋白棉再次将目光投向了面前的炉子。她嘴角噙着些许笑，答道：“等回到公司，我会按正常流程报上去，具体会不会接纳，得看董事会的决定。在这方面，整个安全部和战略委员会都只有建议权。不过嘛，我肯定会隐去水围镇的具体位置，只说在荒野中遇到了他们的狩猎小队。”

白晨明显松了口气，低声说道：“这样就好，这样就好。”

龙悦红则明显不解：“为什么要隐去水围镇的具体位置？”蒋白棉汇报的对象是自家公司啊。

蒋白棉略带笑意地扫了他一眼，没有回答，没做解释，只是说道：“你看，商见曜都没问。”

商见曜听到了自己的名字，遂看向组长：“啊，你在说什么？”

蒋白棉挤出了几分笑容：“说你长得不错。”

“还行吧。”商见曜颇为谦虚。

场面顿时安静了下来，没过多久，小名狗子的镇卫队成员跑了回来，凑至蒋白棉旁边：“有人见过你描述的那个人。他去了月鲁车站以北，是个很奇怪的人。当时那个狩猎小队的人都觉得他很有魅力，忍不住想讨好他，靠近他，但他很冷漠，强行拉开了距离，消失在了荒野里。”

“有点奇怪……”蒋白棉听完之后，似乎想到了什么般低声自语了一句。

她旋即抬起头，笑容明澈地说道：“谢谢你啊。”

“不用不用！”小名狗子的镇卫队成员激动地回应道。

接下来，蒋白棉没再提问，这名镇卫队成员只好离开了木棚。

商见曜的目光随之望向外面，只见天色已黑，乌云低沉，整个水围镇内一片昏暗。

燃油发电机的声音嗡嗡响起，呈“品”字形的三栋楼内，不少房间发出了亮光，镇子的围墙上，几个灯泡相继被点亮，少许烛光、火光闪烁着又很快熄灭，整个镇子慢慢沉入了夜色。

“哗啦啦哗啦啦……”

酝酿许久的大雨终于在暗夜里下了起来。

第32章
复盘

夜深，风凄，雨苦，整个水围镇仿佛已经被黑暗吞噬，零星几个房间透着微弱的光。

先前的喧闹、嘈杂，以及各种味道混杂起来的气味，飞快消散一空，商见曜感受到了与世界隔绝般的安静。

木棚周围的雨幕里，几个镇卫队成员在能遮挡的地方巡逻，另外几个则披上了早就准备好的深色雨衣和大编织袋，于墙头木架上来回走动。

灯泡照射出的光芒里，雨水如同断了线的珍珠，密密麻麻，接连不断。

“这里原本有两台柴油发电机，后来坏了一台，怎么都修不好。嗯，对于荒野上的聚居点来说，缺电不算是什么太严重的事情，粮食、衣服、武器和干净的水才是最关键的资源。”白晨随口说了几句。

蒋白棉笑着补充道：“你说话大声点行不行？嗯，粮食和干净的水决定了他们能不能存活下去，衣服决定了他们会不会冻死或者着凉生病，而武器则决定了别人会不会给他们留粮食、衣服和干净的水。”

她左右看了一眼，见雨仍不小，遂拍了拍手掌道：“明早再修吉普车，今晚上这次野外拉练的‘第一堂课’。

“我们需要复盘之前那场战斗，总结经验和教训。每个人都要以自己为主角，描述一遍当时的选择和经历。白晨，你先来。”

作为一名刚加入盘古生物，没有参加过类似拉练的荒野流浪者，白晨没想到竟然还有“战后复盘”这种事情，一时有些迟疑。

不过，她对此也不抗拒，在荒野上流浪这么多年还能活得好好的，除了有一定的帮手，也在于时常反省，牢记错误。

组织了下语言，她从初遇那个兼职强盗的遗迹猎人团开始，复盘起自身记得的每一个细节。

她之后是商见曜，商见曜之后是龙悦红，最后是蒋白棉。

蒋白棉说完，望向商见曜道：“你主动出击，射杀那两名摩托车手的选择很果断，但也很鲁莽。如果不是……”

她顿了一下道：“如果不是你运气好，死掉的大概率是你。”

说到这里，她略微露出笑容：“不过嘛，运气也是实力的一部分，你要平衡两者之间的关系，尽量让自己更有把握一些。”

商见曜刚开始听得略显茫然，接着若有所思地点了下头，表示认可组长的话语。

龙悦红觉得蒋白棉最后几句话是在开玩笑，没去多想，眉头微锁地提出了心里最大的疑惑：“组长，你刚才说那个穿戴外骨骼装置的强盗头目是因为自身判断出了错，又不够谨慎，才最终被我们干掉的？那，如果一个穿戴类似外骨骼装置的人没犯这么大错误，我们该怎么应对他呢？”

蒋白棉看向了龙悦红：“你为什么会觉得有办法应对？不犯大错误，说明穿戴外骨骼装置的人经验还算丰富，体能也不成问题。这样的人配合外骨骼装置，即使在真正的战场上，也是大杀器，是精锐中的精锐。

“在人数很少，没带重武器，只有一把榴弹枪且没机会使用的情况下，我们怎么可能对付得了这样的敌人？你是不是太小瞧军用外骨骼装置了？”

“那、那岂不是说……”龙悦红这才发现，之前真的是在地狱的边缘行走。

蒋白棉环顾了一圈道：“对付这样的敌人，最好的时机是在他穿戴上外骨骼装置前。如果没有把握住这个机会，那就抢在他拉近距离前，和他赛跑。军用级外骨骼装置不会比高速行驶的吉普车快多少，有的甚至会慢一些，而且续航能力更差。

“可惜，当时地形异变，我们又和黑沼铁蛇大战了一场，各方面的有利条件都不具备，几乎可以说处在了绝境。如果不是那个家伙畏手畏脚，最开始明显舍不得浪费过多的能源，舍不得破坏战利品，计算得太过清楚，我们在第一轮攻击时就会死掉一半，或许更多。”

龙悦红听得脸色发白，对灰土的危险有了更加深刻的认知。商见曜和白晨专注地听着，明显察觉到蒋白棉的话还没说完。

蒋白棉呃了一声：“在商见曜杀死摩托车手，激怒那个家伙前，我有两个方案。一是立刻投降，以此拉近距离。只要能进入一定的范围，即使真被他们击成了重伤，动弹不得，我也有反扑的手段。”

说到这里，她揶揄一笑：“这个方案最大的问题是，我和白晨有不小的希望活下来，成为俘虏，至少还是有逃脱机会的，而你们两个嘛，很可能被直接射杀，除非他们之中有人更喜欢男的。”

商见曜和龙悦红的表情瞬间变得相当复杂。

看见他们的反应，蒋白棉心情不错地说道：“第二个方案就是利用那个家伙顾虑太多、畏手畏脚的心态，设计一个陷阱，让他没法提前躲掉，而只要没提前躲掉，我有很大的把握命中他没被保护起来的要害。”

“什么样的陷阱？”龙悦红追问道。

蒋白棉看了他两秒，双手一摊道：“还没想好。”

“……”龙悦红和商见曜脸部的肌肉隐约抽动了一下。

蒋白棉顿时“恼羞成怒”：“事发突然，怎么可能那么快想好？我还在想的时候，事情就发生变化了，不需要我再浪费脑力了！”

她随即侧头，看向安静听着的白晨：“你有什么要补充的？”

白晨想了下道：“荒野上绝大部分强盗的目的都是抢劫物资，而不是杀人。如果实在没有办法，我会考虑放弃吉普车和里面的物资，比如让车辆在无人驾驶的情况下往沼泽里冲，以此引开他们的注意，然后，趁机躲入另一个方向的沼泽。

“大沼泽内有很多地方，普通人其实是可以勉强行走的，穿戴外骨骼装置的人则不行，重量超标。”

听完，蒋白棉满意地点头：“不错，这就是荒野流浪者和大势力出身的人在处理同一件事情上的不同思考角度。你们学到了吗？”

“啪啪啪！”

商见曜不失时机地鼓了下掌，连带着龙悦红也下意识鼓起掌来。

我在做什么……龙悦红迅速反应过来，尴尬地回应道：“学到了，但还要慢慢消化和吸收。”

复盘完白天的战斗，四人按照昨日的分组，两人一组地轮流警戒。

因为刚下过雨，气温比昨晚低很多，田二河免费提供的木炭也有限，他们从后备厢拿出厚厚的棉大衣，裹在了身上。

雨水哗啦啦地下着，在漫漫的黑夜里清洗着万物，直到天色渐明，才彻底停息。

水围镇有着成熟而完善的排水系统，地面没有积水，只是湿漉漉的，部分土壤有些泥泞。

白晨就着水，吃完压缩饼干，开始给吉普车更换零件，做不算太难的修理。

这时，田二河在清晨的薄雾里踱步过来，笑着问道：“白丫头，能不能修好啊？能修好的话，我们就要接收轻机枪和摩托车了。”

“可以。”白晨没有回头，抬手示意道。

田二河立刻招呼起周围的镇卫队成员：“来，搬那挺机枪。哎呀，感觉你们给得太多了，要不这样，我再给你们添一顶帐篷？”

“行。”蒋白棉没有推辞。

这时，田二河看到了吉普车顶的黑沼铁蛇蛇皮。

“这……”他的眼睛瞪得老大，“你们干的？”

昨天吉普车过来时，因乌云密布，天色已经昏暗，他们并没有看清楚车顶究竟绑了什么东西，还以为是黑色的帐篷。

循着田二河的目光，周围的镇卫队成员都看到了那张给人强烈压迫感的蛇皮。

“黑沼铁蛇……”有人低声念出了这个噩梦般的名字。

蒋白棉轻声笑道：“这家伙太大了，我们只能剥走外皮。”

水围镇的人一下沉默了，沉默得让蒋白棉有点尴尬。

她看了看逐渐热闹起来的镇子，试探着问道：“镇长，我们能到处走走，看看吗？”

“可以啊，想去哪里？我带你们去。”田二河扶了下头顶的帽子，“要不，去教室看看？你们不是对我们的课堂挺感兴趣的吗？”

明净的晨光下，他脸上的皱纹愈发醒目和深刻。

“好啊。”蒋白棉转头对商见曜道，“你跟着我。龙悦红，你帮白晨看着点周围。”

商见曜没有拒绝，跟着蒋白棉和田二河，走向了呈“品”字形的三栋楼。

途中他们经过了各种房屋混乱搭建的区域，看见有的墙壁出现破洞，用木头和干草堵塞着；有的居民喝了瓢凉水，急匆匆往镇后的田地赶；有的帐篷在昨晚的大雨里渗了水，面黄肌瘦、衣服破烂的人奔向不同的方向。

穿过这里后，是那个水泥修成的小广场。升旗台上旗杆依旧，却不见了旗帜。

商见曜和蒋白棉跟着田二河继续前行，绕过最前方的那栋楼，进入了后方两栋楼里左侧的那栋，上至三楼。

这里一侧是带护栏的过道，一侧是隔成小间的房屋，光照还算充足，通风也良好。

走了几步，田二河领着两人停在了一个还算大的房间前。

透过玻璃窗，商见曜和蒋白棉看见里面摆着约二十张桌椅，过道很窄，空隙很小。

此时，先前那群半大的孩子穿着各式各样破破烂烂的衣服，坐在椅子上，抬头望着讲台，专注地听着。

他们有的身体微微颤抖，似乎对清晨的寒冷还不够适应；有的胸前用襁褓挂着弟弟妹妹，时不时哄一下。他们有男有女，都比较瘦弱，但腰背都挺得很直，坐得端端正正。

商见曜一眼望去，看见了贴在墙上的课表：早操……常识……语文……数学……历史……

“这是中年级的学生。”田二河压着嗓音介绍了一句，似乎不想打扰到里面的孩子。

蒋白棉专注地看了几秒，嗯了一声：“我们走吧，不要打扰他们。”

跟着田二河参观完水围镇，两人回到了木棚处，这时，白晨已修理好了吉普车。

因为水围镇粮食也不太足，肉类更是缺乏，蒋白棉没再尝试交易，对田二河道：“镇长，我们得走了。”

田二河轻轻点头：“希望能够再见。”

“嗯。”蒋白棉笑着点头。

“会的。”白晨同时做出了回应。

他们迅速收拾好物品，上了吉普车。这一次，由蒋白棉开。

吉普车缓缓驶向拉着铁丝网的大门处时，商见曜、龙悦红等人又一次望向了那片住房密集而混乱的区域。

那里的居民已前往田地或外出狩猎，只剩少数人在家。这让那片地方愈发显得破烂和衰败。

无言的静默中，商见曜等人突然听见最深处那栋楼传出一阵整齐而稚嫩的朗诵声。

第33章 第一个点

隐约回荡于水围镇内的朗朗读书声中，龙悦红张了张嘴巴，不知该说点什么，只觉得那种感受异常复杂，难以用语言来描述。

四人谁都没有说话，似乎在专注地倾听，直到吉普车驶出大门，奔向远方。

蒋白棉认真地开着车，让吉普车在沼泽内纵横交错难以分辨的道路上安静地行驶。

等到完全脱离了这片区域，白晨才看着前方，自言自语：“我想成为公司的正式员工有一部分原因就是，那样可以借阅很多书。”

“还好吧……”从小生活在盘古生物内部的龙悦红并不觉得这有什么特殊，“在旧世界的城市废墟里，没有书籍，没有图书馆吗？”

白晨的目光似乎投得很远：“有，在最初，有很多，但那个时候，我还没有出生。后来，许多书籍被大势力中的某些人搬走了，剩下的一部分被遗迹猎人和荒野流浪者当成了容易点燃的柴火，一部分被老鼠等动物啃咬撕扯，弄得不成样子，只有极少数可以找到，能够阅读。

“在那些被少数人探索过的城市废墟里，可能还有大量书籍存在，但那些地方都太危险了。”

短暂的沉默后，商见曜思维跳跃地问道：“你识字？”

“嗯，我的父亲和母亲教过我。他们死后，还给我留下了一个很好的老师。”白晨的表情逐渐变得柔和，嘴角微不可见地翘起少许。可她的眼神却有些涣散，如同半夜从梦中醒来后的样子。

蒋白棉侧头看了一眼白晨，继续注视着前方。

她笑着说道：“你们交流能不能大点声？这是欺负我听力不好吗？我都怀疑你们是不是在背着我，说我坏话。”

龙悦红心头一动，小声嘀咕道：“我们都是当着你的面说的。”

“我们都是当着你的面说的。”与此同时，商见曜回应了蒋白棉的“指责”。

龙悦红顿时有点高兴：“哈哈，怎么样？我是不是很懂你，能跟上你的思路？”

“你怎么知道我不是故意让你跟上的？”商见曜毫不退让。

“不错，外出拉练要注意团队气氛，既要严肃，又得活泼，要不然精神很容易过度紧绷，用不了多久就会自己压垮自己。”蒋白棉随口点评了一句，“好了，不说这些了。讨论一下田镇长的经历吧，从他描述的细节里看能总结出什么有用的东西来，呃，主要是关于旧世界毁灭的。”

商见曜似乎早已想过，当即说道：“无心者主要出现于较大的城市，乡村和小镇几乎没有。”

“乡村和小镇的毁灭看起来更像是战争和地质灾变共同造成的。”白晨补充道。

蒋白棉微微点头：“战争和地质灾变或许可以画等号。在旧世界毁灭前，有可能已出现能够测量地质灾变的东西，当然，这点有待证实，需要通过探索某些城市废墟找到相应资料来确认。”

听到这里，龙悦红思索着说道：“无心者的出现和战争又有什么关系？是他们的出现导致了战争，还是战争诱发了他们的出现？”

“这就没法回答了，缺乏足够的资料和情报。”蒋白棉笑了笑道，“这将是我们旧调小组之后工作的主要方向。”

她看了下路，拉了拉方向盘，继续提出问题，引导组员们思考：“你们认为无心者最初为什么主要出现于大城市，在乡村和小镇几乎没有？”

“城市人口更密集。这是重要的传播条件。”商见曜结合教材里对城市的定义回答道。

白晨则从另一个角度说道："城市更加重要，所以是主要目标。"

"有可能。"蒋白棉未做否定。

四人就这样围绕着相关问题讨论了一阵，虽然没法做出结论，但都因此拓宽了思维，对将来需要做的调查、搜集的资料有了更加明确的方向。

吉普车不快不慢地行驶着，蒋白棉又抛出了一个问题："你们对遗迹猎人们寻找的那个家伙有什么看法？就是黑发金眼，水围镇居民遇到过的那个。"

龙悦红呼了口气："感觉他很奇怪，不仅来历神秘，而且本身也很奇怪。正常来说，没有谁能在初见的情况下，同时获得一群人的爱慕，那群人中可是有男有女啊！"

"其实吧，我有点好奇，好奇他到底长什么样子，有多大魅力。"蒋白棉笑着回了一句，"不过，说得也对，这确实相当奇怪。而对于能制造奇怪现象的人，我第一反应是觉醒者。"

"为什么？"商见曜脱口问道。

对于觉醒者这个名词，白晨未表现出一点疑惑。

蒋白棉略放油门，降了点车速道："觉醒者除了拥有诡异的、可怕的能力，本身也有可能表现出奇怪的、与正常人不同的地方。嗯，这种表现就和他们的能力一样。"

"这么一个觉醒者出现在黑沼荒野内，肯定不只是为了生存。"白晨看向窗外，眺望起沼泽深处，"他也许在寻找什么……沼泽深处可能藏着不小的秘密。"

蒋白棉点了下头："确实。算了，不说了，我们的路线并不会经过月鲁车站以北。再说，带着两个新手去参与这种事情，实在太危险了，只能找机会上报给公司。

"龙悦红，白晨，你们可以休息一下了。

"啊……哈……白晨，你先不急着睡，告诉我接下来该怎么走。"

白晨看了一眼蒋白棉，有点怀疑这还是不是之前那个异常可靠的组长。

就这样，吉普车穿行于黑沼荒野内，到了快中午的时候，停在了一个长满杂草的水泥路口。

“这里就是本次野外拉练的第一个点。”蒋白棉开门出去，指着吉普车左侧道。

商见曜和龙悦红跟着下车，循着组长的手指，望了过去。

那里有一条倾斜往下的岔路，水泥地面被一丛丛杂草顶裂，几乎没有完好的地方。这条路的左边疑为田地，但现在已被沼泽吞没了大半，剩下的地方则长了许多不同品种的植物；右边有三栋开放式的正方形建筑，其中一栋已然倒塌，剩下的则被爬山虎等植物覆盖着。路的尽头有一片不小的广场，广场的两侧是四层、五层或六层的建筑，但也有一个面积非常大且有一定高度的平房。它们同样倒塌了一部分，其余部分和绿色植物混杂，难分彼此。

广场的尽头有可以并行通过四辆吉普车的铁黑色对开大门，大门完全敞开着，显露出了一排排不像住所的房子。

在这些房子的后面，几根或砖红或灰黑的高大“烟囱”拔地而起，颇为壮观。

它们的外墙上都镶嵌着铁黑色的、非常简陋的楼梯。越往高处，缝隙里的绿色植物就越稀疏。

等商见曜和龙悦红观察了一阵，蒋白棉解释道：“将来我们小组少不了要进入旧世界的城市废墟，尤其是少有人去过的，或者还没被发现的那种，这会相当危险。所以，你们得提前适应这种地方，积累一些经验。”

“可这不像是城市啊。”龙悦红忍不住了。

蒋白棉笑了一声：“肯定要从最低难度开始啊。

“这里曾经是一座钢铁厂，内部有完整的社会运行系统那种，就相当于一个微缩的城市。你们看，路边那几栋建筑就是医院和广播电台。

“嗯，这里被遗迹猎人们光顾过很多次，有价值的东西基本已经没了。

“你们今天的任务主要有两个：一是在这里弄些吃的，不管是找到别人没找到的，还是抓这里的野兽，都行；二是绘制完整的地图，标注出所有关键点。

“怎么样，简单吧？”

商见曜和龙悦红都没有回答，以他们的经验，无法判断这项任务究竟是简单还是困难。

蒋白棉又看了一眼那座钢铁厂：“这里经常会有遗迹猎人出没，如果遇上，你们就要学会怎么应对，怎么和他们相处，怎么交换情报和物资。”

“组长，你不是说这里有价值的东西基本没了吗？那些遗迹猎人来做什么？”龙悦红略感诧异。

蒋白棉呵呵笑道：“不是有句俗话说‘烂船还有三斤钉呢’，何况这么大一个钢铁厂。

“如果在别的地方没有收获，到这里来找一找，说不定能搬回去点有用的东西。之前就有遗迹猎人挖开地面，弄了一截自来水主管道，然后拉回去换到了些食物。”

见龙悦红和商见曜轻轻点头，估计已没有疑问，蒋白棉侧过身体道：“那就开始吧。我和白晨在这里看着车。你们如果遇到解决不了的麻烦，就发信号求助，要是需要指导，就回到两公里范围内，用对讲机。”

第 34 章 片瓦不剩

看着蒋白棉和白晨回到车上，将吉普车开到不远处较隐蔽的地方后，商见曜和龙悦红各自检查起武装带上的冰苔手枪、联合202手枪，以及身上挎着的狂战士突击步枪。

确认好各个细节，他们交替着蹲下，重新绑了绑军靴的鞋带，力求没有一点纰漏。

完成了准备工作，他们端着突击步枪，不紧不慢地沿着那条破破烂烂的水泥路，往广场方向走去。

虽然当前是秋季，天气已然转凉，但杂草丛生之处，蚊虫依旧很多，围着商见曜和龙悦红打转，嗡嗡个不停。

龙悦红憋了一阵，终于忍不住问道："驱赶蚊子是不是也要轮流着来？"

他认为时刻得有人负责警戒工作。

"要不我帮你？"商见曜看着直往龙悦红脸上扑的黑色蚊虫道。

龙悦红警惕着反问："你是不是想打我一巴掌？"

"你会不会把我想得太坏了？"商见曜哑然失笑。

他随即从衣服口袋里摸出了个食指高的塑料小瓶，拧开盖子，对着自己喷了几下："你难道忘记我们公司叫盘古生物了吗？这种驱蚊剂的效果，嘿，还真不错。"

龙悦红眼睛有些发直："你……你什么时候拿的？不是在车上吗？"

在盘古生物内部，几乎没有蚊虫，来到地表后的这几天，龙悦红又一直没感觉到蚊虫的困扰，所以，都忘记还有驱蚊剂这种东西了。

“之前值夜时放在身上的。”商见曜坦然回答。

“我……我值夜的时候怎么没遇到蚊子？”龙悦红深感疑惑。

商见曜瞥了他一眼：“好好用你的脑袋瓜想一想就能知道答案了。”

见龙悦红还是没想明白，商见曜笑着说：“这两天都是我和组长先值夜，她会在周围喷洒驱蚊剂。其实，在刚弄篝火的时候，她也会喷洒，你没看到吗？”

“……”龙悦红没想到答案是如此的简单。

为了不被商见曜嘲笑，他立刻指着右侧道：“我们先去那几栋建筑里看一看，组长说是医院和广播电台。”

他指的是位于水泥路右侧的那三栋建筑。

“好。”商见曜随手就要收起驱蚊剂。

“我、我呢？”龙悦红嘴巴半张，又惊愕又茫然。

商见曜无声地笑了两下：“你又没说你要喷。你不说我又怎么知道……”

“停，停！不要学广播节目里的台词。”龙悦红当即打断了商见曜。

商见曜也没再逗他，迅速拧开瓶盖，往他身上喷洒起来，毕竟这是在野外，在钢铁厂废墟里，开玩笑得适度，不能因此分散了注意力，降低了对周围的戒备之心。

初步摆脱了蚊虫困扰后，两人拐向了被蒋白棉称为医院和广播电台的地方，首先看见的是两根孤零零地竖立的柱子。

“这，大门都被搬走了？”龙悦红忽然有点牙疼。

商见曜嗯了一声：“这就叫人类的主观能动性。要不是碎掉的水泥、砖块换不了什么东西，这两根柱子都未必还能立在这里。”

“啧，啧。”龙悦红感慨了两声，从柱子之间走了过去。

直到此时，他们才发现，靠近路边的那栋楼前方还有一排平房，只需要右拐，就能到达。而如果直行，则会沿斜坡往上，到达一个有池塘、有花园、能停车的小广场。

通过这个广场，他们似乎可以直接进入靠路边那栋楼的二楼。

龙悦红示意了一下，率先往那排平房与楼房之间的过道走去。

这里有一条不宽的排水沟渠，里面长满了青苔和杂草。

龙悦红左右看了一眼，发现楼房的底层开了一扇扇门，里面的空间有大有小，靠近斜坡处的两个打通了，对外的窗户完全洞开，没有一点遮挡，而那排平房则被分隔成了一个个大小几乎相等的小间，两人视线所及的区域内，有抽屉全开的桌子，有翻倒在地的高脚凳。

龙悦红结合起“医院”和“广播电台”这两个名词，试图判断这里属于什么区域，可怎么都想不出答案。

“这里是什么地方？”他不是太期待地自言自语，也不觉得商见曜能够回答这个问题。

商见曜收回目光，右肘下沉，略微抬高了狂战士突击步枪的枪口：“门诊处。”

他声音低沉，语气笃定。

“啊？”龙悦红又诧异又茫然。

他本来想问商见曜是怎么辨认出来的，忽然记起了一件事情：在盘古生物内部，生活区每一层都有个小小的医务室，负责治疗本层居民类似头疼脑热的普通疾病。这样的医务室分内外两间，外面一边是药房，一边是医生坐诊处，内里一边是输液室，一边是注射室。

除了这些，盘古生物内部还有三个大医院，它们在特定的不同的楼层，主要收治医务室治不了的员工。

龙悦红从小身体还算健康，父母长辈也没得过什么大病，所以，他只去过自家所在楼层的医务室，没去过医院，对门诊区缺乏直观的印象。而商见曜的母亲是因病去世的，住过很长一段时间的院，那个时候，商见曜每天都要穿梭于学校、医院和家。

大致想清楚了原因后，龙悦红闭上了嘴巴。

商见曜则用下巴代替右手，指向那片平房：“这边应该是门诊室、注射室、输液室，都不止一间。”

他又朝向楼房区域：“最外面打通的这两间应该是药房，窗上应该有铁栅栏，并且留出了给药的空隙，但现在都被弄走了。另外的可能是机房、财务室、化验室这些，无法肯定。”

“嗯嗯。”龙悦红没有反驳。

两人端着突击步枪，一个又一个房间地搜查，结果什么有用的东西都没找到，就连剩下的木桌和椅子都支离破碎，残缺不全，有些部件明显是被人拿去点篝火了。

到了那排平房最后一个房间，龙悦红刚踢开半掩的木门，就看见了一个白森森的颅骨，上面有黑乎乎的两个空洞。

他吓了一跳，猛地将狂战士突击步枪抬高少许，准备射击。

商见曜左右看了一眼，低沉地说道：“死很久了。”

龙悦红这才放松了一些，仔仔细细地观察起里面的情况。

一张木桌倒在了地上，几页发黄破败的纸凌乱地散落着，那具白骨靠在桌旁，没有一点血肉残存，没有一块布料遮挡，且失去了多根骨头。

“之前的那些遗迹猎人连尸体的裤衩都没放过啊……这里来过不少野兽……”龙悦红好歹也经历过严格的训练，能从一些痕迹上推断出很多事情。

他话音刚落，一道小小的黑影从角落蹿出，奔到靠围墙那侧，钻进了一个不显眼的洞里。

“老鼠！”龙悦红差点给对方一梭子。

商见曜若有所思地点了下头：“能吃吗？”

“理论上可以，但有太多的细菌、病毒啊这些，很容易让人染上严重的疾病。”龙悦红竭力解释着，免得同伴突发奇想，“组长如果在这里，肯定会说‘不是没有别的办法，不要吃这种东西’。”

商见曜吐了口气，似乎有点遗憾。

“你看着周围。”他上前几步，蹲到了那几页发黄的破纸旁边。

可惜，上面什么都没有。

但商见曜也看出了一点东西：这几页纸完整的部分，轮廓、大小基本一致，应该是从同一个本子上撕扯下来的。

“如果上面有重要信息，它们肯定早就被捡走了。”龙悦红说出了自己的想法。

商见曜不置可否：“先收起来吧，回头让组长再研究一下。”

说完，他拿出一个袋子和一个塑料镊子，将这几页纸夹了起来，放入袋中。

两人又在房侧搜查了一遍，依旧什么都没找到。

回到斜坡处，商见曜和龙悦红往上行至小广场区域，看见对面的楼房已经坍塌，最右侧的四层楼上爬满了绿色的植物。

这栋楼的一楼大门上方，有三个红色大字，它们已然斑驳变淡，在绿色里若隐若现——住院部。

“果然是医院。”龙悦红侧头看了一眼斜坡旁的楼房，“这也属于医院，那，这栋倒塌的看来就是广播电台。”

倒塌的那栋楼最上方的砖石已经被扒开，足见遗迹猎人们的专业和耐心。

“进去看看。”商见曜当先走向了住院部。

这里面多是玻璃碎碴和动物粪便，但整体保存得还算完好，只是每一个病房内都看不到病床。

“不会吧，病床应该很重的……”龙悦红颇为诧异。

“可以推的。”商见曜简单说了一句，“也可能带了切割工具。”

“真是什么都没留下啊……这就是遗迹猎人。”龙悦红感叹中，跟着商见曜沿楼梯爬上了二层、三层和四层。

在这住院部里行走，他觉得阴沉沉、冷冰冰的，呼吸到的气味也透着难以言喻的古怪，近似有些东西腐烂了很久却还残余少许气味。

“差不多了吧？没什么了。”龙悦红忍不住催促起商见曜。

“嗯。”商见曜看了一眼靠近楼梯的卫生间，拿出纸笔，就着墙壁，开始描绘医院区域的地图。

“出去弄不行吗？”龙悦红来回踱了几步。

“快了快了。”商见曜运笔如飞。

最后，他在住院部内画了个奇怪的、疑似有人蹲着的符号。

“这代表什么？”龙悦红好奇地问道。

商见曜没有回答他，在旁边重新画了个相同的符号，拉根横线，标注——有厕所。

“……”龙悦红不想再搭理商见曜。

弄好这部分地图，两人出了住院部，沿斜坡一直往下。

进入主路后，他们还没来得及寻找下一个目标，就看见两道人影从钢铁厂深处蹿了出来，各自骑了一辆自行车，背着一把步枪。

第 35 章
怪异的死亡

商见曜和龙悦红第一时间没有反应过来，直到那两辆自行车上的人也看到了他们。

“哐当！哐当！”

背着步枪的两人直接丢弃自行车，连滚带跃地躲到了附近的障碍物后。

看到这一幕，商见曜和龙悦红才醒悟过来，不再只是警惕地、条件反射地抬起突击步枪。他们飞快侧扑，借助医院门口的两根柱子遮挡住了自己。

场面一时变得极为安静。

见龙悦红似乎想拿起对讲机，商见曜拔高声音，隔空喊道：“我们没有恶意！”

短暂的沉默后，那边也有略显沙哑，仿佛含了口痰的声音传来：“我们也没有！”

商见曜当即回应道：“或许可以交换下情报。”

隔了几秒，那边喊道：“这样交流似乎不是太方便。”

“那我们靠近一点！”商见曜想都没想就高声提议道。

那边两人隔着障碍物，低声交流了起来，因为距离较远，商见曜和龙悦红都没听清楚具体的内容。

不到一分钟，那边回应道：“好！”

商见曜闻言，侧头对龙悦红道：“我先，你后，做好策应和保护。”

“嗯。”龙悦红松开握着枪柄的右手，比了个表示没问题的手势。

商见曜没试图让对方先离开躲藏处，自己端着突击步枪，浑身肌肉紧绷地一步一步离开了柱子后面。

这个过程中，他高度警惕，做好了随时扑倒翻滚的准备。

见他表现出了诚意，那边也出了一个人，姿态同样充满戒备。

这人三十来岁，一米七左右，穿着略显干瘪的、脏脏的、打了三四个补丁的深蓝色过膝羽绒服，头顶发际线退化严重，秃得颇为厉害。

他的头发呈淡黄色，眼睛浅蓝，五官和轮廓较深，与商见曜、龙悦红等人有较明显的区别，一看就属于红河人种。

或许是因为长年在荒野活动，这人的皮肤多有干裂痕迹，指甲盖明显发黑。

他紧握着步枪，一米一米地与商见曜拉近距离。

他们进入方便对话的范围后，龙悦红和对面另外一个人才离开躲藏处，慢慢挪移靠拢同伴。

“怎么称呼？”秃头男子和刚才一样，用的是灰土语，也就是商见曜等人的母语，而非红河语。说话的过程中，他没有松懈，依旧高度戒备。

“商见曜。”商见曜平静地回答道，“一个正式的遗迹猎人，你呢？”

本来想抢答的龙悦红顿时松了口气——他挺害怕商见曜在这种时候“犯病”，毕竟不是熟人，没有谁能欣赏和容忍得了他的“幽默”。

秃头男子想了下道：“哈瑞斯·布朗，中级猎人。”

他没出示自己的猎人徽章，也没让商见曜出示，因为这是在废墟里，没有特殊的机器读取芯片内的信息，无法确认徽章真正的主人和对应的信用等级。而在荒野上，很多人都会随手注册个猎人身份，或者从敌人的尸体上得到过相应物品，单纯有个徽章什么都代表不了。

往徽章上刻名字这种技术太过原始，非常好仿冒，而最重要的是，拿着徽章的人完全可以选择报徽章上那个名字，不用真名。

哈瑞斯·布朗和商见曜这一次的对话其实更接近“寒暄”，可以铺垫气氛。

商见曜看了一眼哈瑞斯·布朗的同伴，发现这是一名女子，身高一米六三左右，五官相当普通。

她亚麻色的头发自然下垂，刚到肩膀位置，戴着顶浆洗得还算干净的米黄色贝雷帽。

“你们好像没什么收获？”商见曜将目光重新移向了哈瑞斯·布朗。

哈瑞斯·布朗没什么笑容地回答道：“只是路过，随便花费一点时间尝试，没收获很正常。在这个废墟里，没有合适的设备已经很难弄到物资了。你们是第一次来这里？”

“对。”商见曜坦然回答，转而问道，“你们是不是也接了那个任务，找黑发金眼的家伙？”

哈瑞斯·布朗微微点头：“给你一个忠告，收费的。放弃这个任务吧，月鲁车站以北最近很不太平。”

“和沼泽深处的异常有关？那天晚上的嘶吼声，你们也听到了吧？”商见曜追问道。

哈瑞斯·布朗的表情逐渐凝重：“对，那时候我们正在月鲁车站以北。天亮之后，我们又继续往前，结果发现了好几具尸体，刚死几个小时的尸体。

“这些尸体的身上没有任何致命的伤痕，但表情都很扭曲，有的透出痛苦，有的满是恐惧，有的似乎还在笑，笑得很可怕。”

龙悦红听得心里毛毛的，头皮略有些发麻，但这种感觉迅速就被商见曜的问题给冲散了：“没有致命的伤痕……那衣服呢？还有没有？”

这是什么鬼问题……龙悦红忍不住腹诽了一句。

哈瑞斯·布朗的表情略微一滞：“没有。很显然，有人在我们之前就发现了尸体，拿走了所有物品。”

“专业。”商见曜赞了一句，赞得哈瑞斯·布朗感觉自己有点跟不上对话的节奏。

他无声地吸了口气，继续说道：“哎，他们连头发都没放过，要不然我就能弄顶假发了。总之，看到那些尸体后，我们就放弃了任务，一路往回走，不敢多休息，一个小时前刚抵达这里。”

“挺快的嘛。”商见曜状似随意地说道。

哈瑞斯·布朗没有侧头：“我们骑的是脚踏车，可以利用沼泽内的一些小路，而汽车和摩托没法通过，只能绕道。”

商见曜轻轻颔首：“最后一个问题。这边还有别的遗迹猎人，或者荒野流浪者吗？”

“还有几个，不过以你们的装备，只要不主动攻击他们，他们也不会招惹你们。”哈瑞斯·布朗的头顶在阳光下反射出了些许光芒。

商见曜仿佛在思索般问道：“要是没有这些武器呢？”

哈瑞斯·布朗的脸庞突然扭曲了一下：“在灰土上，弱小就是原罪。”

他的眼神变得有些凶狠，透着几分难以掩饰的憎恨。

不等商见曜再问，他吐了口气，让表情恢复了正常：“该我问了。这是刚才那个忠告需要支付的报酬。”

他其实也没奢望商见曜一定回答，反正那个忠告内蕴含的情报其实不是太有价值，因为很多撤回来的遗迹猎人或多或少都发现了些异常。

再说，这已经是一天多前的事情了，而从这里去月鲁车站以北，最快也要花费一天多的时间，这么折算下来，即使哈瑞斯·布朗不提出忠告，任由商见曜两人前往，事情也可能已经过去了。

“可以用别的支付吗？”商见曜松开握住突击步枪弹匣的左手，往衣服口袋里伸。

“得看看。”哈瑞斯·布朗和他的同伴骤然提高了警惕，害怕商见曜拿出什么危险物品来。

商见曜很快掏出了两小袋压缩饼干，展示了一下。

这本来应该是他午餐的一部分。

“非常棒，你很慷慨。”哈瑞斯·布朗没想到对方愿意用食物来交换。

这勉强可以让他们对付一顿了。

商见曜随即将那两小袋压缩饼干扔了过去。

哈瑞斯·布朗和他的同伴没有去接，任由这两小袋压缩饼干落到地上。

这是害怕对方趁他们接饼干的时候开枪。

“回头再聊。”商见曜露出了笑容，仿佛在与好友告别。

他和龙悦红立刻一步一步地往钢铁厂废墟的大门处走去，并没有放松对哈瑞斯·布朗和他的同伴的戒备。

对方亦然。

等到双方的距离拉得足够大，哈瑞斯·布朗才让同伴去捡起压缩饼干，将两辆自行车推了过来。

目送两人骑着自行车离开这片废墟后，商见曜和龙悦红端着突击步枪，环顾了大门外的广场一圈。

“外面应该是住宿区，先搜查这里，还是里面？”龙悦红有些犹豫地问道。

商见曜没看广场两侧那一栋栋或倒塌或破败的“绿色”建筑，指着大门道：“先里面，弄清楚基本的布局。”

“好。”龙悦红没有反对。

两人随即通过了可供多辆车并行的铁黑色大门。

“看来遗迹猎人们搜刮遗迹也是有极限的，这大门竟然没有被分割搬走。”龙悦红回头看了一眼，感叹道。

商见曜跟着看了一下：“可能不划算。”

他们不再言语，沿着宽阔但破烂的道路，往钢铁厂深处走去。

右边有一排没门但非常宽敞的平房，而且不像医院门诊区的平房那样，有墙壁隔出一个个小间，这里中间只用支柱表示着分区。

部分没有左右墙的房间内，还存在一个个能站人或躺人的沟槽。

“这是什么地方？”龙悦红不解地问道。

商见曜摇了摇头：“不知道。不过，你不觉得站在那些沟槽里可以很方便地修理汽车的底部吗？”

“这里是修理区？旁边相当于车库？”龙悦红恍然大悟，“等下记得标注。”

道路的左边则有散发恶臭的池塘，有间隔不大的树木群，有掩映在绿色深处的小楼。

商见曜和龙悦红暂时没去管这些地方，一步步深入厂区。没过多久，他们来到了那几根高耸的“烟囱”附近，周围竖立着许多钢铁支架和粗犷的建筑。

一条条巨龙般的铁黑色大型管道从“烟囱”某处往下延伸到了不同地方，坡度都不是太陡。这些管道并没有封闭，似乎是圆柱横着剖开后剩下的一半。

商见曜和龙悦红进入了这片区域，沿着道路时上时下，在锈迹斑斑的钢铁森林中穿行。

很快，道路的边缘多了一道残缺的护栏，外面是一个积满了雨水的池子，不知道是用来做什么的。

因为高处有遮挡，阳光只能照进来少许，周围显得很是阴森和昏暗。再加上没有任何声音，一片安静，龙悦红越走越心颤。

他忍不住开口道：“不是说还有别的遗迹猎人吗？怎么一个都没碰到？”

商见曜瞥了他一眼：“这种时候说这种话好像不是太吉利。”

他话音刚落，高处突然响起哐当哐当的声音。一道黑影飞快坠落，在钢铁支架和建筑突出部分碰撞了几下后，重重摔在了前方不远处。

这是个人类，他的身上已有一些伤口，血正往外流。而此时，哐当的声音还在这片区域回荡。

龙悦红和商见曜还没来得及做出反应，就看见前方道路拐角处闪出来一道身影。

这身影比商见曜还要高一些，全身由黑色金属骨架组成，左臂架着一部榴弹发射器，右掌有火焰喷口和激光发射孔。

“他”身上套着件破破烂烂的黄色僧袍，外面披着大红色的袈裟，一双眼睛闪烁着红光。

第36章
永生人

一看到这高大、奇异的“机器人”，商见曜和龙悦红的内心就咯噔了一下，体表的毛孔都不由自主地关闭起来，根根汗毛瞬间竖立。

这一刹那，他们脑海内闪过了同样的念头：乌社教团的修者！

这是灰土上非常危险的一种生物，他们还有个名称是——永生人！

据盘古生物内部教材描述，旧世界毁灭前，人类已经在某些科技领域取得了突破性的进展，其中，最杰出最令人赞叹和向往的是“意识上传”。

这种科技能通过特殊设备，将人类的意识上传到专门设计的机器人仿生芯片内，以此让人类摆脱脆弱肉身的限制，不再饥饿，不再生病，不再衰老，不再死亡，只需要定期维修或者更换载体，从而达到意识层面的永生。

不过，旧世界彻底毁灭前，这方面的科技成果还有很多缺陷，始终没能正式应用，只存在于实验室中。

等到旧世界毁灭，混乱时代来临，突然有一群自称永生人的机器人出现在大地上。

他们用完全与人类一致的想象力、思考方式等让残存的其他人开始相信他们确实曾经是人类，相信意识可以永生。

但据那些永生人说，“意识上传”的所有技术都在大灾变里遗失了，现在只剩下几台设备可以用，仅有一个工厂可以生产能承载人类意识的仿生芯片和对应的机器人，而他们无法反向破解这些装置，只懂得利用，有限度地制造永生人。

所以，他们行走于大地的目的是号召人类联合起来，反向破解装置，重现相应技术，让人人都获得永生，结束黑暗时代，进入新的世界。

商见曜和龙悦红并不清楚当时是怎么发展的，只知道教材上是这么记录的：

“随着时间的推移，永生人逐渐暴露出很多问题，这并不是因为他们充满恶意，而是因为这项技术远不够成熟。

“其中，最显著的一个问题是，当一个人失去了肉体带来的种种感受后，他也就失去了人类挣扎求生的种种动力。不少永生人开始觉得生活无趣，没有意思，出现了非常严重的精神问题，而疯掉的永生人给当时本就脆弱的人类群体带来了新一轮极为严重的伤害。剩余那些永生人虽然没有疯掉，但也变得非常迷茫，他们开始从旧世界遗留的各种宗教书籍里寻求慰藉。最终，他们以某个宗教为主体，吸收了其他宗教的有用东西，创造了一个全新的、教义自洽但极其扭曲的、能帮助他们解决心理问题的新宗教。他们自称为‘修者’，将藏着‘意识上传’设备的据点叫琉璃净土。”

这些外形是机器人的修者本身不怕轻武器，拥有强大的火力，就像一台有着人类智慧的外骨骼装置，是普通人类靠小团队无法对抗的危险生物——即使动用重武器，可能也得上百个训练有素的人配合，且战术得当，才有机会解决一名修者。

之前蒋白棉总结比较危险的人类有哪些时，并未提及永生人，这是因为灰土之上各大势力的成员和荒野流浪者们都将这些修者当成另一种生物，与自己完全不一样的生物。

当然，乌社教团的修者对人类并没有太强烈的攻击性，甚至在很多时候，他们是足够友善的。

可问题在于，意识无法凭空产生，失去繁衍能力的修者被摧毁一个就会少一个。为了维持“种群”，维持教团，修者活跃于各个荒野，寻找“有缘人”。

如果找到，他们会将目标“度化”回琉璃净土，让对方放弃肉身，把意识上传于机器人的仿生芯片内。

那些“有缘人”里，少量对“永生”充满渴求，大部分则由于流传的永生人的缺陷而不敢尝试，但只要被修者看中，愿意还是不愿意就由不得他们了。

这让乌社教团的名声迅速变差，甚至可以说是恶名远播。

同时，可能是因为永生人技术存在某些缺陷，许多机械修者都有一定的各不相同的问题——当他们遇到特定的场景，甚至听到特定的某句话时，会无法自控，需要疯狂一段时间才能平静下来，就如同得了某种精神疾病，或者说有某种人格缺陷。

这种不稳定的状态让灰土上的许多人类视机械修者为洪水猛兽。

基于这些缘由，商见曜和龙悦红在发现对面有个机械修者时，反应才如此强烈。

只有乌社教团的修者喜欢在身体外面套僧袍，披袈裟，普通的智能机器人根本不会有这方面的需求和“爱好”。

龙悦红和商见曜同时将狂战士突击步枪的枪口瞄准了那个披红色袈裟的铁黑色机器人，额头尽是沁出的冷汗。

他们知道，自己身上的武器根本威胁不到对方，而对方也不像之前穿戴军用外骨骼装置的强盗头目一样有要害。

面对机械修者，从装备上来说，他们毫无胜算，之所以瞄准，主要是因为条件反射。

此时此刻，他们只能在心里默默祈祷，希望自己不是“有缘人”。

下一秒，那高一米九、套着破烂僧袍、披着红色袈裟的机器人微侧黑冷刚硬的脸庞，用闪烁红光的眼睛扫了他们一下。

这机械修者没有言语，沉默地走到了摔死的那个人面前。

一道冰冷而没有情绪的声音随之响起：“众生皆苦，你又为何执迷不悟？跟着我返回净土，抛弃肉身皮囊，证得无上正等正觉，你就能明白四大皆空，觉者永存。”

说完，这机械修者双手合十，低诵了一声：“南无阿耨多罗三藐三菩提。”①

---

① 乌社教团找到的宗教典籍都是残本，所以会出现佛号、教义等方面的错误，以及与其他宗教教义拼凑的现象，这也是作者为了与现实宗教区分开来而设定的。

商见曜和龙悦红见对方没搭理自己，彼此对视了一眼，默契地、无声地开始往后撤退。

就在这时，那披着红色袈裟的机械修者，姿势不变，却再次发出了冰冷而没有情绪的声音："两位施主何不再等待片刻？虽然你们与我佛无缘，但众生皆有佛性，听一听经文不是坏事。"

听到"无缘"两个字，商见曜和龙悦红一阵暗喜，松了口气。

同时，他们害怕激怒对方，只能停下了后撤的步伐。

既然那修者没有攻击和度化的意图，只是想传一下教，那他们随便听一听总比拼命好。

见商见曜和龙悦红停了下来，机械修者望着地上的尸体，继续说道："虽然你执迷不悟，但我佛菩提慈悲为怀，不忍见你暴尸荒野，不得解脱。我将超度你的魂灵，愿你彻底摆脱肉体，于净土获得新生。"

龙悦红安静地看着，耳畔突然响起了商见曜的声音："你打算怎么超度？"

那名机械修者伸出右手，用掌心对准了尸体。

然后，他竖着左掌，低声念道："南无阿耨多罗三藐三菩提，大慈大悲，普度众生，熊熊净火，焚你枷锁……"

念诵声中，那机械修者的右掌掌心喷出了一股炽烈的火焰，瞬间将尸体点燃。

而这些火焰仿佛粘在了尸体表面，怎么都熄灭不了。

做完这件事情，披着红色袈裟的机械修者转过身体，走向了商见曜和龙悦红："两位施主，我法号'净法'。"

见商见曜和龙悦红没给出反应，他忽然盘腿坐下，轻甩袈裟，用那冰冷而没有情绪的声音道："坐吧。"

商见曜犹豫了一下，跨前几步，用最方便跳起的姿势坐到了地上。

龙悦红慢了几秒，走到他身边，跟着坐下。

那个机械修者净法眼中红光一闪，微微点头道："不知两位施主对我佛菩提有什么了解？"

商见曜和龙悦红同时摇起了脑袋。

机械修者净法没有生气，冰冷的声音莫名带上了几分庄严：“我佛菩提是执掌岁月，执掌这个世界的十三位执岁之一。他是一月的主宰者，是万物的起始，是意识的萌芽和化身。”

第 37 章 大梦一场

听到机械修者净法的话语，商见曜和龙悦红同时一愣。

净法用闪烁红光的眼睛凝视了他们两秒，然后对龙悦红道：“你不知道执岁。”

说完，他看着商见曜，没有情绪起伏地开口：“你知道。”

“啊？”龙悦红又茫然又惊愕地侧头望向了商见曜。

两人接受的是同样的教育，生活在同样的环境中，平时又经常形影不离，怎么自己压根儿没听说过“执岁”这个名词，而他却似乎很了解？

商见曜眉毛微动，坦然回答：“听过一点。”

净法那金属铸就的黑色脸庞上，红光又一次闪烁：“结束，开始，岁末，年初……你从司命的信徒那里知道的。”

刚才就感觉奇怪的商见曜顿时肯定了一件事情：对面的机械修者净法能听到自己内心的声音！

龙悦红顾不得去想“司命”这个称呼，同样察觉到了不对劲。

净法未再继续，转而解释道：“执岁就是执掌岁月，执掌这个世界的神灵，共有十三位，分别对应不同的月份。”

“不是只有十二个月吗？”龙悦红觉得很奇怪。

他大致明白了执岁是地表流行的一种宗教信仰，或者神话传说。

净法的嗓音低沉而冰冷，完全不像人类发出来的：“有一位执掌闰月，或者说，整年，整个岁月。”

不等龙悦红再问，净法直接步入了正题：“我们教团讲肉身虚无，四大皆空，是因为这个世界本身就是我佛世自在如来的梦境。”

商见曜突然开口，打断了机械修者净法的话语：“世自在如来？不是菩提吗？”

净法双手合十道：“世自在如来是过去之佛，是创世之尊，我佛菩提是现世如来，是万物意识之始。你们刚才不是想问谁是执掌闰月，代表整年、整个岁月的执岁吗？

“我现在告诉你们，就是世自在如来。”

商见曜和龙悦红脸露恍然之色，微不可见地点了下头。

净法则低头诵念了起来：“南无世自在如来。”

低念之中，他直起金属骨架构成的腰背，保持着双手合十的姿态，对准那几根高耸的“烟囱”微微欠身。

“你们是不是要问，我为什么要对炼铁炼钢之塔行礼？”净法直起身体后，主动说出了商见曜和龙悦红的心声，“那是因为我佛世自在如来又有尊名为‘浮屠’，这是佛陀的另一种称呼，同时也代表着佛塔，故而我们诵念世自在如来佛号时，当礼敬周围最高之塔，它可以是佛塔，也可以是水塔、炼铁之塔、信号之塔、高压电塔。”

商见曜和龙悦红本来还觉得机械修者净法说得条理清晰，逻辑分明，可听到后半截，就开始感觉有点奇怪。

也不知净法有没有察觉到两人的这番心声，他继续说道：“在沙门之外，我佛世自在如来还有另一个尊名。”

“是什么？”龙悦红脱口而出。

净法依旧盘腿而坐，金属脸庞上看不出任何情绪：“庄生。”

“庄生……执岁庄生……”商见曜忍不住低声自语起来。

净法的头颅上下动了动：“你们应该都知道，梦境里万物皆是虚幻，所有的感受、所有的交集都不过是因缘假合。如果不能参透这一点，那将始终沉沦于此，一遍又一遍，受生、老、病、死、爱别离、怨憎会、求不得、五阴炽盛之苦。”

商见曜和龙悦红细细琢磨，竟莫名觉得机械修者说得有几分道理。

当然，前提是，这个世界确实只是某位神灵的一场梦境。

就在这时，净法话锋一转道：“两位施主稍等，我做个维护。”

商见曜和龙悦红茫然地看着机械修者打开腰腹部一个金属盖子，从里面取出了一个塑料瓶。

然后，他拧开锁骨位置的一个金属小盖，将塑料瓶内颇有点黏稠的黄色“油脂”倒了少许进去。

“这是……”商见曜好奇地开口。

他本来没期望净法回答，结果对方竟坦然说道：“专用润滑油。”

商见曜和龙悦红的表情同时凝固了两秒，两人瞬间产生了一种“我刚才为什么会觉得这家伙说得有点道理”的荒谬感。

净法似无察觉，放好那瓶专用润滑油后，抬头用闪烁红光的眼睛望向对面两人：“两位施主贵庚？”

商见曜和龙悦红一时竟没能理解对方想问什么。盘古生物内部的教材似乎没有这种表达。

净法也不在意，改用了更加通俗的问法：“两位施主多大年龄了？”

“二十一。”商见曜和龙悦红同声回答。

净法拉起红色袈裟，将它盖在了膝上：“两位年纪还轻，对我刚才所言可能不会有太深的感触，可再等三十年、四十年、五十年，当你们一点点衰老下去，身体越来越虚弱，病痛越来越严重，见过的悲剧也越来越多后，就能明白众生皆苦的含义。”

商见曜张了下嘴巴，本想说点什么，可又紧闭了起来。

隔了几秒，他才认真说道：“可是，我们都是做过基因改良的，到了五十年后，身体应该都还很健康。”

净法语塞，但迅速恢复了过来：“这终将逝去，在漫长岁月中，五十年和一百年没有本质区别。”

龙悦红想要反驳两句，可看了看机械修者净法左臂架着的榴弹发射器，又理智地放弃了这个打算。

“你说得对。”商见曜的目光从同一个地方收回。

净法眼中红光微闪：“你们认为，在梦境中有什么是真实的？从平时做梦的经历来判断。”

商见曜和龙悦红想了想，相继摇头。

净法冰冷而没有情绪的嗓音又一次响起：“其实有的，在梦境中，只有一件事情是真实的，那就是对自我的认知。每个人做梦时，都明白我是我。

“两位，还不明白吗？万物皆虚，意识为真，当你摆脱肉身的束缚，真正掌控了自己的意识后，就能脱离这场迷梦，步入净土，获得永生和极乐。”

“那么，该怎么才能真正掌控自我意识？”商见曜习惯性地问了一句。

净法指了指自己：“利用装置，将意识上传至机器人体内，这能让你轻松而直接地摆脱肉体束缚。”

“可是，正常宗教不是强调自我的修行吗？”龙悦红想着盘古生物教材上零星提及的有关宗教的一些知识。

净法声音单调而没有起伏地说道：“正法三千，旁门四万，每条道路各不相同，却都能通向净土。我们乌社教团选择的是三千正法中的科技证道。”

商见曜和龙悦红嘴唇翕动，思绪凌乱，无从回应。

机械修者净法继续说道：“当你们放下肉体皮囊，将意识上传至机器人的仿生芯片后，你们就能看到极乐净土，也就是灰土上所谓的‘新世界’。

“这能让你们感悟佛法，获得一定神通。

“我刚才能听见你们心里的声音，就是因为我佛菩提慈悲，让我悟出了他心通，当然，我果位不够，还听不到太多太深入的内容。”

他为什么自暴了缺点？商见曜和龙悦红脑海里同时闪过了这么一个念头。

净法双手合十，低宣了一声佛号后道：“出家人不打诳语。”

“什么是果位？”商见曜问出另一个疑惑。

净法嗓音没有起伏地回答道：“意识上传不是终点，而是开始。

“科技证道中的科技不是核心，而是辅助，它们的作用是为我们参悟佛法提供更好的条件。

“当肉身皮囊被抛弃后，我们就能从另一个角度看见这个世界，从而更好地领悟佛法，明了四大皆空。

“这是有一个过程的，过程中的关键节点被称为果位。当你证得‘大阿罗汉’这个果位后，就能真正进入极乐净土，超凡脱俗。”

解释完这个，净法扫了商见曜和龙悦红一眼：“对你们二位来说，这比较深奥了，今日就到此为止吧。

“我看得出来，你们将在灰土上行走，希望你们能历经世事，明悟众生皆苦，肉身虚无。

“到时候，如果有缘再会，我将度你们前往琉璃净土。”

商见曜和龙悦红见这机械修者主动结束谈话，心中皆是大喜，哪还敢问东问西。他们连忙起身，走至旁边，让开了路。

净法随即一甩袈裟，原路返回，消失在拐角处。

目送他离开后，商见曜和龙悦红对视了一眼，同样沿着来时的道路，出了这片锈迹斑斑的钢铁森林。

到了大门处，龙悦红环顾一圈，算了下距离，迅速拿起对讲机，摁下了按键：“组长，我们遇到了乌社教团的修者！”

这也是商见曜想做的，故而没有阻止。

“什么？他法号什么？”蒋白棉的嗓音伴随着嗞嗞的电流声响了起来。

那几根高耸的“烟囱”附近，一步步往钢铁厂废墟深处走去的机械修者净法突然停了下来。

他眼中红光骤然大亮，脖子生硬转动，口中吐出了极度冰冷而没有情绪的话语：“女人的声音……”

第 38 章 代价

钢铁厂大门处，龙悦红拿着对讲机，回答了蒋白棉的问题："净法！他说他叫净法！"

对讲机那面沉默了两秒，沙沙的声音伴随着嗞嗞的电流动静低低徘徊。

然后，蒋白棉急促地说道："立刻撤回来！"

话音刚落，她就关掉了对讲机。

商见曜和龙悦红不太明白组长的反应为什么会这么大，竟然都不先了解一下两人遇到净法后发生了什么事情，是否被认定为"有缘人"，就直接下了撤回的命令。

不解归不解，两人却完全没有违背蒋白棉决定的想法，这一方面是因为他们要遵循安全部外出行动时的守则，且相信组长的经验和判断，另一方面则是由于他们对那个满嘴奇怪理论的机械修者也充满了畏惧。

两人没有言语，端着突击步枪，微弯腰背，迈开大步，狂奔向钢铁厂外面。

以两人基因改良者的体质，加上长久以来的训练，维持一段时间的高速奔跑状态不是太难，一直到出了水泥修成的破烂道路，准备拐向吉普车停靠的隐蔽处时，他们才稍微放慢了点脚步，喘了几口气。

而吉普车早已启动，试图接应他们。

这一次，又是白晨坐在驾驶座上。

"哐当！""哐当！"

商见曜和龙悦红各自钻入后座，关上了车门。

“呼——”“呼——”两人大口地喘着气。

“全速行驶。”蒋白棉吩咐白晨一句，扭头问起商见曜和龙悦红，“你们用对讲机的时候，和净法隔了多远？”

“很远，我们在钢铁厂，呼……大门那里，净法……应该……呼……应该走到烟囱后面了，互相都看不到彼此。”龙悦红边喘气边回答。

他并没有看见净法在哪里，只是依靠双方分开时各自的方向、大概的速度和花费的时间来估算的，结论可以说非常不准确，只能作为一个参考。

蒋白棉对钢铁厂废墟的布局明显有一定的了解，略作回忆后道：“这个距离不是太保险……机械修者的监听系统很强，能捕捉到较远地方的动静。白晨，不要在乎电量，也别害怕翻车，保持现在的速度。”

龙悦红这才注意到，组长已端起了那把颇为沉重的榴弹枪，而且换了一种爆炸威力更大的榴弹。

“组长，净法说我们与乌社教团无缘，不用这么紧张。”他连忙讲出关键信息，免得蒋白棉反应过激。

蒋白棉看着后视镜，微不可见地摇了下头：“这不是重点。你们应该都学过，永生人技术存在某些缺陷，所有机械修者都有一定的精神方面的问题。

“这些问题各不相同，而据公司搜集到的情报，净法，嗯，他是灰土上较为活跃的机械修者之一，他主要是……”

蒋白棉顿了顿道：“憎恨女性！”

“啊？”商见曜和龙悦红都明白这四个字的含义，但不太清楚这究竟意味着什么。

蒋白棉看了一眼白晨道：“净法只要遇到女性，甚至是听到女性的声音，就会发狂，无差别攻击所有人。而从某些尸体的痕迹来看，他有凌虐施暴的倾向。”

“他只是一个机器人啊……”龙悦红无法想象。

蒋白棉呼了口气：“所以才可怕……对了，你们谁来用那台外骨骼装置？”

没等商见曜和龙悦红回应，她本就凝重的表情更加严肃了：“安静！”

商见曜、龙悦红瞬间明白了点什么，扭头望向窗外，寻找起那披着红色袈裟的机械修者的身影。

可是，他们只能看见稀疏的树林、软烂的灰土、黑色的沼泽和大小不一的石头，除此之外，什么都没有。

这个时候，前方出现了很多坑洼和岩石，白晨不得不让吉普车放缓了速度。

真要翻车了，问题更严重。

蒋白棉端着榴弹枪的左掌莫名下滑，悄无声息地在白晨的右肘位置拍了一下。白晨没有侧头，边往左打了下方向盘，边将车速降得更低，几乎回归了平时的状态。

整个过程中，吉普车两侧的车窗都是敞开的。

突然，一道套着破烂僧袍、披着红色袈裟的黑色身影从道旁树木上跃了下来，直扑蒋白棉所在的副驾驶位置，正是那个机械修者净法！

可这个时候，蒋白棉似乎早有预感，已将榴弹枪抬起，瞄准了这名永生人。

这看起来就像是净法主动扑向即将开火的榴弹枪。

而那枚装填有高爆炸药的榴弹的威力足以对机械修者造成伤害。

就在蒋白棉手指下压，准备扣动扳机时，净法金属脸庞上红光炽亮的眼眸骤然闪烁了一下。

蒋白棉顿时看到了许许多多的人。

那些人身影略显虚幻，趴在地面上，疯狂地抓起泥土、碎石和树叶，将它们塞入口中。

“他们”的肚子都高高鼓起，似乎随时会被吃下去的东西撑裂，可“他们”却一点都没有感觉到饱，看到什么就把什么吃入肚中。

蒋白棉仿佛也成了其中的一个：她没有饥饿的生理感觉，却认为自己很饿，必须吃点什么。

这种冲动、这种对自我的认知让她无法自控。她当即松开了压在扳机上的手指，将榴弹枪丢回了腿上。

她掏出一袋压缩饼干，疯狂地撕扯开包装，将食物塞进了嘴里。这个过程中，她甚至顾不得喝水，明明已噎得眼睛略微翻白，还是忍不住继续吞咽。

不只是她，白晨也踩下了刹车，疯狂地啃起能量棒，商见曜、龙悦红则各自拿出身上的食物，没有理智地吃起“晚餐”。他们完全顾不得外面有个危险的敌人正扑过来。

咔嚓轻响声里，机械修者净法落到了吉普车旁。他左手拉开副驾驶的车门，将右掌对准了蒋白棉和白晨，并附带笼罩了商见曜和龙悦红。

而直到这个时候，蒋白棉才从那种饥饿意识里挣脱出来。周围地面那一道道略显虚幻的、肚子鼓鼓的身影已消失不见。

几乎是同时，商见曜身体略微前倾，垂下了脑袋。

净法停顿了两秒，没有使用激光武器，也没有喷射火焰“净化”四人，眼中红光连续闪烁了几下后道：“你们是不是以为我现在就要超度你们?

“我不会如你们愿的。我先带你们去沼泽深处，找个没人打扰的地方，让你们好好享受享受。”

他说话时，注视的只有蒋白棉和白晨。

蒋白棉脸色微微变化，却未做回应，似乎在思考这种处境下该怎么解困。

这时，商见曜直起身体，确认般问道：“你是觉醒者？”

“对。”哪怕彼此敌对，哪怕因见到女人而发狂，净法似乎也遵循着“出家人不打诳语”的原则。

他观察了一下座位，一边继续用右手的激光武器和火焰喷射器瞄准着蒋白棉和白晨，一边走向后座，拉开了车门。

“我坐中间。”他嗓音冰冷而没有情绪地说道。

这样他就能监控车上所有人，让吉普车顺利驶向自己的目的地。

商见曜麻利下车，让开了位置，就仿佛对方现在不是敌人。

机械修者净法没有放松对他们的戒备，大马金刀地坐到了后排中间。

商见曜边到侧面就坐，边做思考状：“憎恨女人就是你的缺陷？”

他没用“代价”这个词，用的是普通人描述机械修者时常用的“缺陷”。

净法没有撒谎，如实回答道：“不，我付出的代价是色欲增强。我原本以为将意识上传到机器人体内后，就能获得清净，不再受到影响，结果不是这样。”

商见曜做出恍然大悟的样子：“我还以为是不能撒谎。”

“不打诳语是教团的戒律。”净法有问必答，“反正你们都将获得解脱，知道了也没关系。”

商见曜关上了吉普车的门，好奇地问道：“刚才是什么能力？”

“六道轮回里的饿鬼道。”净法冒着红光的眼睛看向了白晨，“开车，直走。”

听到商见曜和净法的问答，龙悦红和白晨都产生了一种难以言喻的荒谬感。

明明机械修者要挟持自己去某个地方并虐杀，商见曜和他却表现得像是多年未见的好友。

就在白晨踩下油门时，蒋白棉笑出了声音：“哈哈，我明白了！你憎恨女性是因为现在的身体让你没法满足，你上传意识的逃避行为反而导致你的缺陷被放大了无数倍！你的心理已经扭曲，只有通过施暴才能获得一定的缓解！哈哈，你们教团不是讲六根清净吗？你这个修者的内心却是如此肮脏！”

本就在强行压制意识波动的净法顿时难以自控，他眼睛红光大亮，身体往前倾斜，就要扑向副驾驶位置的蒋白棉，贴身施暴。

蒋白棉没有躲闪，反而主动迎了过去，弹起左臂，一下捏住了净法黑色金属铸就的脖子。她的左手食指早有准备般伸长，带着细微的、银白色的电流，插入了机械修者脖子上的某个孔洞内。

那是电鳗型生物义肢附带的工具，连接了芯片、电路和感应器等元件，可以用来读取电脑类事物的数据，破解某个强度内的防火墙！

而机械修者除开人类意识，从本质上来讲，就是一个人工智能机器人。

第39章 挥手作别

蒋白棉左手食指插入净法脖子处的孔洞后，这机械修者的金属躯体就仿佛电器失去了电能，僵化在了副驾驶座位旁。

与此同时，白晨松开了点在油门上的右脚，翻身侧倒，试图第一时间拿起蒋白棉放在腿上的榴弹枪。

看到这一幕的龙悦红和商见曜也几乎不分先后地做出了反应。龙悦红迅速抬起挎在身上的狂战士突击步枪，瞄向净法的后脑。商见曜身体略微前倾，眼眸霍然变得幽暗："净法，你看……"

他刚说出这几个字，就看见蒋白棉的身体骤然瘫倒在副驾驶位置上。她的左手软绵绵地垂落，脱离了净法的脖子，她的眼神一片迷茫，口中喃喃说起古怪的话语："我是谁……我在这里做什么……"

"啪！"

机械修者净法的躯体随之恢复了正常，他身体下压，左手往前一伸，用力捏住了白晨的脖子，白晨因此无法拿起那把榴弹枪。

"当当当！"

龙悦红射出的子弹准确地命中了净法的后脑，可只溅起四散的火星，打出两个小小的凹陷。

不仅如此，反弹后的子弹还差点击中了龙悦红的脸庞，擦着吉普车的C柱飞出了窗外。

目睹这一切的商见曜瞳孔放大，但还是顺畅地把准备好的话飞快地说了出来：“你有人类的意识，我也有人类的意识。”

净法单膝杵在扶手箱上，一边捏着白晨的脖子，一边侧头，望向了商见曜。或许是因为商见曜之前一直在友好地提问，也或许是由于商见曜不是女性，这名机械修者没有立刻阻止对方，只是用红光大亮的眼眸注视着他。

商见曜语速极快地继续说道：“你是觉醒者，我也是觉醒者。

“所以……”

龙悦红闻言，愕然侧头，蒋白棉眸中的迷茫消退了少许。

净法眼睛里放出的红光急速闪烁了一阵，但很快归于平静。

他那冰冷而没有情绪的嗓音迟疑着响起：“所以，我们……要友好相处？”

“对！”商见曜重重点头。

净法犹豫了两秒，终于松开了捏住白晨脖子的左手。

此时，蒋白棉似乎已摆脱了刚才那诡异的状态，又愕然又迷惑地在商见曜和净法间来回打量。

正当她不再考虑爆炸是否会波及自己人，而要悄悄拿起那把榴弹枪时，她看见商见曜连续摇了两下头。蒋白棉若有所悟，让双手离开了榴弹枪。同时，她紧紧闭住嘴巴，不发出一点声音，不让净法将注意力转移过来。

这个过程中，她又将右手食指竖着抵于嘴边，示意白晨也不要有任何动作。

商见曜一直看着净法，异常诚恳地说道：“你的好意我们心领了。送君千里，终有一别，不如就在这里别过？”

净法想了想，上下摆动脑袋道：“好。”

商见曜立刻侧身，打开了车门，并先走了下去，让开位置。净法也不逗留，利索地出了吉普车。龙悦红从开头看到尾，嘴巴始终没有合拢，他有种在做梦的感觉。

这实在太诡异、太荒谬了！

下了车的净法正要双掌合十，商见曜抢先伸出了右手。

净法迟疑了一秒，同样伸出了右手。

一只肉色的人类手掌，一只由黑色金属骨架构成的巨大手掌，就这样握在了一起。

商见曜轻轻摇晃了两下手掌，将它收了回来。他随即坐回吉普车后排，关上了车门。

见机械修者净法依旧站在那里，没有动弹，商见曜又抬起右手，隔着敞开的车窗，左右晃了晃。

“再见！”他情真意切地喊道。

套着僧袍、披着袈裟的净法迅速地做出回应，摇晃起手掌：“再见。”

不需要商见曜开口提醒，早就坐回驾驶位置的白晨一脚油门让吉普车飞驰了起来。

蒋白棉没有说话，也不让白晨发出声音，只是看着后视镜里那个套黄色僧袍、披红色袈裟的机械修者越来越小，越来越远。

等到再也看不见这个异常恐怖的乌社教团成员，蒋白棉才默算了下距离，压着嗓音问道：“这个效果还能维持多久？”

商见曜无须顾忌什么，坦然回答道：“如果周围的人、周围的事和环境不断地给他灌输相同的答案，那他将始终无法察觉，直到发现相反的论证或者结果。

“可现在，他周围没有别的人、别的事告诉他我们是友好的，所以，无法形成循环证明。五分钟或者更短一点时间，他应该就能察觉到异常，毕竟他肯定记得我们队伍里是有两名女性的，而他对女性是什么态度，他自己很清楚。”

龙悦红的嘴巴到现在都还没有合拢，他听商见曜解释就如同在听广播节目的主持人讲故事。

蒋白棉则没有废话，立刻侧头道：“白晨，停车，我们换个位置。”

“组长，我对黑沼荒野更熟悉。”白晨一边据理力争，一边没有抗拒地、相当柔和地踩下了刹车。

蒋白棉未急着解释，先行打开车门，绕到驾驶座，和白晨互换了位置。

等到吉普车重新开动，她才目视着前方道：“我做过基因改造，获得了一些独特的能力。”

听到这句话，不管是白晨，还是龙悦红和商见曜，都颇为愕然。

即使在盘古生物内部，基因改造技术也远远称不上成熟，失败率相当高，不是实在没有办法没谁愿意尝试。

“这是当时为了救命才做的，和移植生物义肢是一起的。”蒋白棉飞快解释道，“我身体内有一种特殊的细胞，可以感应到一定范围内的电信号，而人类、野兽活动时，肌肉收缩和某些反应会产生微弱的电信号，所以，只要敌人进入了某个范围，不管他是否隐藏，小不小心，我都能轻松发现他的位置和他的状态。”

“难怪之前你比我更早察觉到那个穿戴外骨骼装置的遗迹猎人过来……”白晨顿时恍然大悟。

商见曜和龙悦红也一下明白了先前的一个疑惑：初次露宿时，商见曜明明发现了人类的踪迹，蒋白棉却一点也不好奇，也没发动大家搜寻周围——她应该早就掌握了那个人类的特征和状态，做出了判断。

蒋白棉边开车边快速补充道：“那条黑沼铁蛇当时处在类似冬眠的蛰伏状态中，电信号非常微弱，我以为只是普通的动物，没能提前发现。但净法是个机械修者，身体活动依靠的是非常强的电信号，我能在更远的地方就察觉到，判断出他大概想做什么。

“他刚才袭击前，我其实就已经做好了准备。我是故意让白晨放慢车速的，以诱导他进攻，希望能抓住机会摧毁他，或者重创他。

“我之前没有告诉你们，净法一直是个锲而不舍的机械修者。如果被他盯上，肯定会被一路追杀，那样就太危险了，最好的办法还是打痛他，让他短时间内失去追赶的能力。可惜，我没想到他竟然还是觉醒者，一个机械修者竟然还同时是觉醒者，差点让大家一起死掉。

“这一点，我需要道歉。等会儿净法追来，肯定会尝试远程攻击，这里只有我能提前察觉，让车辆及时做出规避动作，嗯，通过话语来指导绝对来不及。”

白晨点了点头，表示理解：“我会注意前方和左右的路况，提前告诉你哪个方向不能去。用时针来代指怎么样？”

她脖子后方残留着五根透着血色的指印，看起来很是骇人。

“好。”蒋白棉降了点车速，让吉普车流畅地绕过了一处障碍。

与此同时，她看着后视镜道：“商见曜，龙悦红，你们快点决定谁来穿戴外骨骼装置。接下来，穿戴外骨骼装置的人将是对抗净法的主力。”

没等龙悦红开口，商见曜语气坚定地说道：“我来。”

他看向试图争取的龙悦红，略做解释道：“净法同时还是觉醒者，你没法在这方面和他抗衡，而我需要外骨骼装置帮我拉近距离。”

“好！”龙悦红起身弯腰，和商见曜一起将外骨骼装置从后备厢里拖到了坐的位置上。然后，他辅助起商见曜穿戴。

“记得把后备厢的高性能电池换上。”蒋白棉提醒了一句。

因为能生产高性能电池的大势力非常少，只有橘子公司和未来智能两家，其他顶多能弄些假冒伪劣的产品，只适合在本势力范围内使用，所以，很多军用设备的高性能电池是可以通用的，而这次旧调小组运气还算不错，吉普车需要的高性能电池和那台军用外骨骼装置的高性能电池都是未来智能出产的标准品。

“嗯。”商见曜在这方面可不敢有丝毫大意。

换好电池后，商见曜一边负着能源背包和金属骨架，弯腰扣起辅助关节处的卡扣，一边开口问道：“组长，你之前入侵净法的内部系统时，为什么突然失败了？”

他怀疑那是净法觉醒者能力中的一种。而他目前已知道两种——饿鬼道和他心通。

第 40 章
追赶

蒋白棉很忙，一边得注视着前方，害怕把吉普车开进沼泽里，或者让车被石头、树根等障碍物弄翻，一边还得用心感应周围各种电信号，从中分辨出机械修者净法是否已赶来，目前的状态是什么样子。

不过，这都不影响她思考，她的脑子仿佛也因为基因改造得到了优化。

“那个瞬间……”蒋白棉斟酌着回答，但声音比正常人要大，“我的状态很奇怪，不知道自己是谁，也不知道自己要做什么，呃……不是记忆方面出了问题，当时我能回忆起之前发生过的很多事情，但无法从中获得自己是谁、要做什么的信息。”

说到这里，蒋白棉习惯性自我检讨了一下：“我以为影响到净法的身体会让他无法使用觉醒者的能力，结果判断失误了……

“这就是机械修者和普通人类的不同吗？”

白晨闻言，摇了下头：“这和判断失误没有关系，当时属于绝境下的反扑，根本没法考虑那么多。”

商见曜弄好腿部关节的卡扣后，抬起脑袋道：“觉醒者的不少能力更依赖……依赖……大概是意识。身体方面带来的影响得分情况，比如，通过伤害觉醒者的身体，带去剧痛，让他无法思考，无法将意识集中，那他应该是用不出能力的……”

说着说着，商见曜突然沉默，似乎想到这也能用来对付自己。

不等蒋白棉等人开口，他吸了口气，继续说道："同样的，要是能一拳打晕觉醒者，他肯定也是没法用出能力的。"

举完例子，商见曜想了一下，认同了蒋白棉之前的判断："在这方面，机械修者和普通人类确实不一样。"

蒋白棉自嘲一笑，道："可惜，我这根'金手指'不是太强，如果能很快侵入净法的供能系统，关掉他的电源，那他应该也用不出觉醒者的能力。也不对，鬼知道永生人的意识脱离仿生芯片后还能保持多久的清醒。

"哈，你们也要注意，做人不能太自信，在没有实证的情况下，最好对自己的判断多一分怀疑。"

白晨听得略感惊讶，侧头看了蒋白棉一眼："组长，你的状态似乎很不错，情绪一点也不低落。"

要知道，他们可是正在被恐怖的机械修者追杀，状态和情绪的主旋律应该是紧绷、压抑、愤怒、低落和不安。

"现在可比之前被净法抓住的时候好多了，难道不应该庆幸和高兴吗？"蒋白棉始终专注地感应着周围，"刚才要是没有商见曜，没能摆脱，真正落到了那个心理变态的手上，下场会很惨很惨。我虽然没见过净法杀死的那些女性的尸体，但听人描述过……"

提及这件事情，一直相当乐观的蒋白棉表情阴郁了几分。她没有展开去讲，担心影响到白晨、商见曜和龙悦红的状态。

这时，商见曜已完成了那台军用外骨骼装置的穿戴。他嘴唇翕动了几下，终于开口："正常来说，一名觉醒者只有三种能力。"

蒋白棉打了下方向盘，让吉普车绕过了一株长在道路中间的树："三种啊？净法有'让我不知道自己是谁'和'饿鬼道'能力，还有什么？"

安静旁听的龙悦红顿时想到了答案："他心通！净法说过，他有他心通，能听见别人心里的部分声音。"

"三种能力都齐了……也许可以从这方面考虑，找个巧妙的办法对付净法，啊对，觉醒者的能力应该有范围限制……"蒋白棉边开车边自言自语般说道。

不过，她的自言自语一直很大声，其他人都听得相当清楚。

商见曜思索着回应道："他使用他心通和让人自我认知出错的能力时，都在一米范围内，无从得知最远能隔多少米。"

蒋白棉想了想，露出些许笑容道："但也不是不能粗略地做个推断。他从远处的树上扑向我们时，选择的是饿鬼道。

"这种选择本身就能说明一些问题。要么那种让人自我认知出错的能力远比不上饿鬼道能力，要么它只能针对一个人，而饿鬼道能力可以影响特定区域内的所有人。"

白晨跟着回忆道："我有印象。发现周围有饿死鬼时，净法刚从远处的树上扑过来没多久，距离我们二十米左右，或者更多一点。"

"嗯，需要记住，饿鬼道能力的有效范围至少二十米。"蒋白棉略微放大了声音。

商见曜沉默了一下道："他比我厉害。"

"他的年龄不知道是你的几倍，成为觉醒者的年头也是。"蒋白棉宽慰了一句。

她无从知道净法成为觉醒者的具体时间，只是从对方刚才的话语里判断他应该是在成为觉醒者后，才将意识上传至机器人体内，成为永生人的，而净法作为一名机械修者，在新历前的混乱时代后期就相当活跃了。

这时，龙悦红似乎接受了一个事实：自己的好朋友，从小一起长大的商见曜，居然是觉醒者，拥有诡异而可怕的能力！

他觉得自己这一辈子都无法忘记之前看到的那幕场景：原本杀气腾腾、意志坚定的机械修者净法，听了商见曜两句话后，突然就变得极其友善，还和商见曜握手道别，恋恋不舍。

这简直颠覆了龙悦红的认知。

他看向商见曜，忍不住开口问道："你……什么时候……成为觉醒者的？"

商见曜默然了一阵道："没多久。"

龙悦红本想再问点什么，可忽然觉得这不是太好，就像在刺探别人的秘密。

吉普车内，竟一时无人说话。

蒋白棉打破了这种状态，看着前方，笑了一声道："需要我们在相关事情上保密吗？"

"谢谢。"商见曜缓慢地吐了口气。

白晨、龙悦红相继表示自己一定保密。

商见曜正要说点什么，忽然看见蒋白棉的脸色微有变化。与此同时，蒋白棉猛地打了下方向盘，让吉普车拐了个大弯。

车内的白晨、商见曜和龙悦红虽然都绑着安全带，但还是止不住地往右侧靠去。

一枚榴弹飞过，落在了他们原本该经过的地方。

"轰隆！"

炽烈的火光绽放，狂暴的冲击波让大地都微微颤抖。

吉普车拐弯之后，蒋白棉一脚油门到底，让车辆又箭一般地射了出去。

哧的一声，一道赤红的激光钻入地面，烧出了一个看不到底部的孔洞。

"十一点。"抓住机会，白晨用时钟的位置告诉了蒋白棉哪个方向不能去，否则车辆将陷入沼泽，缓慢下沉。

蒋白棉对这种说法非常熟悉，没有换算，直接就打了方向盘。接着，她低喊道："商见曜。"

商见曜微不可见地吸了口气，猛地打开奔驰中的吉普车车门，身体一斜，滚了下去。

以吉普车现在的速度，正常情况下的他做出这种尝试难免会受伤，但现在，他穿着军用外骨骼装置。

胳膊一撑，商见曜轻松弹了起来，以蛇形走位的方式奔向榴弹、激光发出的位置。

他没有带突击步枪和冲锋枪，因为这对机械修者没有作用。他能依赖的是外骨骼装置自带的榴弹发射器和电磁武器。

"噔噔噔！"

不惜能源的狂奔中，商见曜通过金属头盔的晶体护目镜看见了那个穿着破烂僧袍、披着红色袈裟的铁黑色机器人。

可下一秒，净法转身就跑，和商见曜兜起了圈子，并利用外骨骼装置反应速度、灵活性不如机器人的缺陷，逐渐与他拉大了距离。

这么追了一阵，商见曜眼中没有了机械修者的踪影。外骨骼装置的综合预警系统也没有任何发现——很显然，对方有有针对性的反预警能力。

无法再追下去的商见曜不得不原路返回，依靠吉普车的车轮痕迹，找到了蒋白棉等人，然后在吉普车不停的情况下，开门上车。而回来的途中，他刻意破坏了车轮的痕迹，并在别的方向伪造了破坏痕迹，希望能干扰净法的判断。

“他在躲着我。”商见曜关门之后，简单交代了下事情的经过。

“他害怕你？你的能力克制他？”龙悦红下意识地说出了自己的想法。

“不会，他能力的范围更大。”商见曜没有避忌地说道。

蒋白棉微皱眉头，正要开口，猛地又打了下方向盘。

“轰隆！”净法的远程攻击来了！

但是，当穿戴着军用外骨骼装置的商见曜下车，奔跑过去后，净法又主动退让，拉开了距离，不给他战斗的机会。

一次，两次，三次……类似的情况间隔时间不等地发生着。

“他这是想做什么？”龙悦红也察觉到了问题。

蒋白棉撇了下嘴道：“大概是他带了不少高性能电池，觉得有希望将我们的外骨骼装置耗到没电。还挺有耐心的嘛……”

“可是，他带不了多少榴弹啊。”龙悦红提出了疑问。

白晨看了一眼后视镜道：“最近几次，他用的都只是激光武器。”

龙悦红顿时有点担忧：“那我们该怎么办？”

第 41 章 方案

蒋白棉似乎早就在思考这个问题，笑了笑，故作轻松地说道："这又不是什么太难的事情，这样，我来穿戴外骨骼装置，利用它的综合预警系统和我本身对电信号的感应，给净法一个惊喜。出其不意的情况下，说不定能重创他。"

"他是觉醒者。"商见曜指出了问题。

蒋白棉啧啧笑道："我又不傻，都已经吃过亏了，怎么会不考虑这方面的因素？

"我会尽量把距离保持在五十米以上。这应该超过了净法的饿鬼道能力的有效范围，要不然，之前他不会从树上扑下来后才发动能力，而这个距离上，我的命中率不低，即使用的是榴弹枪。"

对于蒋白棉的说法，商见曜等人略一思索，就表示接受，但白晨很快提出了另一个问题："你和商见曜互换位置后，谁来驾车？谁来保证可以提前规避掉净法的远程攻击？"

蒋白棉嗞了一声："这确实是个问题，我想想该怎么解决……"

商见曜沉默了两秒，主动开口道："还是我来吧。"

蒋白棉顺着这个提议自言自语："你来的话，就得改一改方案。相比净法这个修者，你几乎等于没有经验，如果将给净法'惊喜'，尝试重创他的任务交给你，我担心会给你造成极大的负担，带来很大的压力，导致你在关键时候判断出错，选择出错。

“嗯……这样，既然净法想和你兜圈子，你就尽情地和他兜圈子，把他往更远的地方撵，而我们则趁这个机会，把车开到黑沼荒野上经常有人来往的地方，那里车痕和脚印众多，能有效地掩盖我们的痕迹，让净法再也找不到我们，追赶不上。

“别说话……这就带来了另一个问题，等你摆脱了净法后，也肯定找不到我们了。那个距离绝对超过了对讲机的有效范围。

“我想想……想想……有了，约定荒野上一个较有名的地点，到那里会合。

“白晨，附近有什么标志性的地点？”

白晨观察了下四周，看了看天空：“附近的标志性地点只有那个钢铁厂废墟。不过，到了经常有人来往的地方，以我们现在的行驶方向，会一路奔向月鲁车站。”

“月鲁车站？”蒋白棉微皱眉头，“大概要多久？”

“保持现在的速度，差不多一天半，但途中肯定没法一直开得这么快。”白晨估算了一下。

之前那名叫哈瑞斯·布朗的遗迹猎人和他的同伴，依靠自行车能够行走的小道，也用了一天多才从月鲁车站以北到达钢铁厂废墟。正常而言，靠汽车是没法这么快抵达的，但蒋白棉、商见曜等人的吉普车在净法的追赶下，已全速往月鲁车站方向跑了小半天，而且，吉普车肯定要比自行车快，旧调小组的目的地又只是月鲁车站，没想过继续北上。

蒋白棉若有所思地点了下头：“如果以月鲁车站为会合点，我们还能尝试伪造一些指向北边的痕迹。

“要是之前已经顺利摆脱了净法，那肯定是最好的，要是没有，可以借此将他诱向北边，让他卷入那场未知的浑水，与听起来就很危险的异常碰撞一下。之后，就算他有能力摆脱，应该也追不上我们了。”

说着说着，蒋白棉本就不小的声音又变大了许多，似乎对能误导净法很是兴奋。

商见曜默默听完，就像在学校时那样，举了下手：“我有一个问题。”

“什么？”蒋白棉颇感疑惑。她觉得自己讲得够清楚的了。

商见曜语气略显沉闷地说道：“我不认识月鲁车站，也不知道该怎么去那里。”

“……”蒋白棉一时竟无言以对。

隔了几秒，她才自嘲道：“我都忘记你是一个初到地表的新手了。这说明你表现得不错！如果不是我要专心开车，我会竖大拇指夸你！”

蒋白棉转而叹了口气：“听说旧世界没毁灭时，天上有很多可以使用的卫星，能帮助人们轻松定位，让他们即使去往陌生的地方，也能轻松地选择最合适的路线抵达。

“这个……还是我来穿戴外骨骼装置吧，我先继续开车，等避开了净法的下一轮攻击，再下车去撵他，白晨趁机爬到驾驶位置，掌控住汽车。”

“你穿戴外骨骼装置的时候，净法发动了袭击怎么办？”白晨想到了方案里隐藏的漏洞。

蒋白棉语塞，说不出话来。

白晨看了一眼后视镜，表情沉静：“我也跟着下车，我来给商见曜引路。外骨骼装置只背负一个我这样矮的人，应该不会影响到移动和反应能力。”

“我说过了，你不是矮，是娇小。你这身高对荒野上的人来说，算是中等偏上了，我见过的流浪者，不到一米六的比比皆是。”蒋白棉随口驳了一句，接着点头道，“我就不说这是一件很危险的事情了。既然生在灰土，到了地表，那么在合适的时候，承担起相应的风险，是常见的事情。如果需要我去冒险，我也不会把责任转嫁给你们。”

她呼了口气，提醒道：“记得带上一定的食物。”

说到这里，她忽然闭上了嘴巴，甚至松开了握方向盘的右掌。她抬手指了指扶手箱内的压缩饼干和能量棒，又指了指自己的嘴巴，并做出鼓腮帮子的动作。

商见曜、龙悦红相当疑惑，正要开口询问，就看见白晨扭头，对他们使了个眼色。

两人同时放弃了涌到嗓子眼的话语。

白晨虽然同样不理解蒋白棉想要表达什么，但看得出来，组长不愿意在这个话题上做更多的交流，甚至不愿意进行对话。

这时，蒋白棉重新握好了方向盘，转而说道："商见曜，你也得思考一下怎么应对净法的饿鬼道。万一他不再兜圈子，突然靠近你，将距离拉到了能力有效范围内，那就麻烦了。"

"我会好好……"说到这里，商见曜停顿了一下，接着重重点头，"想一想！"

回答完毕，他连忙对白晨道："事不宜迟，我们把食物带上，做好下车准备。也可以现在吃一点，之后很长一段时间内可能没法停下来进食。"

"好。"白晨拿起放在扶手箱内的食物，分了一半给商见曜。

商见曜拆开一袋压缩饼干，将里面的食物塞入口中。

过了不到一分钟，蒋白棉猛地拉动方向盘，让吉普车躲开了净法发射的激光。

无须吩咐，商见曜打开车门，扑出了吉普车——这一次他没有顺势滚落，而是发力跳跃。

哧的一声，一道激光又穿透了地表某处。

如果商见曜像先前那样顺势滚落，那他现在已经被这道激光命中——即使外骨骼装置有部分装甲，他也将无法幸免。紧接着，他膝盖用力，带动辅助关节撑起，整个人一下就跃出了十几米，直奔远处的净法而去。

机械修者净法与之前几次一样，立刻后撤，拉开距离，兜起圈子。趁此机会，蒋白棉猛踩刹车，放慢了车速，让白晨能够不受伤害地从副驾驶位置滚到地面。哧溜的声音里，白晨随手关门，顺势翻滚，躲到了一丛低矮的灌木后。

吉普车的速度瞬间又飙升了上去，它向着黑沼荒野上经常有人来往的大路而去。

这个时候，将净法远远撵开的商见曜返回了附近。身体覆盖着铁黑色金属骨架和少量装甲的他，指了指身后的能源背包，示意白晨坐到这里。

白晨蹿出灌木丛，以外骨骼装置的辅助关节为"梯子"和"抓手"，噌噌两下就爬到了能源背包上。

这让她即使坐着，也比商见曜高出很多。而比起单手抱她，这是最不影响外骨骼装置活动和瞄准的方式。

接下来，他们就要一路追赶净法，把机械修者往更远的地方撵，和他在这片区域内兜圈子，从而为蒋白棉和龙悦红脱离净法追踪范围争取时间。

戴着金属头盔的商见曜跑了两三步，在无人袭击的情况下，竟主动做起了跳跃和翻滚。

白晨缩着身体，紧紧抓着外骨骼装置肩膀处的金属骨头，不让自己被甩出去。她明白商见曜这是在趁净法反扑前多做磨合。

翻滚了几次后，穿戴着外骨骼装置的商见曜噔噔迈开大步，依靠综合预警系统带来的远程视力，追赶起披着红色袈裟的机械修者净法。

净法眼中红光大亮，似乎因为看见了女性而处于不稳定的状态了。他金属关节一弯，整个人弹了起来，向着侧面跳去。

他并没有彻底疯狂，依旧在执行着预定的策略，毕竟他对女性的仇视是来自身体造成的心理扭曲，而非觉醒者需要付出的代价，还有一定的自控能力。

挂着一枚枚榴弹的商见曜见状，没像之前那样返回，而是继续追赶着净法，尝试拉近距离。

一追一逃的双方跑了好几分钟后，能源背包上的白晨突然弯下身体，沉声说道：“不对。净法在往吉普车的方向兜圈子！他想绕过我们，继续追赶组长他们！”

第 42 章 骗子

对于净法这样的应对措施，商见曜等人并不是没有想过，只是他们认为，净法不可能第一时间就准确判断出本方的意图，直接采用这种绕开外骨骼装置的纠缠，继续追逐吉普车的策略，他们相信，至少要再多兜几个圈子后，净法才能反应过来。

谁知道，机械修者净法第一时间就把握住了他们最根本的意图，就像是他心通没有范围限制一样。

商见曜没有问白晨该怎么办，按照预想的最坏的情况做起了处理：围绕有车痕的内线，将净法往外线赶，争取多坚持一段时间，让吉普车能进入黑沼荒野上经常有人来往的区域——内线运动的路程和范围肯定要小于外线，能有效弥补外骨骼装置面对真正智能的机器人时，在反应速度、灵活性上的不足。

就这样，一个覆盖铁黑色金属骨架的人类和一个本身就是铁黑色金属骨架的机械修者，在荒野、林地、沼泽边缘疯狂奔跑着，跳跃着，追赶着，大家都没有吝啬自己的能源。

这个过程中，商见曜好几次试图发射榴弹和电磁武器，但净法都及时改变方向，拉开了距离，没有现在就要正面战斗的意图。

全力使用着外骨骼装置的商见曜看着电量一点点减少，看着与吉普车可能的位置之间的距离在一点点缩短，虽然心中焦躁，但一点办法都没有。

如果净法选择拉近距离，与他激战，他还能随机应变，置生死于度外地拼命，而现在，他有一种得了绝症，药石无效，正一步步走向死亡的感觉。

“不要急躁。”在这种高速奔跑、跳跃的状态下，白晨什么都做不了，但她敏锐地察觉到了商见曜的状态变化。

蒋白棉没有将榴弹枪给白晨，白晨也未介意，在她看来，组长这就是在防备机械修者净法绕开外骨骼装置，直扑吉普车。而且，白晨目前的作用是引路，并非战斗。

商见曜没有做出回应，但明显减少了脱离内线的次数，不再那么急躁。同时，吉普车在这片区域做了多次拐弯，这让净法难以再依靠对痕迹的预判锁定车辆行驶的方向。

净法不得不靠近内线，寻找最后的车痕。

这就让商见曜找到了一个机会。

他抬起左臂，根据精确瞄准系统的提示，向着某个方向，发射了一枚榴弹。

刚完成变向的机械修者净法看起来已无从躲避。他眼中红光大亮，脚踝和膝盖等位置的金属关节反方向弯曲了起来，强行做了一次变向，跃到了半空。

“轰隆！”那枚榴弹爆炸，宛如一朵盛开的赤红烟花。

可是，它爆炸得比净法慢了一拍，没能将这名机械修者吞没。

就在商见曜懊恼自己没能把握住机会时，附近某棵树上，一枚榴弹激射而出！

它瞄准的是身在半空，其势已竭的净法。

净法闪烁红光的眼眸下意识地望了过去，看见了绑着马尾，穿着灰底迷彩服，端着榴弹枪的蒋白棉。

这位旧调小组的组长竟然没跟着吉普车远去，而是躲藏在了树上！

眼见自身已难以躲开那枚榴弹，净法背后和脚下的多个金属盖子自行打开，露出了幽深的、漆黑的、拳头大小的空洞。

哧哧的声音中，一股股白色气体从那些空洞中喷出，推着净法于半空硬生生地横移了出去。

“轰隆隆！”那枚高爆榴弹在这名机械修者不远处炸开，狂涌的冲击波使他身体倾斜，一时保持不住平衡。

商见曜虽然不明白组长为什么会诡异地出现在这里，但没有浪费机会，抬起右臂，依靠精确瞄准系统，用外骨骼装置的电磁武器瞄准了在半空失去平衡且一时难以再喷发气体的净法。

就在他要扣动扳机时，他和白晨突然看见了一道道挺着肚子、疯狂吞食泥土的略显虚幻的身影。

这让他们同时都相信起自己非常饥饿。

饿鬼道!

净法通过刚才的跳跃和横移，将自己与穿戴外骨骼装置的商见曜之间的距离缩小到了二十多米!

白晨双手急切地探入衣兜，拿出了压缩饼干和能量棒。

这导致她失去了平衡，从外骨骼装置的能源背包上滚落至地面。

可这并没有影响她疯狂地撕开包装，将食物塞入口中。

与此同时，商见曜却没有做出类似的动作。

他未被金属头盔覆盖的下颌区域，嘴巴张开，显露出了里面的场景：一块压缩饼干被唾液浸泡得膨胀开来，塞满了大半个口腔。

商见曜不断地咀嚼吞噬着这块饼干，以此平复自认为的饥饿感。

这就让他的双手没有立刻缩回去寻找食物!

在离开吉普车前，他以进食为理由，塞了小块压缩饼干在嘴里，但一直没有吞下去，为的就是能在饿鬼道的影响下，争取到那么一两秒的时间!

抓住这转瞬即逝的机会，商见曜一边疯狂地吞吃嘴里的饼干，并露出了因此而扭曲的笑容，一边扣动了扳机。

嗞的电流声中，银白色的电弧包裹着一枚弹丸，以难以形容的超高速越过二十多米的距离，准确命中了净法胸前的铁黑色金属。

“砰”和“当”的声音几乎同时响起，净法身前出现一处明显的、拳头大小的凹陷。

凹陷处，铁黑色的金属裂开并脱落，暴露出了其下隐藏的线路和零件。凹陷周围，一道道裂痕呈放射状蔓延，如同一张蜘蛛网。

伴随着这样的伤痕，净法被击飞了出去，如同断了线的风筝。

这时，树上的蒋白棉已放下榴弹枪，左臂后拉，丢出了一根缠绕着无数银白电光的金属杆。

“当！”

这雷龙般的金属杆扎入了净法身前的凹陷处，他从半空被击落，“插”到了地面。

扑通的声音里，一道道电弧如同展开的无数花瓣，顺着凹陷处的零件和线路，在净法体内绽放了。

这名机械修者的身躯一下僵直，眼眸失去了红光，仿佛变成了石头。

笼罩着周围的饿鬼道随之失效。

商见曜见状，忙改变方位，用电磁武器指向净法的头部。

他还没来得及瞄准，净法眼中又有红光亮起。

他整个金属骨架构成的身体猛然弹动，带着那根金属杆和嗞嗞不绝的银白电流，跳向了远处。

然后，这机械修者连续变向，头也不回地狂奔而去。

这个时候，蒋白棉才重新端起那把榴弹枪。

她难掩失望地大声说道：“他果然有套应急后备系统和备用的身体结构！”

商见曜本来想回应组长，可喉咙里、嘴里都是压缩饼干，噎得他险些翻出白眼，根本没法说话。

反倒是白晨，咽下嘴里剩余的能量棒后，高声问道：“要追吗？”

她是替商见曜问的。

蒋白棉眺望了下净法背影消失的方向，摇头说道：“来不及了，而且，他这次一心只想逃跑，比外骨骼装置快多了。”

说完，她轻巧地从树上跳下，走向白晨和商见曜，宽慰道：“不过也没关系，他已经被我们重创了。而应急后备系统和备用的、隔离开的身体结构肯定只有基本功能，要不然根本做不下。

“简单来说就是，净法在维修好自己前，不可能再继续追赶我们，他现在应该都没法使用武器系统和监听系统了。”

白晨松了口气：“那我们有充裕的时间脱离他的追踪范围。”

她话音刚落，商见曜已吞完了嘴里的压缩饼干，脱口问道：“组长，你怎么在这里？不是去月鲁车站会合吗？吉普车呢？”

蒋白棉闻言，笑了一声：“之前的方案是骗你们的。”

她的眼睛笑得都弯了起来：“不把你们都骗了，怎么能骗得到净法？”

“……”商见曜和白晨一时竟有点呆滞。

蒋白棉端着榴弹枪，环顾了一圈，道：“从净法能在钢铁厂高炉位置感应到大门处的女性声音，我就怀疑他的监听系统比我们想象的还要强。这一点，后来在几个方面都得到了一定程度的证明，让我愈发怀疑。

“比如，他怎么敢于兜圈子，摆出长期消耗的架势，万一我们不止一块备用电池呢？比如，他第一次袭击我们的时候，为什么是选择副驾驶位置，而不是更加重要的驾驶座？他又不认识我们，怎么知道我是组长，是表面上最有威胁的那个？我和白晨都提前商量过了净法袭击驾驶座该怎么办：我一抬起榴弹枪，她就埋低身体，让榴弹能穿过驾驶区域，飞出窗外，射向目标。结果，这个应对方案没能派上用场。

“有了这样的怀疑，我就故意引导你们讨论，制订了一个在月鲁车站会合的计划，看净法会不会上当，其实，就算他没‘听’见，未上当，通过你们的表现，他迟早也能发现你们的目的是拖延，是让吉普车有时间脱离他的追踪范围。

“所以，在这里完成了连续拐弯后，我就迅速停车，躲到了不远处的树上，并让龙悦红继续往前开，吩咐他在十分钟后停下来等我们。”

第 43 章
邀请

听着蒋白棉的解释，商见曜和白晨恍然大悟。

很多征兆他们其实都发现了，只是没往深处去想。

蒋白棉瞥了商见曜一眼：“不该啊？你不是应该早就猜到这个计划有问题吗？我不说话，用动作暗示你含块饼干在嘴里对抗饿鬼道的时候，你不是领悟得挺快的吗？

“从这么重要的事情，我不发出声音，而之前制订计划的时候，却连嗓音都不压低，就可以察觉到异常啊，甚至能直接猜到当时说的未必等于真正要做的。”

商见曜未做思考，直接说道：“我当时以为你是怕用声音交代，会让我时常记起相应内容，难以规避掉净法的他心通，毕竟我们不知道这个能力的有效范围是多大。

“而转化成动作和画面，就有解读的过程，净法即使能在我心里看到那幕场景，也未必能够理解真实含义是什么。”

“你想得太复杂了。”蒋白棉评价了一句。

白晨则附和商见曜：“我也以为你当时不发出声音是基于对觉醒者的了解。虽然我从来没听说过——议论觉醒者的能力，讨论怎么对付他，会让他‘听’到，但不能排除这个可能。我在这方面肯定没有大势力了解得多。”

“你比他想得更复杂。”蒋白棉笑了一声，自我赞美道，“难道我表现得真的无懈可击？”

“我只是没想到你会骗我们，没有往那个方向思考。”商见曜当即回应道。

白晨点了下头，表示认同。

蒋白棉又环顾了一圈，笑着岔开了话题：“所以说，出来拉练能让你们迅速积累经验，培养起彼此间的默契。总之，不管我做出什么决定，你们都要相信，我绝对不会坑你们。走吧走吧，去和龙悦红会合。”

“好。”商见曜和白晨已完全弄清楚了事情的经过，从中学到了不少。

蒋白棉又看了一眼机械修者净法逃跑的方向，叹了口气：“可惜，没能摧毁净法的身体，拿到里面的仿生芯片。

“相应的技术肯定很值得研究，能帮助公司攻克很多难关，而且，乌社教团对旧世界的毁灭原因多半有一定的了解，永生人可是旧世界毁灭前最重要的项目之一，能继承这份遗产的不会简单。”

说到这里，不等商见曜提醒，蒋白棉又摇头道：“哈哈，这都是我美好的畅想。其实真要摧毁了净法的身体，我反而不敢去拿他的仿生芯片。觉醒者的能力又诡异又可怕，把上传了别人意识的仿生芯片随身携带简直等于自杀。这样就好，这样就好。”

她随即转头看向商见曜：“走吧。”

商见曜看了一眼车轮痕迹，默默转过了身体，蹲了下来。

“很细致嘛，没有让我们自己赶路，我可追不上外骨骼装置。”蒋白棉满意地点头，侧着坐在了能源背包上，给白晨留了一半位置。

等到两人坐好，抓牢了肩膀位置的金属骨架，商见曜直起身体，迈开大步，在轻微的金属摩擦声里，追寻着车轮轨迹而去。

他没有全速奔跑，噔噔噔的声音不是很大。

大概一刻钟后，商见曜脱离树木稀疏的林地，来到了一片灰黑的荒野上。

这里是石块和杂草的天下，泥土较硬，车痕浅而多，让人分辨不出新旧。

利用综合预警系统，商见曜看到了远处的吉普车。它一侧的轮子陷进了一团池塘大小的淤泥里，整个车身倾斜着，随时可能下沉。不过，有两根绳子将它和一辆拼装而成、外形狂野的灰色越野车连在了一起。

这灰色越野车嗡嗡作响，试图将吉普车拉出泥潭。

龙悦红挎着突击步枪，站在车旁，和一男一女相谈甚欢。

“怎么样，看到吉普车了吗？我感应到那边有不少人。”蒋白棉按着外骨骼装置的肩膀，伸长脖子，望向龙悦红所在的远处。

商见曜点了下头：“看到了。”

“龙悦红没事吧？”白晨见商见曜的步伐明显放慢了，遂提出了一个问题。

商见曜笑道：“他很好，还交了几个朋友。”

“嚯。”蒋白棉发出了语气词，“过去看看。”

商见曜随即加快脚步，奔向吉普车所在的位置。噔，噔，噔，他故意加重了脚步声，让龙悦红和他旁边的一男一女能够远远听到动静。

那一男一女和龙悦红几乎同时扭头，望向了这边。

看见过来的是台铁黑色军用外骨骼装置，那一男一女脸色突变，想都没想就各自翻滚，回到了灰色越野车附近。

此时，吉普车已经被那辆拼装的灰色越野车拖出了小沼泽。

龙悦红则脸露欣喜，迎了几步：“怎么样了？”

喊完之后，他记起一事，忙扭头对那辆灰色越野车喊道：“不要担心，是我的同伴！”

“他们是？”商见曜已奔到近前。

灰色越野车处，无论是里面的人，还是外边的一男一女，都高度紧张和戒备。

龙悦红连忙回答道：“我不熟悉路，把车开到了淤泥里。他们发现之后，主动提供了帮助。他们很友善！”

蒋白棉和白晨对视了一眼，低声笑道：“这不像是普通荒野流浪者会做的事情啊……”

说完，她拍了下商见曜的肩膀：“我们也表现出自己的友善。”

商见曜闻言，立刻停下了脚步。

等到蒋白棉和白晨从能源背包上跃下，端起各自的枪，做好了防备，他才走到龙悦红身旁，大声说道："帮我脱掉外骨骼装置。"

见商见曜确实在解除外骨骼装置，灰色越野车处那帮人明显松了口气。

他们商量了一下，让之前和龙悦红交谈的那一男一女重新走过来。

那名男子三十出头的样子，长着一张国字脸，皮肤粗糙而沧桑。他黑发棕瞳，穿着旧世界所谓的正装，腰背挺得笔直——当然，正装肯定是经过修改，便于行动的那种。和商见曜等人之前遇到的荒野流浪者不同，他的衣服虽然陈旧，打了块不明显的补丁，但完全没有破破烂烂的感觉。

那名女子二十多岁，同样黑发棕瞳。她穿着一套军绿色的迷彩服，五官还算不错，但脸上完全没有表情，给人一种冰冷淡漠的感觉。她脖子下的衣领处，则隐约有青黑色文身。

这一男一女各自背着把自动步枪，拿着黑色的手枪，走到距离蒋白棉等人四五米远的地方停了下来。

"感谢你们提供帮助！"蒋白棉高声喊道。

"这是每一个有道德的人应该做的。"那三十来岁的男子平静地回应道。

蒋白棉顿时露出了笑容："在灰土上，道德可是奢侈品，不，稀有物品。"

"不能因为旧世界毁灭了，我们就放弃道德。"那男子对自身能坚持道德颇有点自豪。

然后，他高声问道："你们也是去月鲁车站以北吗？"

"你们去找人？"蒋白棉眉毛微动，"怎么称呼？"

那男子坦然回答道："吴守石，一名中级猎人。"

他顿了下又道："看来你们还不知道，月鲁车站以北，发现了一座旧世界的城市废墟，之前从来没有被发现过的。"

之前从未被发现的城市废墟？商见曜、龙悦红和白晨忍不住对视了一眼。

蒋白棉微皱眉头："你们怎么知道的？沼泽深处有异常发生也就是前晚的事情。"

吴守石看了一眼同伴，未做隐瞒："有人进入了那个城市废墟，发现了很多东西，改了一台无线电报机出来，将事情传递回了野草城的公会。你们应该清楚，从未被发现过的城市遗迹意味着什么。”

没等蒋白棉等人回答，他自己给出了答案：“危险和机遇！那里的物品、资料和秘密足以满足成千上万的遗迹猎人团队探索很多次，你们不用担心彼此之间的杀戮。

“相比较而言，城市废墟里本身就存在的危险更加直观、更加可怕，而多一些同伴就能多一些力量对抗它们。”

第 44 章 下一个目的地

对于那种新发现的旧世界城市废墟，因为不清楚里面残存的无心者发生了什么异变，不知道还有什么隐藏的危险，遗迹猎人们更倾向于合作结盟，共同探索，而不是防备彼此，消除竞争对手。反正在那样一个城市废墟里，各种资源丰富，足够满足所有人，不需要互相抢夺。

在遗迹猎人群体里，这种事情被称为“开荒”。

蒋白棉对吴守石的邀请并不意外，先是回头看了商见曜等人一眼，然后笑着说道：“我们还有别的事情。”

不等吴守石开口，她转而说道：“我听说月鲁车站以北有不少异常情况。除了你们应该也知道的深夜嘶吼，还有一些人莫名其妙地死去，表面没有任何伤痕，脸部或扭曲，或微笑，非常古怪。”

她把从哈瑞斯·布朗那里得到的情报转述给了吴守石等人，算是回报对方帮忙将吉普车从淤泥里拖出来的行为。

吴守石听完之后，侧头看了一眼身旁那表情淡漠的女性同伴：“如香，你能看出些什么？”

那名穿军绿色迷彩服的女子摇了摇头：“无法判断。”

吴守石微不可见地点了下头，望向蒋白棉道：“感谢你的提醒，我们会注意的。但这样一个机会，可能好几年才会遇上一次，而且之后只会越来越少，肯定不能放过。在灰土上，能争取的都要尽量争取，否则只是早几年死和晚几年死的区别。”

他表达出自身坚定的意志后，见蒋白棉只是微笑，不置可否，顿时明白了对方确实没有去探索新废墟的想法。

“那我们继续赶路了，希望还能再见。”吴守石礼貌告别，和同伴一起返回了灰色越野车处。

“愿还能再见。”蒋白棉抬手挥了一下。

“再见”是灰土上最美好的祝愿语之一。

在每个人随时可能因饥饿、疾病、袭击和天灾死去的情况下，能够再次见面绝对是一件珍贵的事情。

目送那辆灰色越野车远去后，蒋白棉转过身来，感叹出声：“可惜啊！那样一个没被发现过的城市废墟肯定能找到很多珍贵的第一手资料。”

白晨望着北边，下意识地问了一句：“真的不去？”

“我像是那种当面一套背后一套的人吗？”蒋白棉笑着反问道。

她话音刚落，就看见商见曜、白晨和龙悦红齐刷刷地望向了自己，眼神多少都有点古怪。

“哈哈。”她干笑了两声，“那是战术，懂吗？战术。”

在三个组员开口前，她调侃起白晨：“怎么？荒野流浪者的血液在你身体内熊熊燃烧，催促你去？”

白晨沉默了几秒，略微低头道：“更多，是……习惯吧。只要知道了这种事情，每一个荒野流浪者都不会放过机会。比起缺衣少食地在冬天冻死，拼一把至少还有希望。”

蒋白棉轻轻颔首，看了一下商见曜和龙悦红道：“如果我们旧调小组已经成立半年以上，完成过好几个任务，那这次我肯定会修订计划，绕道去月鲁车站以北。但是，我们有两名初到地表的新手，那里的异常和危险则已表露得明明白白，我不可能带着他们两个菜鸟去冒险，用他们的生命为自己的期望铺路。”

商见曜安静听完，突然开口道：“你之前还说我表现不错，让你忘记了我是初到地表的新手。”

“你说什么？我没听清楚。”蒋白棉有些许笑容凝固在了脸上。

抢在商见曜重复前，她揉了揉耳朵：“总之，我们旧调小组每一个成员都来之不易，我不会随意让你们牺牲的。”

说到这里，她严肃地对说道：“看下地图，确认我们现在的位置。虽然我们不去那个新发现的城市废墟，但得把这个消息传递回公司。我得找找最近的、依附于公司的、有无线电报机的荒野流浪者聚居点在哪里。还有，哈瑞斯·布朗提供的那个情报，与机械修者净法有关的情报，也得传递回公司。”

“好。”白晨拿出了一份较为简单的地图。

这个时候，龙悦红才想起询问关键之事：“组长，你们解决净法了？他还会再追来吗？”

蒋白棉嗤笑了一声：“如果他随时会追来，我还敢在这里和吴守石他们交流，和你们聊天啊？”

见龙悦红松了口气，她话锋一转道：“不过嘛，我们确实还没解决净法。”

龙悦红的身体顿时紧绷了一些。

蒋白棉随即笑道：“我们只是重创了他，让他一时半会儿没法追来。等他修理好自己，我们早就脱离他的追踪范围了。黑沼荒野这么大，几乎不用再担心被他找到。”

龙悦红缓和下来，摸了摸肚子：“感觉有点饿。”

此时，已经过了中午饭点很久，而他只在受饿鬼道影响时，塞了半块压缩饼干。

蒋白棉眉毛微动：“你竟然不问我们怎么重创净法的？”

“从你中途下车，我就能大概猜到你真实的方案。”龙悦红挺了下腰背，“具体的细节嘛，可以吃过午饭再问。”

“孺子可教。”蒋白棉用故作老成的语气赞了一句，“比我想象的聪明。”

龙悦红顿生喜悦之情，下意识想谦虚两句。

这时，商见曜不知是不是故意地问了一句：“组长，你之前都觉得他不聪明啊？”

“……”龙悦红的表情瞬间垮掉。

蒋白棉咳了两声：“那也不是，主要是他没什么经验，能及时反应过来就相当不错了。再怎么说，也是做过基因改良的，脑子不会太差。”

“我成绩只是中等……”龙悦红微低脑袋，自言自语般回了一句。

蒋白棉微侧脑袋，仔细分辨起对方的话语。

隔了几秒，她瞥了一眼商见曜：“有的时候，太聪明不一定是好事，中等者活下来的可能性反而更大，因为他们懂得听从命令，不会自作主张。再说，每个人的长处都不一样。”

龙悦红吸了口气，缓慢地点了点头。

这时，白晨已确认好当前位置，在地图上指给了蒋白棉看。

“哈，最近的聚居点竟然在北边，傍晚或者明早应该能抵达。”蒋白棉仔细看了一阵，“还好，和月鲁车站还有很远的距离，方向也存在一定的偏差，不至于让我们卷进那边的事情。”

她随手将地图折好，丢给白晨：“出发吧，目标黑鼠镇！”

商见曜和龙悦红对黑沼荒野不熟，没有异议。

“白晨，你检查下车的情况；龙悦红，你从后备厢里再拿点能量棒出来。”蒋白棉一边吩咐，一边走向吉普车。

等到白晨和龙悦红各自做起吩咐的事情，蒋白棉放慢脚步，目视前方的小型沼泽，对身旁的商见曜说道：“你刚才为什么要打击龙悦红的自信心？坦白点，说出心里真实的想法。”

商见曜同样看着前方，嘴角略微上翘道：“我想让他离开旧调小组，他太碍事了。”

蒋白棉没有回应，依旧往吉普车位置缓慢行去。

过了两秒，她听见商见曜略显沉闷地低低说了一句：“这对他来说太危险了！”

蒋白棉幅度不大地侧了下脑袋，脸上又露出了笑容：“差点就没听清楚你在说什么！”

她没再继续刚才的话题，加快步伐，登上了吉普车的驾驶座。

很快，吉普车重新启动，向着偏北的黑鼠镇而去。

轮流吃完午饭，商见曜主动问道："野草城是什么地方？在哪里？"

副驾驶位置的白晨侧身扭头道："是最初城边境的一座城市，在乌社荒原边缘。"

"乌社荒原？"龙悦红敏锐察觉到这个名词有些古怪。

在盘古生物内部，因为很多人可能一辈子都不会到地表，所以相应的地理教材非常粗略，只大概介绍了下各大势力，标明了最主要的地形。

"就是机械修者们活动最频繁的区域。"蒋白棉边开车边随口解释道，"传闻乌社教团的总部，藏着永生人技术和对应设备的琉璃净土，就在这片荒原的某个地方。"

白晨跟着补充道："这片荒原具体的位置在黑沼荒野东南，想去最初城，只要不绕路，都会经过。"

简单介绍完乌社荒原，她继续起之前的话题："野草城原本是乌社荒原上一个小型势力，后来最初城扩张了过去，想将那里的居民都变成奴隶。

"就这样，他们打了几仗，各有死伤，而当时最初城还与别的大势力有冲突，实在没办法增援这边的捕奴队，只好与野草城谈判，允许他们以正式公民的身份加入最初城。

"所以，野草城自治程度很高，是遗迹猎人非常活跃的地方，那里的猎人公会分部也相当有名气。"

听完白晨的讲述，吃饱喝足的龙悦红开始问起蒋白棉等人对付净法的具体细节，从中汲取经验和教训。

就这件事情聊到最后，他侧头看向商见曜，难忍好奇又有点犹豫地问道："你让净法突然变得友善的那个觉醒者能力叫什么啊？"

他连忙又补充道："如果不方便回答，就不要说了。"

商见曜看着前方的挡风玻璃，沉默了几秒道："推理小丑。"

第45章
第三晚

太阳逐渐西沉，天边一片金红，灰黑的荒野上，树木间或出现。

龙悦红看着远处向北面行进的几道人影，颇为不解地问道："为什么有的遗迹猎人纯粹靠步行？这不就赶不上之前那一批了吗？"

自从与吴守石等人分开，他们在前往黑鼠镇的途中，已遇到过好几拨去月鲁车站以北的遗迹猎人。

这些猎人有的驾驶改装过的车辆，有的使用轰鸣不断的摩托，有的依靠自行车，有的骑着驯服的马，虽然交通工具千奇百怪，但至少都有。

之前蒋白棉与白晨互换了位置，此时开车的白晨瞄了一眼，说道："这都是想捡便宜的。"

"怎么说？"龙悦红追问道。

副驾驶位置的蒋白棉正在维护自己的手枪，头也不抬地说道："他们故意步行，不想随第一批人抵达那个城市废墟。这样一来，前面的遗迹猎人就能帮他们踩雷，消除很多危险。

"虽然这也让他们失去了拿到第一手资料，挑选珍贵物资的权利，但胜在更加安全。只要他们不往城市中心地带钻，活下来的可能性就很高，反正那么大一个城市，就算前面是大势力的队伍，也没办法一次把边缘区域全部搬空，没法看守住所有道路。"

龙悦红先是恍然大悟，继而又有了疑惑："可他们这样也搬不了多少东西啊，单凭肩扛手提，能负担的肯定很少，还不如不去。”

蒋白棉抬头嗤笑道：“看来你们确实对城市废墟没有概念。那里多的是废旧车辆，各种零件，只要你会修理，完全可以到了那边再准备交通工具。呵呵，这本身也算是收获之一。其实，比起自己开车过去的那些人，他们收获的反而更多，数量上的多。”

龙悦红仔细琢磨了一下，发现还真是这样。之前吴守石那个遗迹猎人团队共四人，开了一辆灰色越野车，等到了城市废墟之后，他们如果能避开或消除危险，则最多可以获得三辆车和四车物资，再多就没法带走了。

要是四个遗迹猎人纯粹靠步行过去，只背了帐篷和武器，那他们最多能得到四辆车和四车物资。

商见曜想了想，自言自语般道：“开车最大的作用不是赶时间和保持体力吗？”

“对，所以这帮人到了月鲁车站肯定得休息不止一天，反正他们不用赶时间。”蒋白棉将联合202手枪挂回了武装带上，指着远处那群人说道。

她随即左右看了看：“快到傍晚了，看来今天是赶不到黑鼠镇了。我们找个土坡之类的地方扎营，等天亮再走。”

“好。”“好的。”商见曜、龙悦红等人相继做出回应。

没过多久，他们在灰黑的荒野上找到了一个小土包，于背风的地方弄好了帐篷。

蒋白棉看着旺盛的篝火，拍了拍手，眼眸微转道：“商见曜，龙悦红，你们中午的任务还没有完成呢！”

“啊？”龙悦红有些蒙。

他花费了几秒钟的时间才记起还有钢铁厂废墟的任务没完成——一是凭自己的能力找到一些食物，二是绘制钢铁厂废墟的布局图。

“可是我们的探索被净法打断了，现在又不能回去，得到黑鼠镇。”他忙辩解起来。

他旁边的商见曜没有说话，只微笑着看着蒋白棉，似乎已明白组长是“故意找事”。

蒋白棉左右看了一眼，笑吟吟地说道：“所以，得给你们换个能现在完成的任务。”

她随即低头看了一眼腕上的黑色电子表：“天黑之前，完成一次狩猎，猎物大小不限。”

说完，她抬起脑袋，对商见曜和龙悦红道：“把已经绘制完的部分地图给我看看。”

商见曜立刻交出了那张只画了医院和广播站区域的纸。

蒋白棉伸手接过，展开一看，表情顿时变得有些奇怪：“为什么要标个厕所？那又不能用了。”

组长，你这句话也很奇怪……龙悦红没敢把心里的话说出来。

商见曜认真回应道：“细致和真实是我对绘制地图的要求。”

“你之前绘制过地图？”蒋白棉略有点好奇。

“没有。”商见曜坦然摇头。

“那说个……”蒋白棉硬生生将后面那个字吞了回去，甩了下手道，“去狩猎吧。”

商见曜和龙悦红没有拖延，各自挎着突击步枪，走向小土包顶端，眺望起四周。

荒野上的杂草在傍晚的风中轻轻起伏着，黑影在灰黑的泥土和各种石头上晃动。这么一眼看去，就连树木都只有那么几十株，更别提活跃的动物了。

这意味着商见曜和龙悦红连个目标都找不到。

“往哪边走？”龙悦红习惯性问道。

商见曜看了一眼土包周围的小溪：“跟着它走，找到河流，那里应该有鱼的。”

“对啊。”龙悦红表情一松。

他犹豫了下又道：“可这能算是狩猎吗？”

“从目的上来讲，肯定算。”商见曜不甚在意地回答道，“唯一的问题是，得走出多远才能找到鱼。”

“要不，我们顺便再狩猎下其他动物？”龙悦红忽然冒出了个奇怪的想法，“商见曜，你说你能用推理小丑的能力把猎物直接骗回来吗？”

商见曜上下打量了龙悦红两眼：“首先，你得让它们听懂我说话，其次，你得让它们停下来听我说话。”

“也是。”龙悦红张了张嘴，似乎还想问点什么，但最终没有开口。

他想了想道：“不能这么盲目去狩猎，我们先向白晨请教一下吧。”

“好。”商见曜并不介意，直接转身，走向篝火附近的吉普车。

龙悦红看着他的背影，默然两秒，轻轻叹了口气。

“白晨，附近哪里可能有猎物？”靠近吉普车后，商见曜直截了当地问道。

白晨指了指有稀疏树木的地方：“可以去那边看看，应该有兔子。你们要注意分辨脚印、粪便……”

她简单讲了讲狩猎兔子的技巧，末了道：“如果是普通人，我会建议弄陷阱、用工具，但你们的枪法足够了，只要能保持平静，不手忙脚乱。”

“嗯。”龙悦红和商见曜顿时有点期待。

一个小时后，夕阳还在挣扎下滑时，商见曜和龙悦红灰头土脸地回到了篝火位置。

前者的手里提着一只皮毛灰白的野兔。

“你们用了这么久，只抓了一只兔子？”正舒服地烤火的蒋白棉站了起来。

“兔子太敏感，跑得也快，洞穴又多……”龙悦红摆出困难。

蒋白棉笑了笑，帮他补充道：“而且今天有太多人经过，那些兔子都被吓坏了，更加难抓。”

“对对对！”龙悦红忙不迭回应道。

商见曜则想了下道：“还是我们太轻视兔子了，觉得能手到擒来。”

“不错，这次有了经验，以后就好办了。”蒋白棉指了指篝火，“把毛燎了，血弄干净，烤上。”

很快，那只兔子就被穿在了一根较粗的树枝上，于赤红火苗的顶端翻来滚去。

白晨时不时地往兔子上撒着盐，让表面逐渐变得金黄，一股商见曜、龙悦红似乎从未闻过的香味弥漫开来。

“似乎很好吃。”龙悦红和商见曜同声说道。

蒋白棉笑着摇了摇头：“只能说将就。没有油可以刷，没有香料可以撒，兔子肉又比较柴，勉强能吃吧。”

“好奢侈啊。”商见曜和龙悦红下意识就回应道。

烤肉的时候还要边烤边刷油，多浪费啊！

蒋白棉一直盯着那只不大的兔子，没有抬头：“有的时候，没有容器装熬出来的油，就只好现场解决一部分。在野外，要懂得适应环境。”

蒋白棉话音刚落，猛地抬起脑袋，望向小土包侧面：“有两个人过来。”

本就在戒备四周的龙悦红立刻抬高了狂战士突击步枪的枪口，商见曜和白晨也跟着望了过去。

几分钟后，他们看见了那两个人。

这同样是一男一女的组合，前者不到一米八，四十来岁，披着黑色的长发，嘴边留着一圈很有气质的胡须，即使已近中年，也能让人轻松看出他曾经是个美男子。

女性一米七出头，金发碧眼，五官精致，很是美艳。

他们两人的共同点是，都穿着宽松的、少见的长袍，一个纯黑，一个灰蓝，后者表面还有各种奇怪的、抽象的符号。

蒋白棉动了下眉毛，高声问道：“两位来做什么？”

金发碧眼，穿灰蓝长袍的女子当即停下脚步，用左手包着右手，举于眉眼处，弯腰行礼道：“福生无量天尊。”

她用的是字正腔圆的灰土语，而不是看起来应该会用的红河语。

那中年男子则笑道：“我和她不熟，刚遇上没多久就闻到这边有香味，想着过来碰碰运气，看有没有谁大发善心。”

“可能没法发善心。”蒋白棉态度从容地指了指篝火上的兔子。

“那既然遇上了，大家聊聊天不也挺好的吗？”中年男子保持着笑容，“不是我自夸啊，我遇到的所有人都称赞我学识渊博，见多识广。”

听到这句话后，蒋白棉对商见曜等人打了个隐蔽的手势，让他们不要放松戒备。

她随即笑道：“好啊。”

第 46 章
不简单

听到蒋白棉的回答，留着黑色长发，穿着宽松黑袍的中年男子在篝火旁找了个位置，坐了下来，显得很是随意。

那名金发碧眼，套灰蓝长袍的女子也不甚在意地跟着坐下，似乎完全不担心商见曜等人包藏祸心。

这份自信，这样的态度，让蒋白棉忍不住笑了一声："我们看起来就这么无害？"

白晨、商见曜和龙悦红的脑海里则同时闪过了差不多的念头：这两人明显很有底气！

"这不是刚发现了一个旧世界的城市废墟嘛，大家都有奔头，哪还有时间自相残杀？"那中年男子伸出双手，在篝火上取暖，"怎么称呼？"

蒋白棉坐回了原本的位置，坦然回答道："蒋白棉。我们来自某个势力，到黑沼荒野完成某些任务。"

她主动透露了点身份，但又没完全说透，希望能让对方有所顾忌，大家和和气气地过完今晚，分道扬镳。

而她之所以同意对面两人来篝火旁就近交流，主要是考虑到商见曜的觉醒者能力范围有限，近距离肯定要比远程好。

即使对面同样有觉醒者，重点目标肯定也只会是蒋白棉这个表现得就像头目的人，这样一来，商见曜就有机会了——哪怕对方能使用类似饿鬼道的范围型能力，在这个距离下，早已做好准备的商见曜也来得及完成一次反击，做出应对。

“看得出来。”那名中年男子对蒋白棉主动透露的身份没有一点怀疑，“无论是从长相、身材、皮肤，还是衣服、武器看，你们都不像是荒野流浪者，哈哈，只有那位小姑娘，让我不敢肯定。”

他指的是正在烤兔子的白晨。

蒋白棉正要回一句“我们的年纪不小了”，那中年男子已继续说道：“我叫杜衡，木土杜，平衡的衡。我是一名历史研究员，也是古物学者。说来惭愧，虽然加入猎人公会有二十多年了吧，但之前一直都是新手，最近才成为正式猎人。哎，我没接过几次委托，更多是借助他们的资源和消息来完成自己的研究。这不，有个从未被探索过的旧世界城市废墟被发现，我就来了。”

他说话时一直保持着笑容，显得很是和善。但他的回答愈发让蒋白棉、商见曜等人不敢轻视：一个似乎只带了把手枪的历史研究员，居然敢独自在灰土上晃荡，探索城市废墟，而且还活到了中年——这本身就能说明对方肯定不简单。

那名金发碧眼的女子跟着做起自我介绍：“我叫伽罗兰，一名道士。”

虽然她会说灰土语，但某些发音还是有点古怪，这让商见曜等人总觉得风格不是太对。

伽罗兰笑容浅淡地继续说道：“我来到这里，是因为有很多人往这边走，我就跟着过来看看。”

“真是随便啊……”蒋白棉毫不客气地评价了一句。

伽罗兰笑意不减地回应道：“不然呢？自从旧世界毁灭，不少人都明白了一个事实。我们人类虽然自诩为高等生物，但在世界和命运面前，就像是狂风里的落叶……”

说话间，她指了指远处的稀疏树木：“只能跟着风起舞，无从决定自己要落到何处。既然无法反抗命运的安排，那不如放弃这方面的想法，随风而动，改变思维，去见识途中的种种风景，从中寻找道的存在，然后，借此分辨出真实与虚假，彻底摆脱桎梏，期以永恒岁月。正所谓‘人法地，地法天，天法道，道法自然’。”

看着这么一个金发碧眼的美丽女子在自己面前侃侃而谈，龙悦红等人都有点蒙。对方每一句话，他们都能听懂，可连成整体就让他们颇为困惑了。

最终，他们只能总结出对方的行事风格——随遇而安。

“我大概明白了。”蒋白棉一脸认真地点头。

杜衡若有所思地看了伽罗兰一眼，转而指着那只兔子道：“我刚才过来时，看见了两只野兔。这说明这边猎物不是太稀缺啊，你们为什么只抓了一只？这么多人……”

听到这个问题，商见曜和龙悦红的脸庞程度不一地涨红了起来。

蒋白棉用眼角余光打量了他们一下，低笑摇头道：“上天有好生之德。”

杜衡露出了恍然大悟的表情：“你们是乌社教团的教众？或者是水晶意识教的？”

“不是。”蒋白棉状似随意地解释道，“我们只是刚遇上了一名乌社教团的机械修者，和他产生了点矛盾，大战了一场。”

杜衡嘴巴微张，想了想道：“那名修者有没有披红色袈裟？”

“有。”蒋白棉没有隐瞒。

杜衡和伽罗兰又一次打量起这个四人小队。

前者收回目光后，笑了笑道：“你们还是挺厉害的嘛。据我所知，乌社教团里披红色袈裟的那些机械修者，同时为觉醒者的概率很高。”

伽罗兰跟着点头，表示自己也这么听说过。

“他是。”蒋白棉肯定了对面两人的猜测。

她环顾了一圈，没让目光在任何人身上停留，然后笑着问道：“两位，你们对觉醒者似乎有很深的了解？”

既然杜衡说了“聊聊天不也挺好的吗”，而伽罗兰又崇尚随遇而安，她也就没有客气，开始探求对普通人而言绝对稀罕的情报。

如果对方不回答，她肯定也不强求，要是回答了，她会考虑分一些兔子肉过去——反正他们四人也没想过靠这么小的猎物吃饱，重头戏是能量棒和压缩饼干，实在不行再上几个军用罐头。

杜衡摸了摸嘴边的胡须：“哎呀，这可就考到我了。”

他一边这么说，一边露出了明显的笑容。

抢在金发碧眼的女道士伽罗兰开口前，杜衡得意地补充道：“不过，我认识好几位觉醒者，他们告诉我，觉醒者在心灵里，同样在探求和追寻新的世界，如同灰土上所有人都在现实中寻找通往新世界的大门，希望能不再饥饿，不再被疾病和畸变困扰。对，乌社教团将那称呼为极乐净土。”

商见曜听得很是认真，似乎有了些明悟。

这时，伽罗兰神情柔和地插了句：“乌社教团里那些披红色袈裟的机械修者，很可能已进入起源之海。”

“对对对，起源之海！他们提到过这个名词。”杜衡一拍大腿道。

蒋白棉安静听完，若有所思地问道：“如果渡过了起源之海，又将抵达哪里？”

“我不知道。”伽罗兰平和地回应。

杜衡笑了笑，未做回答，但也没说自己不知道。

蒋白棉想了两秒，转而问道：“那又是从什么地方进入起源之海的呢？”

伽罗兰看着那团跳跃的赤红篝火道：“大家对那里的称呼都不尽相同。”

这时，杜衡笑着插话道：“比较得到普遍承认的是群星大厅。”

商见曜眼眸微动，表情没有明显变化。

“这样啊。”蒋白棉微微点头道，“我没接触过几位觉醒者，对他们没什么了解。”

说完，她没给杜衡和伽罗兰开口的机会，侧头看向了白晨：“烤得怎么样了？”

“差不多了。”白晨将穿着兔子的树枝收了回来。

“远来是客，分一些给他们两位吧。”蒋白棉吩咐道。

白晨清楚刚才听到的那些情报究竟有多么难得，完全没有抗拒之情，让烤兔散了会儿热后，扯掉两条后腿，分别递给了杜衡和伽罗兰。

她在灰土上流浪了这么多年，还是第一次听说“起源之海”和“群星大厅”等名词。

杜衡没有客气，伸手接过，抓住腿骨顶端，呼呼喊烫地吃了起来。

“不错，烤得刚刚好……”吃着吃着，他含含糊糊地赞美了一句。

伽罗兰比他斯文多了，捏着温度不高的凸出的骨头，小口小口地将兔肉咬了下来。

与此同时，白晨将剩下的烤兔分成四份，放入了自己人的饭盒内。

商见曜吃了一口，觉得这肉确实很柴，但咀嚼间，有着比公司内部那些肉菜更香的味道。

龙悦红负责警戒周围，眼巴巴地看着，没法立刻享用到。

吃完那点兔肉，蒋白棉见杜衡正不顾形象地吸吮残留余味的手指，笑了笑道：“杜……先生，你不是说自己是历史研究员，且学识渊博吗？那你对月鲁车站以北新发现的那个废墟有什么了解？知道它对应旧世界哪个城市吗？”

杜衡拿出一条皱巴巴的手帕，擦了擦双手，呵呵笑道：“不知道，旧世界很多资料都在它毁灭那会儿，以及混乱年代里遗失了，包括许多高精度的地图。

“但我可以肯定的一点是，那个新发现的城市废墟绝对有异常，有很大的研究价值。”

“为什么这么说？”蒋白棉代表白晨、商见曜等人问道。

杜衡抬头望了一眼北面的天空：“旧世界毁灭时，城市周边的小镇、乡村里，有不少人活了下来，可居然从来没有人提过或者试图探索过那个城市废墟。嗯，后面是发现废墟的遗迹猎人传回来的情报。”

对于这一点，蒋白棉和白晨深表认同——当初水围镇的田二河年纪那么小，都心心念念地跑回市里寻找父母。

“这样的细节说明那个城市废墟绝对不简单。”杜衡再次给出了结论。

他话音刚落，北面远处忽然传来了一声粗哑苍凉的嘶吼：“嗷呜！”

寂静的夜里，一场噩梦似乎就要降临。

第 47 章 寄于自然

那嘶吼还未平息，大沼泽不同地方又有相似的吼叫声接连不断地响起，回荡不休。

杜衡侧耳倾听了一阵，脸上总是挂着的笑容不知不觉消失不见。

等到黑沼荒野的夜晚重新变得安静，这个自称古物学者、历史研究员的中年男子回头望向蒋白棉、商见曜等人道："那边的情况比我预想的还要麻烦一点。看来我得连夜赶路了。"

说话间，他已站了起来。

"小心。"蒋白棉未做挽留，客气地说道。

杜衡笑了一声，没做直接的回应，告别前随意寒暄般说道："小姑娘，你的名字总让我想起以前。那个时候，我老家附近有很多棉田，每当现在这个季节，或者更迟一点，就能看见数不清的小小云朵落在地上。那场景美极了。"

蒋白棉跟着站起，微微一笑道："我父亲是研究棉花改良的生物学家，而我出生的那个月正好是棉花丰收的季节，所以，他就给我取了这么一个名字。"

说到这里，她含笑抗议道："虽然你确实比我们年长，但应该还用不了'小姑娘'这个称呼吧？"

杜衡哈哈一笑："我的年龄可比外表看起来大多了，也比你们想象的更大。"

他没再耽搁，笑着挥了下手："愿能再见。"

"愿能再见。"蒋白棉、商见曜等人礼貌回应道。

杜衡又摆了摆手，转过身，绕过土包，在太阳已落月亮未起的黑暗荒野中，一步一步走向北边。

“伽罗兰女士，你呢？也要赶去月鲁车站以北吗？”蒋白棉重新坐下，望向对面金发碧眼的道人。

伽罗兰微笑回答道：“不用称呼我女士。寻找道的路上，没有男女之分。你们如果想表示尊敬，我也不介意，可以称呼我道长。

“当然，你们想叫我小罗、小兰、小伽这样，也没关系，这无非是求道路上不同的风景而已，没有高低尊卑之分。”

“还挺……挺……接地气嘛。”蒋白棉想了半天，终于想出了一个恰当的形容词，“看得出来，你的灰土语学得相当不错。”

“这不是我自愿的。”伽罗兰的回答完全出乎了白晨等人的预料。

她随即笑容不变地给出了解释：“关于道的典籍，都是用灰土文书写的，若是翻译成红河语，会失去其中的韵味，无法真正准确地描述。”

说完，她把啃完的兔骨扔到了地上，将两根沾了油污的手指伸入口中，吸吮了几下，然后，不甚在意地于衣服上擦了擦。

这么随意的行为，配合她优雅而高贵的气质，看得蒋白棉、商见曜等人有点傻眼。

伽罗兰拿出一个水囊，喝了两口，见对面几人都怔怔地望着自己，遂轻笑出声道：“有的时候，我们连真实和虚假都分不清楚，连最基本的生存都无法保障，还在意这些无关紧要的细枝末节做什么？不如随性而为，寄于自然。”

说到这里，她的目光投向了那团跳跃的篝火，笑容难以捉摸。她继续说道：“就像最初城元老院那些贵族一样，明明几十年前都是在荒野挣扎求生的流浪者，没有干净水源的时候，连同伴的尿都得抢着喝，现在却要讲礼节，讲尊卑，讲各种实际上没有任何意义的繁文缛节。呵呵，当城内还有底层公民冻饿而死时，他们规定宴会必须一道菜一种餐具。”

商见曜、龙悦红和白晨都没去过最初城，只是听过一些传闻，实在没法接这个话题。

蒋白棉则若有所思地点了下头："看来你来自最初城。"

伽罗兰这金发碧眼的道士笑了笑，没做肯定的回答，也未否认。

商见曜见场面一时有些沉寂，遂岔开了话题："伽罗兰道长，什么是道士啊？"

伽罗兰认真想了想："这要解释还真有点困难。你们不是遇到过修者吗？可以将道士当作另一种修者，归属于另外的宗教，信仰不同执岁的修者。"

听到"执岁"这两个字，蒋白棉、龙悦红等人都有额角青筋一跳的感觉。

商见曜主动追问道："不知道你信仰的是哪位执岁？"

伽罗兰的神情严肃起来："庄生。"

"……"旧调小组所有成员都有点不知说什么好。

摆脱净法后，龙悦红和商见曜将这名不打诳语的机械修者告知的信息分享给了蒋白棉与白晨。而这些信息里，非常重要的一条是——乌社教团相信这个世界只是"世自在如来"这位过去佛陀的一场梦境，所以才会充满各种苦痛，而世自在如来又是代表全年和闰月的执岁，在乌社教团之外别有名号。

那个名号是"庄生"！

伽罗兰将几人略显异常的反应尽收眼底，却没有提出问题。

隔了几秒，蒋白棉才试探着问道："你是于最初城加入现在这个教派的？"

伽罗兰点了下头："对，永恒岁月教派。"

她脸上逐渐浮现出笑容："那个时候，我母亲刚刚过世，我又和家族里其他人相处得不愉快……"

突然，商见曜打断了这个道士的回忆："提到你母亲过世时，你为什么不仅没有难过，反而还笑了？"

伽罗兰笑了一声，用字正腔圆的灰土语说道："生老病死是这个世界的自然规律，就如同春夏秋冬一样，总会交替和轮回。我的母亲虽然死了，但依旧安睡在天地之间，依旧是自然的一部分，或许有一天，她又会以另外的形式重新开始，就仿佛冬天结束后春天来临一样。既然明白了这点，为什么还要悲伤地哭泣呢？有这份精力，不如多去怀念。"

商见曜想要反驳，却又找不到对方理论的漏洞，只能闷闷地闭上了嘴巴。

隐约间，他甚至觉得伽罗兰说得有点道理，只是难以接受。

伽罗兰正要继续之前的话题，月鲁车站以北方向又有苍凉的嘶吼声响起：“嗷呜！”

这一次，嘶吼声愈发高亢和粗犷，明显有了变化。

伽罗兰侧头听完，微微一笑道：“看来，我也得往那个地方去了。”

她慢悠悠地站起，用左手抱住右手，行了一礼：“至人无己，新世界就在眼前。”

然后，她拍了下道袍，昂首走向了北边。

“至人是执岁的另一种称呼。”看着伽罗兰这名道士远去，商见曜解释了一句。

蒋白棉早已站起，眺望着伽罗兰和杜衡离开的方向，忽然，笑了一声：“真是的，他们为什么不准备一辆车，非得步行？以他们的能力，这应该不是太困难的事情。”

敢在夜色笼罩的荒野上跋涉，他们怎么会没点依仗？而这样的人也没必要故意拖延，等第一批遗迹猎人触发大部分危险。

“可能是事发突然。”白晨从自己的角度判断道。

“可能是为了维持形象。”商见曜从正常人不会去想的方向说道。

“莫名觉得你说得有点道理。”蒋白棉险些失笑，“我是指那个叫杜衡的历史研究员。至于伽罗兰嘛，她自己都说了，要见识旅途中的种种风景，那自然是步行比较好。”

不等组员们开口，蒋白棉故作正经地说道：“最让我疑惑的是另外一个问题。”

“什么？”负责戒备四周的龙悦红颇为紧张地问道。

蒋白棉脸上的笑容再也藏不住：“商见曜，你为什么没有像之前那样参与‘大合唱’？”

她指的是第一次听见沼泽深处的叫声时，商见曜跟着嘶吼的事。

商见曜看了组长一眼，严肃地说道：“你真幼稚。”

白晨和龙悦红差点笑出声音，蒋白棉无言以对，只能摸了下耳朵道：“唉，你说什么？真是的，就不能大点声吗？算了算了，吃饭吃饭。”

带头啃完压缩饼干和能量棒，补足水囊后，蒋白棉正色提醒道：“今晚要更加小心一点。刚才的动静你们也听见了。”

等到白晨、商见曜和龙悦红都给出了回应，蒋白棉转而笑道：“不过，休息的时候也要休息好，明天还得继续奔波。而且，要开始训练你们寻找食物的能力了。这不仅仅指狩猎和搜寻，还包括分辨哪些树叶、根茎能吃，哪些畸变动物的哪些部位能够应急，哪些东西吃了之后必须在多久内注射基因药剂，哪些泥土可以暂时充当食物，顶一次两次……你们不要以为之前几天就是灰土上的冒险，在食物还算充足的情况下，这只能叫武装游行！”

这听得龙悦红心里一阵发毛，商见曜却跃跃欲试。

蒋白棉思索了一下，补充道：“还有，不要被那些奇怪的宗教理论迷惑，虽然它们确实能提供一定的心灵慰藉，但在灰土这种环境里，那等于逃避现实，隐患很大。”

龙悦红点了点头，好奇地问道：“组长，这种奇怪的宗教很多吗？”

这是盘古生物教材上很少提及的内容。

“非常多，人痛苦和绝望的时候，很容易往宗教方向靠。”蒋白棉呵了一声，“据我所知，最初城主城里，能造成不小危害的地下宗教可能两只手都数不完。”

提醒完毕，蒋白棉接过龙悦红的任务，巡逻起四周，并吩咐组员们复盘今天所有的遭遇。

这一夜他们没有遇到什么意外。天刚亮，吉普车就开始往北边驶去。

眼见目的地已没有多远，副驾驶位置的蒋白棉开始给组员们做起介绍：“黑鼠镇的居民，其实……其实是一群次人。”

第48章 次人

“次人？”听到这个名词后，龙悦红脑海内瞬间出现了“凶狠”“恶毒”“畸形”“肮脏”“污染源”“仇视人类”等词语。

虽然他从未遇到过次人，但教科书和周围的人们都是这么说的。

蒋白棉似乎能感应到龙悦红此时的所思所想，唉了一声道：“次人和人类在本质上是一样的，至少繁殖都没有隔离。”

不等龙悦红等人再次开口，她自顾自继续说道：“黑鼠镇那群人靠吃老鼠，活过了旧世界毁灭后的第一个冬天。据说，那个时候，那片区域的老鼠都疯了，全部从地底钻了出来，漫山遍野都是。它们有的浑身溃烂，有的眼睛发红，有的无差别攻击周围的活物。呃……扯远了，还是说回黑鼠镇那群人。

“度过第一个冬天后，因为他们原本住的区域污染太过严重，已经导致大量的居民死亡，他们选择离开，迁徙到了这边。

“可惜，噩梦并没有就此结束，他们的身体渐渐发生了变异，而且，可能是吃了太多的畸变的老鼠的缘故，他们竟然越来越像老鼠了。哈，我不是这方面的专家，也没有做过什么研究，只是顺嘴这么一说。

“总之，他们的汗毛变得又黑又多，他们的身体总是佝偻，他们的指甲愈发坚硬和锋利。

“经过好几代繁衍，现在的黑鼠镇居民个子普遍低于一米四，喜欢住在洞穴里，擅于挖掘，食物的种类也变得更加庞杂，同时，他们畏惧强烈的阳光，只在清晨、傍晚和夜里活动。

“他们也有很多好的变异，比如，他们在机械和电子方面很有天赋。一些旧世界的电器设备本来都坏得不成样子，他们捣鼓一段时间后，又勉强可以用了，当然，前提是有对应的电线和零件。”

说到这里，蒋白棉哎呀了一声：“差点忘了提醒你们，不能在他们面前说‘黑鼠镇’这三个字。这是荒野上某些流浪者给他们聚居点取的代号，有强烈的歧视性，而黑鼠镇那些人又是自尊心比较强的那种。公司内部嘛，对次人说不上有什么痛恨之情，但嫌弃、鄙夷、排斥肯定是少不了的，就沿用了这个称呼。”

“那公司为什么要接纳他们？”开车的白晨忍不住问道。

作为一名曾经的荒野流浪者，她遭遇过好几回次人的仇视和无缘无故的袭击，再加上对方丑陋的外形，她对这个群体严重缺乏好感，某些时候甚至把他们当作有智慧的危险生物来对待。

蒋白棉默然一阵道：“黑鼠镇的居民对人类并没有太深的怨恨，他们平时也将自己视作正常人。如果不是他们敏感、自卑，公司内部员工对次人又充满偏见，公司可能会逐渐吸纳他们，而不是把他们当作外围的附庸。

“其实，也算不上附庸，双方更接近合作关系，我们用武器、弹药、旧衣服、一定的食物和他们交换他们搜集到的有价值的东西，同时，他们会将黑沼荒野上的重要消息通过无线电传回公司。对，公司向你们收旧衣服都是为了类似的交易。”

说到这里，蒋白棉顿了一下：“公司还会在黑鼠镇招募某些实验的志愿者。在这方面，黑鼠镇的居民都非常踊跃，他们愿意付出一切来换取后代变回正常人的机会。”

蒋白棉没有在叙述里加入自己的感情，但白晨依旧听得一阵感慨：“在灰土上，公司的污点之一就是和生物实验联系在一起。

“和你们没深入接触前，我听过不少传闻，人们对类似的实验充满恐惧。害怕哪一天被盘古生物抓起来，送到某个隐秘的地方，成为邪恶实验的牺牲品；害怕被折磨得精神崩溃，肉体畸变，成为怪物，就连死都没法以人类的模样死去。

"而黑鼠镇的人竟然会主动报名做实验志愿者……"

听完白晨这番话，商见曜和龙悦红才发现公司在外人的眼中竟然有这样的形象，简直就如同广播节目里某些故事中的大反派。

这和他们从小到大的认知完全不一样。他们一直都相信公司内部是世外桃源，而外面水深火热。

蒋白棉闻言笑了一声："听得出来，这样的恐惧在你心里压了好久，所以才一口气说了这么多。"

她随即抬起左臂，做出屈肘的动作："这条电鳗型生物义肢就是实验的成果，还有，基因改造也是。怎么样？目睹了这些，是不是觉得没那么吓人了？"

白晨沉默着没有回答。

"懂了。"蒋白棉自嘲一笑，"看到我这副样子，你更害怕了。"

她微不可见地吐了口气："有一点你说得很对，那些志愿者的结局大多不是太好。"

吉普车内，气氛一下冷了下来，许久无人说话。

过了好几秒，蒋白棉扭头望向商见曜，埋怨道："这种时候你怎么不开下玩笑？"

商见曜正色回应道："作为一名立志拯救全人类的人，在类似话题上，从不开玩笑。"

"也是。"蒋白棉重新坐正了身体。

又隔了一阵，她指着前方道："往左拐，进山里。"

到了这边，黑沼荒野上出现了一片丘陵，有的甚至能称为小山，而黑鼠镇就位于山中。

沿着坑坑洼洼的道路行驶了一阵，蒋白棉忍不住摇下了车窗："真是的，上下运动的距离加起来比前行的还多。这么外出一次，回去肯定得大修底盘……"

抱怨之中，蒋白棉忽然闭上了嘴巴。

她微侧脑袋，仔细感应了一阵，眉头逐渐皱起："黑鼠镇方向的电信号少得可怜。"

这说明黑鼠镇非常近了。

商见曜本能地抬起了狂战士突击步枪，将它架到了车窗上："会不会是受到了月鲁车站以北那些异常的影响？"

这里距离月鲁车站不近，但也不是太远，差不多大半天就能抵达。

"可能。"蒋白棉点了下头，语气明显比刚才凝重。

"组长，需要穿戴外骨骼装置吗？"龙悦红不再像之前几天那样一惊一乍，相对冷静地询问道。

"可以。"蒋白棉对未知的情况没有一点轻视。

她随即吩咐道："你来穿戴。"

"为什么不是商见曜？"龙悦红脱口问道。

"商见曜要跟着我进黑鼠镇，外骨骼装置进不去，呃，其实进得去，只是没法发挥。"蒋白棉解释了两句。

商见曜对此没有一点意见，保持着沉默，高度戒备着可能突然到来的异常。等龙悦红穿戴好了外骨骼装置，吉普车继续行驶起来。

两三分钟后，蒋白棉下达了命令："停车。"

她旋即指了指前方的树林和灌木："黑鼠镇就在那边。我们下车，龙悦红开路。"

"是，组长！"龙悦红率先开门下车。

一行四人进入那片相对茂密的树林后，前行了好几分钟，突然闻到了一股熟悉的味道。

那是血的味道！

"这下麻烦大了……"蒋白棉顿时自语了一句，似乎已想到了可能遇到的情况。端着榴弹枪的她略微加快了脚步，走向树林另外一端。

那里有一面灰黄色的山壁，山壁被树木、杂草遮挡住的地方有一个幽深的洞穴，更加浓郁的血腥味从里面散逸了出来。

"那就是黑鼠镇。"蒋白棉嗓音沉而不低地说道。

只是一眼看去，龙悦红就明白了外骨骼装置无法在黑鼠镇内发挥作用的原因——那个洞穴的入口只有一米四高，外骨骼装置再收缩调整也达不到这个程度，而洞穴里面明显会更矮。

这样一来，穿戴外骨骼装置的人进了像洞穴的黑鼠镇后，连腰都挺不直，战斗力自然会大打折扣。

还未靠近那处洞穴，商见曜和蒋白棉就同时望向左侧，于一株树下，看见了两具尸体。

那两具尸体很是矮小，身体有蜷缩的倾向，衣服被剥得干干净净。他们的指甲又尖又硬，明显发黄，体表有大量的黑色汗毛，一眼看去，就像是污染严重区域的巨型老鼠。不过，那些汗毛不算密集，可以透过它们，看见底下颇为苍白的皮肤。

这两具尸体眼睛圆睁着，表情惊恐而愤恨，身上、周围浸染着看起来与正常人类没有任何区别的血迹。

坦白地讲，除了毛发浓密了一点，身材矮了点，指甲怪异了点，皮肤苍白了点，商见曜不觉得这两名死去的黑鼠镇居民与自己有什么本质上的不同。

龙悦红已不是第一次看见尸体，虽然还是有点害怕、恶心，不忍直视，但已能控制住自己。

他嗞了一声道："不会都死光了吧？"

蒋白棉闻言，下意识侧头，望向了那个幽深的洞穴，一时竟没有立刻进去的勇气。她似乎已经能够预想到里面是什么样的场景。

这时，蹲下来检查尸体的白晨抬起了脑袋，沉声说道："死于枪击。"

蒋白棉微微眯了下眼睛，自言自语般道："会是谁干的呢？"

说完，她轻吸了口气，迈步走向了黑鼠镇入口。

无须吩咐，商见曜紧跟在了她后面。

第 49 章 现场

临近洞穴入口时，蒋白棉停下了脚步，回头对穿戴着外骨骼装置的龙悦红道："你在这里戒备。"

她想了想，又补充道："多看着点小树林外面，要是吉普车丢了，我和白晨倒是没什么关系，你们就有的'享受'了。

"很多事情，如果循序渐进地来，人类是可以接受和适应的，但要是一下就拉到地狱状态，绝大部分生物都会直接崩溃。"

"是，组长！"对于不能进入黑鼠镇这件事，龙悦红不仅没有失望，反而松了口气。

从死在外面的这些黑鼠镇居民身上，他似乎已经能够预见到洞内的惨状，怀疑这会对自己的精神造成强烈冲击，留下需要治疗的心理阴影。

吩咐完龙悦红，蒋白棉转过身，弯下腰，走入了那个差不多一米四高的洞口。

商见曜和白晨各自端着武器，一左一右跟在后面，只是一个腰背、膝盖弯得较狠，走路都有点艰难，一个相对较好。

他们没像训练手册上讲的那样，先在外面做观察，确认了大致情况再入内，而是充分相信组长对微弱电信号的感应能力。

在这方面，蒋白棉已经展现过足够的可信度。

洞穴入口处还有天光照耀，让人勉强能看清楚周围的情况，而越往里面，越是昏暗，甚至伸手不见五指。

这时，蒋白棉已拿出一个外壳银白，有颗粒感的手电筒，将开关推了上去。

偏黄的光柱瞬间出现，照亮了前方，再配合入口处的自然光，商见曜初步看见了眼前的场景。

洞穴还算宽阔，深处依旧被黑暗笼罩着，看不到尽头。

这里原本有一根根天然形成的石柱，此时已尽数断折，大量的石块、青苔、灰尘从洞顶落下，覆盖着地表。

地面以蒋白棉手电筒照耀的位置为圆心，呈圆形向外发散出火焰燃烧过的痕迹。

最靠近圆心的内侧坑洼里，看不到任何可以称之为完好的尸骨。

坑洼之外的中部圈层内，一具又一具矮小的尸体倒伏着，体表焦黑，死状极为凄惨。

随着蒋白棉手电筒的移动，商见曜又看见了中部圈层以外，靠近山洞岩壁处的边缘地带的情况。

同样有一具具尸体以各种状态倒在地上，但身躯基本完好，只有一定的灼烧痕迹；有的看不到明显外伤；有的背部、胸前有子弹创口，且身上都没有衣服。

而商见曜目光所及的范围内，除了碎成小块的瓷碗、陶碗、泥碗，什么东西都没有。

这样的场景无须谁来说明，商见曜和白晨都瞬间明白了一个事实。

黑鼠镇被人屠杀一空了！

蒋白棉沉默地环顾了一圈，叹了口气道："可能是肩扛式单兵作战武器发射的温压弹，当场没死的，也都被补了枪。很专业。"

温压弹是高爆炸弹和燃料空气炸弹的结合体，主要用来杀伤洞穴和地下掩体这种封闭空间内的敌人。

温压弹爆炸后，会耗尽周围的氧气，释放出大量的能量，形成一个高速膨胀的火球。火球会伴随高压冲击波肆虐于有限的空间内，最大程度地杀死敌人，破坏设备。

对于黑鼠镇这种入口只有一米四高的地方，冲进来和早已适应这种环境的居民正面战斗，显然是不明智的选择，直接往里面发射温压弹和各种炸弹才是最佳的办法。

“没多少队伍拥有这种炸弹，某些大势力都没有。”白晨努力让自己冷静，勉强回应了一句。

虽然她是一名经验丰富的前荒野流浪者，见惯了各种战斗和杀戮，但这种直接屠掉一个镇子、一个聚居点的事情，她还是第一次看到。

这满地的尸体给人以无法言喻的震撼和恐怖感。

不管怎么样，黑鼠镇的居民除了身高、指甲和体毛比较特别，其他和正常的人类几乎没有区别。

白晨其实去过被屠杀的聚居点，但那都是在惨剧发生很久之后，除了残存的少量尸骨和无人居住的破败房屋，其他痕迹早已不复存在。

蒋白棉点了一下头：“拿出手电筒，分头找找线索。或许，或许还有那么几个幸存者呢？”

商见曜当即从武装带上取下了手电筒和制式的冰苔手枪，一手照明，一手握枪，往边缘地带走去。

他不认为爆炸中心点及周围区域还会有幸存者。

一具具尸体检查过去，商见曜看见了一个背对着自己、身体蜷缩起来的女性。

她身上还残留着衣服，手脚收拢，仿佛在紧紧抱住什么东西。

这尸体隐约可见粗黑汗毛的背部，有凝固着暗红血液的伤口，一看就是被人补了一枪。

本就弯着腰的商见曜蹲了下去，用手电筒当棍棒，将这具尸体翻了过来。

光柱摇晃间，商见曜看见了一个小女孩。

她穿着一条很旧但部分地方相当干净的白色连衣裙，被那名成年女性紧紧抱在胸腹间。

乍一看去，没有受到一点伤害。

商见曜将手电筒放到地上，试图检查这个小女孩的情况，可怎么都掰不开那名成年女性的手。

放弃这本能的尝试后，商见曜看见小女孩脸部紫绀，与成年女性胸腹紧贴着的地方有暗红血液流出的痕迹。

他随即用手指测了测对方的鼻息，感受了下体温。

几秒过去，他缓慢地收回了手掌。

紧紧抱在一起的两具尸体被翻了过来，借助手电筒的光芒，商见曜很快发现她们原本倒下的地方，有一个往深处延伸的凹陷，位于山洞岩壁和地面交接处，凹陷上面有着明显的指甲挖痕。

目睹这个凹陷，商见曜仿佛看见了当时的画面。

敌人袭击中，一名黑鼠镇女性居民正着急地利用挖掘天赋给自己的孩子创造一个避难空间。

可惜，这没能快过炸弹。

商见曜伸手摸了摸凹陷，发现那里有一个天然形成的小空洞，而空洞里似乎有个不知是什么的冰冷的东西。

他将这东西掏了出来，借着手电筒的光芒，发现是一个比中指长少许的长方形黑色物品。

这物品偏上方有个类似液晶的微型显示屏，中间是几个按钮，下方则有网格覆盖的扬声器。

商见曜大学时学的是电子，自然不难分辨出这破破烂烂、充满陈旧气息的东西究竟是什么。

这是旧世界的录音笔，由黑鼠镇居民修好并改装过的录音笔。

或许是提前落到了凹陷处的空洞内，或许是距离爆炸中心点相当远，且有人体阻隔，这电子设备竟没什么损坏痕迹。

商见曜单膝蹲着，略做研究，摁下了其中一个按钮。

砰砰砰的枪响声和各种混乱的声响中，一道稚嫩的嗓音又害怕又不解地问道：“妈妈，妈妈，他们为什么要杀我们啊？”

一道略显沙哑的嗓音颤抖着回答道：“因为，我们是次人。”

稚嫩的嗓音追问道："什么是次人啊？"

略显沙哑的嗓音默然了几秒才回答："就是……就是生了病的人。"

那稚嫩的嗓音愈发不解："可是，妈妈，就因为我们生了病，他们就要杀掉我们吗？我，我会修电子设备，我很有用的……"

砰砰的枪声突然变近，仿佛已来到洞口，紧接着是物品跌落的声音，录音随之戛然而止。

商见曜沉默着听完，重新将目光投向了那两具尸体。

无论是那个成年女性，还是小女孩，脸部都没有粗黑的汗毛，明显存在剃过的痕迹，看起来干干净净。

她们和盘古生物许多女性员工一样。

这段录音音量不小，正往深处走的蒋白棉和另外一侧的白晨都听得清楚。

她们同样变得异常沉默，许久都没有说话，没有移动。

隔了一阵，蒋白棉缓慢吐了口气："继续搜寻线索。"

商见曜将那支录音笔郑重地放进了衣兜里，然后，拿上手电筒，重新弯腰站起来。

光柱移动中，他看见山洞岩壁上有一些文字。

这些文字属于灰土语，明显存在了很多年，许多地方早已模糊不清，显然不是黑鼠镇居民遇袭时留下的。

商见曜将电筒凑了过去，仔细分辨了十来秒，终于认出了其中几个文字——

"……到此一游……"

"……金和……乐永不分开……"

这时，蒋白棉似乎也看到了类似的东西，晃动着手电筒，有些感慨地说道："这在旧世界毁灭前，好像还是个景点。这么矮，谁愿意来啊？"

说完，她凝视岩壁许久。过了一会儿，她终于移开目光，搜寻起可能存在的线索。

十几分钟后，三人重新在洞穴偏入口处有自然光的地方碰头。

蒋白棉颇为惋惜地说道："黑鼠镇的人之前就挖出了两条预备的逃生通道，

可惜，温压弹或者别的类似的炸弹来得太快了。”

“而袭击者什么线索都没有留下。”白晨回应道。

蒋白棉摇了摇头：“不是没留下，而是战斗后，有意花费时间做了处理。”

第 50 章
蛛丝马迹

商见曜闻言，思考了一下说道：“凶狠，利落，干净，这是一场有预谋的行动？”

在他看来，针对黑鼠镇的袭击虽然不一定是复仇，但肯定是有预谋、有针对性的一次行动。

蒋白棉看着天光明澈的洞口，想了一下道：“不一定。也可能是黑鼠镇的居民因为某些事情暴露了行踪，被人发现了这个洞穴，而无论他们次人的身份，还是他们从公司换来的武器弹药、贮备的过冬食物，都足以引来强烈的恶意。

“那帮袭击者最开始大概没想过要掩饰身份，消灭痕迹，因为拥有温压弹本身就是一个比较明显的特征。或许，他们是在战斗结束，搜寻物资时，发现了那台无线电报机，才怀疑黑鼠镇和某个大势力建立了联系，成了大势力的附庸，然后，为了不被报复，匆忙清扫了战场。”

白晨无从分辨这件事情是有预谋的，还是偶然发生的，只能从自己的角度给出一些相对可信的结论：“先不考虑动机，现在勉强能确认的有两种可能。第一，袭击者团队拥有一般水准以上的管理秩序，否则不可能将战场打扫得这么干净，几乎没给我们留下什么线索。这基本可以排除，他们是几个临时拼凑起来的强盗团的可能。第二，能拥有温压弹和单兵作战武器，说明袭击者团队的实力也在一般水准之上，名气不会太小。”

见商见曜似乎有点疑惑，白晨补充解释道：“在灰土上，很少有隐藏实力的团队，只有充分展现出自身的强大，才能震慑追随者和周围的敌人，占据足够的资源。在这方面或许有几个大势力、独行者，以及几个人的小队不会展现出自身的强大。不过，绝大部分大势力也是靠一枪一弹，拼了全力，才建立起来的，只是实力到了某个层次后，才做战略性的隐瞒；至于独行者和那些小队，他们战斗时多半也没有隐藏实力，只是目睹者较少。”

蒋白棉嗯了一声：“另外，依据现在的情况还能推断出一个信息。袭击者至少在二十，不，三十人以上，否则不可能那么干净利落就解决掉黑鼠镇外围的守卫们，也不可能让黑鼠镇的居民主动躲在洞穴里，不尝试反扑，只考虑通过备用通道撤离。”

商见曜听得忍不住点了下脑袋。

这种推理看起来简单，可他刚才竟没有想到：如果袭击者人少，以黑鼠镇两三百号人的规模，加上盘古生物提供的各种武器，哪怕敌人装备较强，也完全可以反推出去。

“对。”白晨看了一眼没被手电筒照亮的区域，“从部分尸体的枪伤痕迹看，袭击者团队的武器也是比较杂的，几乎可以排除大势力军队的可能。当然，也许袭击者补枪就是为了制造这种假象，但大势力军队根本不怕被报复，没有这么做的必要。”

商见曜逐渐习惯了这样的讨论，开始加入进去：“也可以排除捕奴队，对他们来说，最有价值的是人口，将整个黑鼠镇屠杀一空不符合他们的风格。”

“是啊，哪怕是次人，也是能挖矿的，尤其是黑鼠镇的居民，更是这方面的好手。就算过不了心理这一关，害怕被染上疾病，出现畸变，也可以将他们与普通矿奴分开，单独编队，远程监工。”蒋白棉随口说道，没去讲究什么语法。

她旋即问道：“还有别的吗？”

商见曜想了想道：“袭击者团队未必真有三十人以上，我是指核心成员。他们完全能以七八个核心成员控制几十个外来的附庸，反正，表面看起来声势很大就行。等到战斗结束，清扫战场，处理痕迹时，则由那七八个核心成员亲自动手或者监工，这同样能达到很好的效果。”

蒋白棉满意颔首："不排除这个可能。综合前面说的那些，再考虑到录音笔里的对话，我们可以初步勾勒出袭击者团队的一些特征。

"第一种情况，人类团队，数量在三十人以上，名声不小，行事狠辣，经验丰富，拥有温压弹、单兵作战武器等较强大的装备，不属于或者不依附于大势力，目前还不算太缺乏食物。

"第二种情况则是核心成员不到十个，有大量的附庸或者合作团队。"

总结完，蒋白棉嘴角略微上翘，却没有丝毫笑意地说道："第一种情况下，类似的团队在灰土上虽然不少，但也绝对不多，位于附近的和最近来到附近的更是数得过来，只要和周围的荒野流浪者、遗迹猎人们多加接触，应该很快能筛选出主要的嫌疑者，然后，一个个排查。

"第二种情况嘛，有附庸，有合作团队，就意味着很多事情没法真正保密，人多口杂绝对不只是说说而已。另外，那些人收获的物资，除了自用的，一部分也会交易出去，这都是线索。

"对了，等会儿仔细搜寻这座小山附近的区域，如果是第二种情况，不排除那七八名核心成员在事成之后，为了保密，将附庸和合作者们干掉的可能。"

说话间，蒋白棉边走向洞口，边嘟囔道："你们真是的，为什么不到外面去讨论？在这里弯着腰、曲着膝说话不难受吗？"

商见曜还有点沉浸在黑鼠镇被屠戮一空带来的冲击中，没想到组长已基本恢复正常，至少表面是这样，只好赶紧跟了上去。

来到外面，将大致情况告知龙悦红后，商见曜主动问道："组长，我们接下来怎么做？除了搜寻周边地带，还要看有没有杀人灭口的痕迹。"

蒋白棉回头看了一眼洞穴："这是重大事件。车上不是有紧急信号弹吗？发射出去，让公司知道这边出了状况，嗯，得去高一点的地方，这样就算公司外围岗哨因为隔得太远没有发现，也会有位于不同地方的附庸势力看到，拍电报通知。"

"这会把很多荒野流浪者、强盗团、遗迹猎人也吸引过来吧……"白晨略显担忧地跟着望向黑鼠镇入口。

蒋白棉轻轻颔首："也是。对那些要储备过冬食物的家伙来说，这都是……"

"组长，你说得好可怕……"龙悦红忍不住吸了口气。

蒋白棉看了他一眼："我是故意这么说的，为的就是让你和商见曜尽快适应，免得到时候亲眼看见类似的场景，受到强烈冲击，一时半会儿缓不过来。呵，在灰土上，遇到类似事情的概率可不低。"

她没再多说这方面的事情，思考了一下道："这样，我们到隔壁的小山或者丘陵顶部放信号弹，把遗迹猎人、荒野流浪者往那个方向引。至于公司嘛，这片区域只有黑鼠镇这一个合作者，只要不超过相应的范围，不管是在哪个地方发射的紧急信号弹，都只会引导他们第一时间往黑鼠镇想。"

说着说着，蒋白棉看向穿戴外骨骼装置的龙悦红："你在周围找一找较大的石头，把它们都搬回来，堵住洞穴入口。对了，备用通道那边也得堵住。这样既能防止野兽闻着味道过来，破坏掉痕迹，又可以让搜寻到这边的遗迹猎人、荒野流浪者没法直接发现洞穴的存在。嗯，以他们拥有的装备，就算发现了，想把堵住的洞口弄开，也相当的难，而公司的人就非常专业了。"

龙悦红轻松就听明白了组长的话语，开始寻找远超人体极限，必须靠外骨骼装置才能搬动的大石头。

将外面的尸体都弄回黑鼠镇后，蒋白棉、商见曜等人边处理血污痕迹，边看着覆盖铁黑色金属骨架的龙悦红运来石头，先堵备用出口，后封洞穴入口。

"好了，我们回吉普车上，到别的地方放信号弹。"蒋白棉凝视了那堆伪装过的石头几秒，转身而去。

快上车时，她停住脚步，回头说道："放完信号弹，我们就在附近找一个隐蔽的地方扎营。公司的人赶来前，我们都得留在这边，防止出现意外情况，避免现场被破坏，另外，正好也将城市废墟和乌社教团的情报提交上去。"

对于这个安排，商见曜、龙悦红和白晨都没有意见，认为这是必须的。

比起送净水装置过滤芯片这种拖个几天甚至半个月都无所谓的小任务，这边的事情明显更加重要。

“大概得等两三天。”蒋白棉略微露出笑容，“正好，可以锻炼你们的野外生存能力。”

没等商见曜和龙悦红回应，她绕到驾驶位置，拉开车门，坐了上去。

十几分钟后，更偏西南的一座丘陵顶端，商见曜、白晨和龙悦红安静地站于边上。

蒋白棉没立刻发射出旧调小组携带的紧急信号弹，而是等了一会儿，等到云朵飘过，遮住太阳，光线变得黯淡，才扣动了扳机。

砰的一声，赤红夺目的光芒在高空爆炸开来，宛若一朵盛开的鲜花。

第 51 章
分队

放完紧急信号弹，商见曜四人开着吉普车，回到了黑鼠镇所在的那座小山，于山腰之上的某个隐蔽地方扎营——这样一来，他们可以居高临下地监视那片小树林，看是否有遗迹猎人、荒野流浪者过去，靠近洞穴入口。

已卸除外骨骼装置的龙悦红弄好帐篷之后，难掩疑惑地大声喊道：“组长，我有事情想不明白。”

“什么？”蒋白棉很乐意为新手解答疑惑。

龙悦红皱着眉头道：“那群人为什么非得袭击黑鼠镇？在刚发现一处旧世界城市废墟的情况下，他们完全有更简单的办法获取更多的资源，没必要对武器相对充足的黑鼠镇下手。你不也说过吗？现在是遗迹猎人和荒野流浪者们能和平相处，甚至结盟的特殊时期，毕竟谁都希望能多一些帮手去应对废墟里潜藏的危险。”

蒋白棉先是点头，接着笑道：“问得好。不过嘛，虽然大前提是这样没错，但具体情况还得具体分析。我以前看过一本旧世界的书，上面将僵硬地套用现有原则、概念等情况，不分析事物的变化发展和特殊性的行为叫‘教条主义’。

“具体到黑鼠镇的事情上，主要有两点不同。

“第一，我们刚才也分析过了，袭击者团队要么在三十人以上，要么拥有七八名核心成员，控制着大量的附庸。而无论是哪种可能，他们都绝对称得上实力强大，再加上现场可以看得出来的武器配置、弹药情况，完全可以将他们和普通的遗迹猎人团队、荒野流浪者队伍区分开来。

“第二，在大量人类拥向新发现的城市废墟时，黑鼠镇作为次人聚居点，肯定不会被探索，顶多作为外围搜集情报的对象，也不可能成为那个袭击者团队的炮灰。

“这样的情况下，如果那个袭击者团队有信心近乎无损或者损失不大地解决掉黑鼠镇的居民，拿到不算少的资源，那他们完全有理由制造这么一起惨案。

“这样一来，即使那个城市废墟太过危险，袭击者团队不敢靠近，他们也有足够的收获，算是没有白来一趟。”

见龙悦红频频点头，蒋白棉补充道：“而且，还有很多其他的可能。比如，那个袭击者团队因过去的遭遇，对所有次人都充满痛恨之情，宁愿承受损失，也要杀掉他们。比如，他们是因月鲁车站以北有奇怪的嘶吼声传出，才往这边赶来，还不知道那里新发现了一个旧世界城市废墟。比如，黑鼠镇因自身位置靠近月鲁车站以北区域，最早察觉到异常，派人过去调查，收获了一些让袭击者团队愿意冒险的东西。”

龙悦红听得脑袋发晕，但又不得不承认组长说得很对。

在各方面情况都还没调查清楚的前提下，事情确实存在太多的可能。

蒋白棉没再解释，环顾了一圈，想了几秒道：“接下来几天，我们两人一队，轮流行动。在营地的人负责看守吉普车，监视洞穴区域，外出的人则查看附近有没有杀人灭口的痕迹，或者别的什么线索。嗯，这次，我和龙悦红一队，白晨和商见曜一队。”

“为什么啊？”龙悦红脱口问道。

商见曜笑了：“因为你比较弱。这不是显而易见的吗？”

“……”龙悦红像是被人打了一拳又没法反击一样，整个人变得有点蔫。

确实，重新编队的原因不难看出：商见曜展现出了觉醒者的能力和足够的冷静，加上基因改良者的体魄、身手和天赋，在旧调小组里，实力已经可以排在第二或者第三——近距离对战时，他毫无疑问比白晨强，超出一定范围后，擅于狙击且经验丰富的白晨还是要比他厉害一点。

这样一来，小组最强的蒋白棉和最弱的龙悦红组队，既可以更加有效地保证后者的安全，也能让两个小队的实力更加平均。

听到商见曜的嘲讽，蒋白棉瞥了他一眼，无奈地轻轻地摇了下头。

这时，负责戒备四周的白晨插话道：“组长，其实没必要。最近几天都用不上吉普车，太阳充电板可以给备用电池充电，不用担心外骨骼装置耗电太快，关键时刻用不了。”

“也是。”蒋白棉笑着对龙悦红道，“你继续和白晨一队，外出的时候记得穿戴上外骨骼装置。呵呵，这么一操作，你反而成了小组里最强的那个，人啊，最重要的果然还是装备，我记得有篇古文说过：君子生非异也，善假于物也。”

龙悦红的精神迅速恢复，只觉组长这番话说得实在是太有道理了。

商见曜则更在乎另外一点：“我怎么没学过这篇古文？”

白晨更是听都没听说过。

蒋白棉回想了一下道：“课外读物，课外读物。”

想到蒋白棉说过自己有个生物学家父亲，而这至少是距离管理层只差一步的D9级员工，能获得的待遇远超自家，龙悦红顿时释然，商见曜也不再有任何疑问。

蒋白棉随即抬头看了一眼天空，确定了下太阳的位置：“时间还早，白晨、龙悦红你们守在营地里，监视黑鼠镇区域，我和商见曜外出搜寻一阵。”

“是，组长！”龙悦红和白晨同时大声回答。

没有耽搁，商见曜和蒋白棉离开隐蔽处，往小山底部行去。

他们和之前一样，各带了两把手枪，然后，一个挎着突击步枪，一个端着榴弹枪。

出了黑鼠镇所在的小山，来到植被茂密的丘陵地带后，商见曜突然开口道：“组长，为什么我们非得等公司的人来，不自己采取行动，追踪那群袭击者？”

蒋白棉放慢脚步，半侧过身体，直截了当地说道：“为了你们的安全。”

“我们有外骨骼装置，有足够的火力，完全能对付那个袭击者团队，不会有太大的危险。”商见曜认真地说道。

蒋白棉看着他的眼睛，平静回应：“我知道，你心里有股气。”

她顿了一下，飞快地吐了口气：“我也有。但战斗中，子弹是不会长眼睛的，不会因为你长得帅，是新手，就对你有包容之心，就避着你，恰恰相反，它们更喜欢这样的人。再说，你怎么确定袭击者团队没有对付军用外骨骼装置的能力？他们都能搞到温压弹了，有些别的强大装备，我一点也不会奇怪。”

“我们可以先追踪、侦察，确认情况后再考虑要不要袭击，如果事不可为，就撤回来等公司的人。”商见曜依旧不死心。

蒋白棉转过身体，边往前走边说道：“不要把追踪、侦察说得那么简单。在安全部，承担侦察职责的员工肯定是队伍里最出色的几个人之一。

“如果你和龙悦红的经验都足够丰富，那我确实想尝试一下，但现在嘛，你能保证侦察的时候不被发现，不会当场引发战斗？

“在一个成熟的团队里，不是说每个人都不能犯错，而是当有个人犯错的时候，其他成员知道该怎么弥补。

“当我和白晨犯了错，你和龙悦红能迅速补救时，我们旧调小组就可以尝试类似的事情了。”

说到这里，蒋白棉瞥了一眼快步赶上的商见曜：“你刚才不是还在打击龙悦红，想让他自信心受损，考核不合格，退出旧调小组吗？现在就不担心追踪袭击者的事情对他有危险了？

“啊，我懂了，你想的是，到时候自己穿戴外骨骼装置，冲入袭击者团队，大杀特杀，让龙悦红只用看着。”

说着说着，蒋白棉笑了一声：“你不是要拯救全人类吗？怎么能在这种时候冒这么大的风险？如果你当场战死了，谁来承担那个神圣的使命？”

“组长，不要把贪生怕死说得这么冠冕堂皇。”商见曜差点被绕进去。

接着，他正色道：“自有后来者。”

“呃……我不清楚你是不是在开玩笑了。”蒋白棉转而说道，“我得为你们负责，你和龙悦红都还没有结婚，没有生下孩子，要是就这么死去，太不值得了，呵呵，对公司也不利。”

“那你有孩子吗？你不也经常冒险？”商见曜话赶话地问道。

蒋白棉瞪了这家伙一眼：“没有。当初统一婚配的时候，我正躺在医院里，随时可能死掉，后来靠着做志愿者，接受了基因改造，才活了下来。呵呵，反正不做也是死，不如搏一把，结果还算幸运。

“再往后，因为基因改造的情况还不明朗，不确定有什么隐患，有待于进一步的观察，等待各种实验给出更具说服力的数据，比如，遗传的稳定性，所以就一直没有参与婚配。”

蒋白棉忽然皱了下眉头：“我和你说这个做什么？我们的情况能一样吗？我绝大部分时候，冒险归冒险，还是有不小把握的。”

她不想再继续这个话题，岔开道：“你是因为……”

她指了指自己的脑袋：“所以才放弃统一婚配的？”

商见曜坦然回答道：“虽然我确实有这方面的问题……”

不等他说完，蒋白棉好笑地反问道：“你自己也知道啊？”

商见曜没理她，继续说道：“但平时的不正常表现有很大一部分其实是我故意的。”

“为什么？”蒋白棉追问道。

商见曜目光闪烁了一下，侧头望向了远处：“我不想要小孩，也不想让一个女性牵挂我。”

第 52 章
守株待兔

蒋白棉本能地做出了“O”的口形，但迅速就闭了起来，没发出声音。

她将目光重新投向前方，脚步顺畅地拐过了一丛灌木，然后，状似随意地笑道：“我总觉得我可能有一个隐藏的天赋，就是让人感觉亲切，大家在我身边会变得安心，愿意说出一些积压于心底的苦恼。”

“又不是什么必须严格保密的事情。”商见曜不太赞同蒋白棉的说法，但也因此从之前话语制造的情景中摆脱了出来。

“哈哈，开玩笑的。”蒋白棉仿佛在思考般点了点头，“其实是大家一起经历了两次危难，你又暴露了觉醒者这个秘密，所以，彼此间有了还算不错的信任。你有没有听过这么一句话，迅速拉近两个人关系的方式之一是，让双方共同拥有一个小秘密。还有，我们这也算是患难之交了。”

刚才还一本正经的商见曜突然笑了起来：“你怎么确定这种信任不是我用觉醒者能力建立的？”

“……”蒋白棉仔细回想，发现竟无法排除这个可能，毕竟商见曜和机械修者净法握手道别的那个场景实在是让她印象太深刻了，而且商见曜也说过，如果能在周围人际互动中形成循环证明，被影响的人几乎没办法依靠自己察觉到异常，只有等脱离了相应的环境，才有可能发现不对。

“哈哈，开玩笑的。”商见曜用蒋白棉的方式回应了她。

蒋白棉侧头白了他一眼：“我差点拔枪你知道吗？”

她收回视线，自言自语地说道：“虽然你确实是在开玩笑，但我也得防备类似的情况……自我设置几个逻辑验证？嗯……最简单的办法是每天在纸上、芯片里记录关键信息，临睡时翻看。这样一来，如果前后出现了矛盾，立刻就能醒悟过来。不得不说，日记这种东西还是很有用的。”

“觉醒者的能力不是万能的。”商见曜补充了一句。

蒋白棉没再多说，继续和商见曜一起在这片丘陵地带搜寻蛛丝马迹。

差不多一个小时后，她环顾了一圈道：“周围区域实在是太大了，环境也复杂，光靠我们两个一步一步地走，没有十天半个月根本没法完成有效的搜寻。”

商见曜没有开口，因为他看见组长的脸上依旧挂着笑容，明显她已有办法。

果然，蒋白棉将目光投向了他，笑着说道：“我们回之前放紧急信号弹的那座丘陵。”

商见曜心头一动，隐约猜到了点什么。

蒋白棉继续说道：“在那里肯定能碰到不少遗迹猎人、荒野流浪者，正好向他们打听下情报，看最近有什么大型强盗团或者危险队伍在周围区域出没。”

说到这里，她露出了之前重创净法后的那种笑容：“如果你是那个袭击者团队的首领，看到之前干了票大买卖且刻意抹掉了队伍痕迹的地方有异常发生，你会不会派些不相关的人去紧急信号弹发射的区域调查下具体情况？反正肯定会有大量遗迹猎人、荒野流浪者过去，混在里面，谁也分辨不出来。到时候，如果能借此掌握屠杀黑鼠镇背后是哪个大势力，也能提前做些有针对性的准备。”

商见曜恍然大悟：“他们不会派自己的核心成员过来调查，甚至不会找附庸他们的人，最大的可能是直接雇佣真正的、活动于附近的荒野流浪者。”

这样一来，哪怕有陷阱，也不会出什么问题，就像没谁能在湖泊里找出一滴本质独特但外表没什么异常的水。

商见曜想明白之后，略感疑惑地问道：“组长，你应该早就想好了这点，为什么我们不直接在那边守着？”

“那些遗迹猎人、荒野流浪者哪能来得这么快？在那边枯等没什么意义，不如带着你们熟悉一下如何搜寻这件事情。”蒋白棉翻腕看了一下黑色电子表，

“时间差不多了，我们过去吧。”

等返回发射紧急信号弹的丘陵，商见曜才发现之前的搜寻竟然也是在往这边靠——两人略微改变方向后，步行仅用了十分钟就抵达了目的地。

也就是说，蒋白棉确实不是临时才想到相关问题，而是早有预谋，就连搜寻的路线都是提前规划好的。

观察了几分钟，商见曜和蒋白棉找到最佳位置，爬上一棵树，监控起通往这片丘陵的几条道路。

又过了差不多一刻钟，陆陆续续有遗迹猎人和荒野流浪者赶到，往丘陵顶端而去。

他们都相当小心，彼此间泾渭分明，互不侵犯，毕竟异常点周围是否有收获还不确定，先大打出手实在是太愚蠢了。

又过了一阵，蒋白棉拍了下商见曜的肩膀，指了指左侧道路。

她没有开口说话，因为她无法确定自己的声音究竟有多大，所以，只能用动作示意。

商见曜随之望了过去，看见了两个鬼鬼祟祟的男性荒野流浪者。

他们从外表上看不出具体的年龄，共同点是皮肤粗糙、干裂，晒得很黑，头发油腻，乱糟糟地支棱着，胡须不知多久没有剃过，脸上沾着来源不明的各种污迹。

其中一个套着深蓝色的破洞毛衣，里面是油腻到发硬的、看不出原本颜色的衬衣，外披没过腰的、明显不合身的黑色衣服，脚下是军绿色的胶鞋。他腰间别着一把闪烁着金属光泽的黑色手枪，掌中握着一把长长的刀。

商见曜觉得这和教材上的刀很像。

另外一个紧紧裹着黑色的旧棉袄，透过那一个个明显的大洞，可以看见里面的棉花压缩在了一块，发黑发紧。他似乎没有枪，腰上别的是把磨得很锋利的匕首，双手拿着一根棒球棍，肩上搭了个脏兮兮的、干瘪的袋子。

“有……什么问题吗？”商见曜低声问道。

他们和之前过来的荒野流浪者几乎没什么区别，只是更加寒碜一点。

“我……”蒋白棉发出了一点声音，语气里透着明显的询问意味。

商见曜秒懂了组长的意思，连忙说道：“再低一点。”

经过两次“调试”，蒋白棉总算压住了自己的嗓音：“你不觉得这两个荒野流浪者的装备太差了吗？”

“荒野流浪者装备差不是很正常的一件事吗？”商见曜反问道。

“对。”蒋白棉没有否认，边看着那两个流浪者，边斟酌着说道，“重点在于，他们的行为和他们的装备间有矛盾。”

“一般情况下，只有一把小手枪和几件冷兵器的荒野流浪者根本不敢第一时间赶到这种有异常发生的地方来。只要出现了争斗，他们几乎没有自保的能力。

“这种荒野流浪者往往会在半天，甚至一天后再过来，看能不能翻到点残羹剩饭。到了那个时候，竞争的对手都是和自己水平差不多的人，他们不至于毫无抵抗之力。”

商见曜听得微微点头：“这就像很多动物，以猛兽狩猎后留下的腐烂尸体为食。也就是说，这两个荒野流浪者有一定概率是被人逼迫过来的？”

而谁又会没事逼迫两个没什么能力的荒野流浪者过来调查异常？

蒋白棉这是将教导蕴含在实践中。她闻言笑道：“对。你能让他们变得友善，将相应的情况直接告诉我们吗？”

商见曜看着越来越近的两名荒野流浪者，坦然说道：“如果只有一个，没问题。两人都在的话，他们有可能互相证明，导致‘推理’失效。要是分开，先影响一个，再让他们凑到一起，影响另外一个，也可以。”

蒋白棉比了个“OK（好的）”的手势：“这个简单。换枪。”

说完，她和商见曜交换了榴弹枪和突击步枪。

下一秒，蒋白棉猛地跃了下去，落到了那两名荒野流浪者面前。

落地之后，她迅速抬起突击步枪，冷冷地指着那个穿破洞毛衣，腰间别着手枪的男子。

而几乎是同时，她腰部微转，右腿啪地踢了出去，如同一根突然绷紧的鞭子。

这一脚毫无疑问没有踢中，却吓得那个拿棒球棍的男子往后急退，跌倒在地。

他看了一眼蒋白棉手中的突击步枪，毫不犹豫地放弃了同伴，连滚带爬，头也不回地往远处逃跑。

别着手枪、拿着长刀的男子始终被突击步枪指着，一动也不敢动。

这时，商见曜跟着跃下，笑着说道："不要紧张，我们没有恶意。"

他边示意蒋白棉放低枪口，边趁对面男子茫然之际，开口说道："你看，你们是来搜寻情报的，我们也是来搜寻情报的。

"你们是人类，我们也是人类。

"所以……"

那男子表情逐渐生动，最终露出了笑容："兄弟啊！"

喊出这个称呼时，他下意识地看了一眼蒋白棉，只见对方已收起突击步枪，没表现出丝毫敌意，于是更加相信起自己的判断。

"兄弟啊！"商见曜学着对方，热情地打起了招呼，"是谁让你们过来的啊？"

第53章
鼍狗

提着长刀的男子唉了一声："别提了，都是被老蝙蝠逼过来的，我一直给他说，等一天，等一天，他就是不听！"

蒋白棉下意识地想问问老蝙蝠是谁，但张开嘴巴后，又理智地闭了起来。

其实，商见曜也打算这么问，不过转念一想，这肯定会破坏双方的"兄弟关系"，让对方产生疑惑——既然是兄弟，怎么可能不知道老蝙蝠是谁？

他笑了起来："老蝙蝠啊……他怎么这么急？"

"他能有什么办法？还不是那边有人催！"男子揉了揉自己油腻的头发，愁眉苦脸地说道，"那帮家伙一句话说不好就会杀人，谁敢敷衍啊……"

"那帮家伙？"商见曜故意展现出了疑惑的表情，"我这才多久没回去，就出事了？"

虽然他很想直接问那帮家伙是谁，但还是按捺住了性子。

提刀的男子愣了一下，似乎没想到对面的兄弟已经有一段时间没回去过。

几秒后，他又一次叹了口气："别提了，自从鼍狗他们来，我们连地窝都没得睡！好几个老人在夜里冻死了。"

说到"鼍狗"时，他本能地环顾了一圈，似乎在害怕被谁听到。

"鼍狗……"商见曜则侧过脑袋，望向蒋白棉，看经验丰富的组长是否听过这个绰号。

蒋白棉的神情凝重了几分，她若有所思地点了下头。

“去他的鬣狗！”商见曜刻意爆了句粗口。

提刀的男子仿佛想跟着咒骂几句，但最终还是不敢。

说到这里，这外表看不出具体年龄的男子做思考状：“那会儿我才十几岁，鬣狗还没成为强盗。听说，他妈是被不知哪里流窜过来的一帮次人给吃了。”

商见曜眉眼微动，脱口问道：“是鼠人干的？”

他从蒋白棉那里得知，黑鼠镇的居民在周围人类中被称为“鼠人”。

这同样是一个充满歧视的称呼。

“不是。”提着刀的男子摇了摇头，“那群鼠人在这边都几十年了。我出生前，他们就过来了。他们擅长采集和挖掘，什么都找得到，什么都吃，不是到处流窜的那种。”

商见曜默然了几秒道：“鬣狗他们到这边来做什么？”

“说是……说是月鲁车站那边有什么发现。老蝙蝠问过，鬣狗的人也不清楚，正在派人调查。”提刀的男子说完“调查”两个字，忽然记起了自己的任务，顿时又变得愁眉苦脸，“也不知道这边有什么异常，今天要是没回报结果，鬣狗的人说不定会把我丢去喂狗。”

“狗？”商见曜下意识地问道。

提刀的男子吐了口痰：“鬣狗养了条很凶的狗，当亲儿子一样！他还总是说我们没用，单对单没人赢得了他的狗，还不如拿去喂狗。”

抱怨完，这男子满怀期待地问道：“兄弟，你在这边有什么发现？”

“什么都没有。”商见曜如实回答，“之前放烟花的人早撤了，什么都没留下！”

“这样啊……那他们放什么烟花？呃……老蝙蝠说是什么信号弹？”提刀的男子似乎想就此返回。

商见曜看了一眼之前那个拿棒球棍的男子逃跑的方向：“谁知道呢？就这么回去吧，鬣狗要是不信，让他自己再派人来查。对了，刚才吓到那个兄弟了，你等会儿追上他，帮我解释解释。”

“行。”提刀的男子拍了一下胸脯，“你们什么时候回啊？”

“快了快了。”商见曜嘴角一点点翘起，“记得告诉老蝙蝠，说我们回头就去拜访鬣狗。”

“拜访……”提刀的男子突然察觉到了点不对，可看了看商见曜端着的榴弹枪和蒋白棉挎着的突击步枪，又明智地放弃了思考。

他迅速转身，挥了下手：“愿能再见。”

“愿能再见。”商见曜热情地挥手回应。

目送提刀的男子消失在道路尽头后，蒋白棉瞥了商见曜一眼：“怎么？还想杵在路中间，生怕别人看不到？”

丘陵、小山之间本没有完好的路，但走的人多了，自然就形成了一条大道。

说话间，蒋白棉拐向了丘陵侧面一个较为隐蔽的地方。

商见曜跟着过去，先和组长交换了武器，然后才问道：“鬣狗是谁？”

蒋白棉呵了一声：“黑沼荒野上一个还算有名的强盗头子，平时主要活动在靠白骑士团那边。他十几年前出的名，当时年纪也不算大，现在有没有满三十还得打个问号。

“他的强盗团伙是一点点壮大的，从最初三四个人、四五杆枪，发展到现在有十七八号核心成员，火力充足，装备不弱。有人怀疑，鬣狗掌握了某个旧世界的军火库，所以才能发展得这么快。

“如果不是他没占据到较好的矿山、田地，他的团伙现在绝对不止十七八个核心成员，起码能扩张到两三百号人。这就可以建立起属于他的大型聚居点，类似于野草城那种，然后，考虑被哪个大势力拉拢，从此有个保障，或者左右逢源，做一个有影响力的小势力。

“呵呵，也可能是鬣狗觉得养几百几千号人太辛苦，管理城市太麻烦，平时还得受大势力的气，远不如当强盗逍遥自在，所以才保持着现在的规模。

“啊，对了，他真名叫林立。”

商见曜认真听完，总结了一句：“这个团伙嫌疑很大，而且比我们预想的人数更多。”

这个团伙仅核心成员就有近二十个，控制的附庸起码上百。

“他们甚至有装甲车，有重型机枪，有火箭筒。”蒋白棉补充道，“不过，他们应该没有军用外骨骼装置、仿生智能盔甲、高斯武器、电浆武器这些，看来，即使传闻是真的，鬣狗掌握的那个军火库应该也属于泛用性，没有高精尖的东西。”

见商见曜沉默不语，蒋白棉笑了笑道：“以我们旧调小组现在的实力，在偷袭的情况下，确实有不小的希望能打掉这个强盗团。

“那些附庸不会真正为鬣狗卖命的，只要不给鬣狗上督战队的机会就行。但是，以他们成员的素质和武器装备，我们得做好至少死一半人的准备。”

说着，蒋白棉侧头看了一眼隐蔽的地点外面：“再说嘛，未必能有偷袭的机会。你刚才居然就直接放那个荒野流浪者回去了，不担心他换了环境，察觉到异常吗？不担心他汇报上去，让鬣狗猜到我们这边有觉醒者？”

“要不然呢？杀了他？”商见曜表情不变地回应道。

“真是心软啊。”蒋白棉嗤笑了一声，“我也是。我们这种在大势力中出生，没经历过混乱年代各种纷争的人，总是容易心软。”

她转而又道：“可如果真想偷袭，完全可以先控制住那个荒野流浪者，等事情结束再放走他。这一点，你不应该没有想到，你对自己的能力什么时候失效一直很警惕。”

说到这里，蒋白棉笑了起来：“综上所述，你内心已经放弃靠自己袭击那个强盗团伙的想法。真是好朋友哇！”

“目前还不能确定就是鬣狗那伙人。”商见曜面无表情地回应，“等公司派人来吧。”

“好主意！”蒋白棉笑着赞了一声。

商见曜左右看了看，忽然皱起眉头，开口问道：“组长，你说，鬣狗那帮人听到汇报后，会有什么反应？”

蒋白棉思索着回答道：“我和他们没打过交道，很难做出判断。

“不过嘛，从鬣狗这个外号就能看得出来，那群人擅长以多欺少，擅长尾随跟踪，擅长背后偷袭，虽然凶狠、残忍，但绝对不疯狂，不莽撞。

“啊，我随便说的，无法肯定，回头得向白晨求证。

“反正他们的应对措施不外乎两种。

“一是趁公司大部队过来前，再搜寻这片区域，将我们这些调查人员干掉，抹去相应的痕迹，但这必须考虑到紧急信号弹本身就是一个陷阱，我们在等他们自投罗网的可能。

“二嘛，立刻丢下在这边控制的附庸，带着核心成员转移。他们人不算多，又有足够的交通工具，从黑鼠镇也拿到了不少物资，行动肯定不像大部队那样拖沓、迟缓，而且，各大荒野上，能躲藏的区域实在太多太多。

“等弄清楚了敌人是谁，他们可以再往别的大势力周围迁徙，换个抢劫的区域。”

见商见曜眼睛一亮，蒋白棉故意哼了一声：“你是不是在想，他们敢反过来搜寻，你就敢穿戴上外骨骼装置，逐个击破？”

不等商见曜回应，这个扎着马尾辫，身材高挑的女子露出了笑容：“我怎么可能给你这样的机会？明显是我来啊！”

她随即话锋一转，大声说道：“但我认为，鬣狗那帮人什么反应都没有的可能性更大。”

“为什么？”商见曜颇为疑惑。

蒋白棉收敛起大部分笑意：“被强行控制的那些附庸和鬣狗他们未必是一条心。

“他们巴不得有大势力来把鬣狗打跑，反正最差也就是被抓去当奴隶，怎么也比做鬣狗的炮灰强。而且，真发生了激战，他们有足够的机会逃跑。

“那个老蝙蝠要是聪明，就知道什么该上报，什么该隐瞒。”

商见曜听得若有所思，缓缓点了下头。

两人停止了讨论，继续观察周围，但没再发现什么可疑之人。

快到饭点时，他们结束行动，回到了小山上的隐蔽营地。

一日无话。

到了半夜，睡在帐篷中的商见曜被龙悦红叫醒，他端上狂战士突击步枪，接过了值夜任务。

巡逻了一圈，他将目光投向了下方。这里可以直接看见那片小树林和黑鼠镇被堵住的入口。

昏暗、安静的夜幕下，洞穴处的一块石头突然掉了下来。

第 54 章
巴掌

商见曜的神经顿时高度紧绷，眼睛一眨不眨地盯着黑鼠镇入口。

封堵住那个洞穴的石头都是相当大的，纯粹靠人力根本没办法将它们弄下来！

当然，不排除这样一个可能——龙悦红依靠外骨骼装置将那块石头搬上去时没有安放好，导致它一点点地自行滑落，最终在漫长的时间后，失去了平衡，坠往地面。

所以商见曜没有立刻做出反应，等待进一步的观察结果。

"砰！"

略显沉闷的响声里，那块巨石砸在了地上，整片树林都仿佛颤抖了一下。

树林迅速归于沉寂，稀疏的星辰下，夜幕和刚才一样黑暗。

但与之前不同的是，堵住黑鼠镇入口的石堆上出现了一个缺口，通往死寂幽暗之处的缺口。

商见曜仔细看了好几十秒，正要吐出憋在胸中的那股浊气，突然发现石块脱落的地方，一道黑影从洞中缓慢地爬了出来。

夜风拂过，高空云朵移动，露出了半个月亮。

皎洁的光芒洒落，照在了那道黑影身上，让商见曜看清楚了他大致的模样。

他身材矮小，裸着身体，表面长着又粗又黑的汗毛，腰背佝偻着，双手指甲反射出锐利的寒光。

这是一个黑鼠镇的居民！

商见曜的瞳孔猛然放大，他似乎不敢相信自己眼前的画面，想要更进一步地看清楚对方究竟是谁。

他和蒋白棉、白晨可是认认真真搜寻过黑鼠镇每一个角落的，但没发现一个幸存者！

月光似乎又明亮了一点，商见曜勉强看见了那道人影的脸部。

他半张脸都被子弹掀开了，暗红的血液和乳白的脑浆点缀在四周。

以商见曜的常识而言，这样的人根本没法称之为活人。

与此同时，石堆上的缺口处，似乎还有黑影在晃动。

商见曜几乎是本能地松开了握着枪柄的右手，将它抬起，照着自己的右脸，狠狠扇了下去。

他怀疑自己是在做梦。

“啪！”

商见曜的右脸立刻红肿了起来，上面依稀可见五根手指的痕迹。

剧烈的疼痛和嗡鸣的声音同时传入了商见曜的脑海，让他眼前有一个又一个金色光点冒出。

然而，他还在原地，眼前依旧是从石堆缺口处爬下的黑鼠镇居民，以及紧跟在后面的另一道黑影。

商见曜没有冲动地开枪，因为他知道他的知识和经验都不足以支撑他在这种情况下做出正确的选择。

所以，他要向蒋白棉求援，看这个旧调小组组长对类似情况是否了解。

他还准备喊醒白晨和龙悦红，这样一来，就算没办法应对黑鼠镇的异变，也来得及驾车狂奔，逃离这里。

刚半转过身体，商见曜还没来得及喊出声音，就看见蒋白棉的身影出现在了旁边。

商见曜心中一喜，正要汇报情况，眸光突然凝固，话语堵在了喉咙口。

冰冷的月光下，蒋白棉英气美丽的脸上，春笋破土般长出了一根又一根肉眼可见的粗黑汗毛。

商见曜脸庞的肌肉微动，他难以自控地做出了自保行为。

他朝后方一扑，连续做了两个翻滚，来到了吉普车车头位置。紧接着，他猫着腰，蹿到了另外一侧，蹲至后视镜下。这样一来，他既能以车头为“防御工事”，又随时可以拉开车门，坐至驾驶座。

“出事了！”商见曜高喊出声，试图唤醒龙悦红和白晨。连喊三声之后，他前行两步，直起上半身，准备打开车门。

可这个时候，他才发现自己没有车钥匙。

刚才交接值夜任务时，白晨将钥匙给了蒋白棉，而不是他。

商见曜还没来得及想办法，蒋白棉的声音就由远及近地传了过来：“出了什么事？”

下一秒，龙悦红和白晨的声音在帐篷位置同时响起：“出了什么事？”

他们的嗓音有高有低，但语气与蒋白棉的别无二致。

商见曜身体骤然战栗，额头沁出了密密麻麻的冷汗。他强迫自己平静了一些，默算起与蒋白棉、龙悦红和白晨大概有多少米的距离。

不知不觉间，他脸上出现了笑容，自身也无法控制的笑容。

商见曜随即挺直身体，准备站起，使用觉醒者的能力。

就在这个时候，他看见了后视镜内的自己——右脸红肿，带着不合时宜的笑容。

商见曜忽然心中一动，重新弯下腰背，取出了夹在衣服口袋内的吸水钢笔和一张用来记录的白纸。

紧接着，他低下脑袋，以大腿为垫子，在笔帽自由落体到地面后，飞快地写——等会儿如果还能看见这段话，就说明不是梦境。

他书写的过程中，蒋白棉、龙悦红和白晨的声音越来越近：“出了什么事？”

商见曜越写越急，越写越潦草，但还是勉强写好了那句话。

然后，他随意地将纸塞回了口袋里，并直起上半身，再次盯住后视镜里的自己，眼眸瞬间变得幽深。

他一边听着越来越近的脚步声，一边飞快地组织语言，尝试着说道："昨天这个时候是深夜，今天这个时候也是深夜。

"昨天这个时候，我们露宿野外，今天这个时候，我们也露宿野外。

"昨天这个时候，我在做梦，所以，今天这个时候……"

商见曜停下了与镜中自己的对话，表情先是茫然，继而逐渐变得坚定。

就在蒋白棉走至吉普车车头另外一边时，商见曜恍然大悟道："所以，今天这个时候，我也在做梦！"

话音刚落，他脑海里就仿佛有无数星星炸开，强烈的自我认知让他的意识随之穿透了迷幻般的种种画面。

"呼！"商见曜坐了起来，大口吐出了憋在胸口的浊气。

他快速环顾了一圈，发现自己依旧在帐篷里，依旧在睡袋中。

念头闪烁间，商见曜双手一扯，身体用力，如猎豹般迅捷地脱离了睡袋，猛地跳向帐篷另外一边。

那是蒋白棉睡觉的地方。

只有微光的黑暗环境下，商见曜几乎什么都看不到，但可以听见蒋白棉又急促又杂乱的呼吸声，仿佛她刚完成了五公里越野。

"醒醒！醒醒！"他依靠声音，抓住了蒋白棉的身体，边喊边摇晃道。

这样的动静引来了白晨和龙悦红的关注，他们一个留在外围，防备意外，一个边往帐篷靠，边高声问道："怎么了？"

商见曜没有回答，继续剧烈摇晃着蒋白棉的身体。

终于，蒋白棉发出了声音："停……停！我头晕！"

商见曜顿时松了口气，直起了身体。

这时，白晨已拉开了帐篷的门。

借着外面照入的月光，她看见商见曜蹲在蒋白棉的睡袋旁，大口喘着粗气，而蒋白棉缩在睡袋里，表情迷茫地坐着。

"发现了什么异常？"白晨冷静地问道。

商见曜脱口回答道："我做了一个噩梦……"

他不由自主地顿了一下，感觉自己就像一个小孩，正被噩梦吓着了，寻求长辈的安慰。

见蒋白棉和白晨都没有嘲笑自己，没有试图打断，商见曜缓和了一下情绪，继续说道：“一个很真实的噩梦。我在梦中扇自己耳光都没法醒来。明明已经感受到了强烈的疼痛，还是没法醒来。

“直到我利用觉醒者的能力，强化了自己对梦境的判断和认知，才彻底醒了过来。梦中，黑鼠镇的居民变成了活尸，你们的脸上也长出了粗黑的汗毛。”

活尸属于广播故事里的概念。

蒋白棉没再迷茫，神情逐渐严肃，轻轻颔首道：“我也做了个噩梦。梦到自己在实验室里做研究，你们都是我的助手……”

说到这里，蒋白棉忽然语塞。

也就是一个呼吸的时间，她继续说道：“那个梦很真实。因为一些细节，我也怀疑起自己在做梦，赶紧用针头戳了下自己，结果感受到了疼痛。这打消了我的怀疑。

“然后，隔壁实验室出了事故，有剧毒气体泄漏，并往整个楼层扩散。我正带着你们疯狂奔向出口，试图抢在毒气弥漫过来前逃离公司，就被商见曜摇醒了。”

说话间，她举起左手，将它凑到了月光明亮的区域。

商见曜和靠近过来的白晨，都看见那只手的虎口处有一个针孔大小的红点，略显肿胀。

蒋白棉随即望向商见曜的脸孔，不出意外地看到了红肿着的五根指印。

“我身上没带针头……”蒋白棉思索了一下道，“这不是梦游造成的。”

说着，她又将左手伸向了商见曜右脸的五指印，隔空比画了下：“这也不是我打的。”

白晨循着蒋白棉的手掌，认真看了看：“没法完全否定，现在红肿太明显，指印有点失真，对比存在误差，而且，你们手指的长度差距不是太大。”

“若真是我左手打的，他这边还能有牙齿剩下吗？”蒋白棉左手手指顶端冒出了丝丝电流。

她的左臂连同左手都是电鳗型生物义肢的一部分，特点之一就是有巨力。

白晨对此表示认可，商见曜无言以对。

他正要详细描述自己在梦中看见的画面时，蒋白棉突然皱起了眉头：“你们有没有联想到什么？”

第 55 章 怀疑

听到蒋白棉的问题，商见曜和白晨本能地对视了一眼，但彼此只看见了相同的茫然的表情。

蒋白棉双手一撑，坐得更笔挺了一点："你们还记得之前那个遗迹猎人，叫哈瑞斯·布朗的、秃头的那个，提供的情报吗？"

很显然，蒋白棉的记忆力相当不错。

商见曜瞬间回想了起来："是月鲁车站以北有人类异常死亡的那个情报？"

"对。"蒋白棉郑重地点头，"当时哈瑞斯·布朗说，他们发现了几具刚死不久的尸体，表面没有任何致命的痕迹，但表情或痛苦，或恐惧，或带着诡异的笑容。"

白晨顿时恍然大悟："组长，你的意思是，那些人都是在梦境，不，真实梦境中死去的？"

蒋白棉嗯了一声："你想，我只是在梦中戳了下自己，现实中手上就有对应的红肿小点，而仔细看，那里根本没有针孔。

"同样的，商见曜在梦里扇了自己一巴掌，现实中他的脸部也有肿胀的五指印。

"如果，我是说如果，在这样的梦中被子弹命中了要害，或者吸入了让人表情怪异的毒气，或者于欢愉的巅峰受到突然的惊吓，那现实中会有什么样的表现？"

"会表面没有致命伤痕地死去……"商见曜沉声回答道。

他脸上的五指印很可能是一种应激性现象，会消退得非常快，可一旦心脏因此停止了跳动，那就永远恢复不了了。

话音未落，商见曜猛地站起，回到自己的睡袋处，披上外套，挎上了狂战士突击步枪。他一边打开枪的保险栓，一边大步走出了帐篷。

“发生了什么？”负责警戒的龙悦红忙开口问道。

商见曜抬头看了一眼后方的岩壁，环顾了一圈：“你有发现什么可疑的事物吗？或者是不同寻常的现象？”

龙悦红回想了一下，坚定地摇了摇头：“没有。就是路过的野兽都很少，也属于正常物种。”

说话间，龙悦红借助皎洁的月光，看见了商见曜右脸的红肿和较为明显的五指印。

“呃……”他忽然不知道该怎么询问了，眼神变得略有些古怪。

这时，蒋白棉已穿戴整齐，拿上武器出来，白晨紧跟在后面。

“有发现什么吗？”蒋白棉表情略显凝重地问道。

“没有。”商见曜严肃地回答道。

蒋白棉没去管龙悦红看看这个又看看那个的目光，自行巡逻了一圈，感应了下周围的各种电信号。

“确实没什么异常。”她走回商见曜、白晨身旁，略微松了口气道，“看来，只要不睡着，就不会被影响。”

见龙悦红一脸茫然，蒋白棉捡重点将自己和商见曜的遭遇描述了一遍。

而龙悦红就像在听广播节目里的故事，又害怕又不太相信。坦白地讲，如果不是有组长作证，仅凭商见曜的说辞，他绝对会说：“别开玩笑了，这种事情一点也不好笑！你去和秩序督导员说啊，看他们信不信你！”

秩序督导员是负责盘古生物内部秩序的人，无论打架斗殴，还是侵害他人，都归他们管。

内生态区每一层楼都有一名秩序督导主管，下面有三个秩序督导组长，每一个组长手下，又有几名秩序督导员。再往上，二十层楼一个大区，每个大区设置一个秩序督导局。秩序督导局之上则是隶属于董事会的秩序督导部。

听完蒋白棉的描述，龙悦红下意识地回了一句：“这不会是真的吧？”

问完之后，他迅速闭上了嘴巴，不再等待答案。

既然商见曜都可以让机械修者净法和他握手道别，那出一个怪物能让人在梦中诡异地死去，似乎也不是什么无法接受的事情。

不得不说，出了公司，来到地表后，龙悦红越来越觉得这个世界比以往认知的魔幻很多。

“会是一名觉醒者吗？或者，产生了畸变的次人、动物？他们说不定也拥有类似的能力。”蒋白棉侧头看向了商见曜。

“除了自身能力，我对觉醒者的了解不比你们多。”商见曜跟着扭头，望向了白晨，期望这个有丰富的灰土生存经验的女士能给予答案。

白晨摇了下头，示意自己也未遇到过类似的异常：“如果不是这样，也不会让哈瑞斯·布朗这种经验丰富的遗迹猎人匆忙撤离。”

蒋白棉思索了几秒，看着商见曜道：“我有些好奇，你究竟是怎么挣脱刚才那个梦境的？

“嗯，你刚才说过了，是依靠觉醒者的能力，但我希望了解一些细节，这或许能给我点启发。

“如果你觉得这是自己的秘密，就让白晨、龙悦红到边缘去巡逻。至于我，呃，我这个人，应该还值得信任吧？”

说到最后，蒋白棉实在找不出理由，又不愿意用当前的处境强迫商见曜回答，只好耍了下赖。

“没什么。”商见曜坦然回答道，“我用的是你们见过的推理小丑的能力。当时，因为自己扇了自己一巴掌却没有醒来，我初步排除了做梦的可能，想的是——抢车，离开，等天亮之后再回来看你们是否恢复了正常。

“结果，我起身的时候，看见了后视镜里的自己。

“我当时就想啊，能不能用推理小丑的能力影响自己，让我更加确信这是一个梦境。

“如果真的是梦境，那我就相当于识破了真实与虚假，强化了这方面的自我认知，应该有不小的可能直接醒来。

“若不是梦境，我也给自己写了提示……”

说到这里，商见曜才记起梦中的安排，忙将手伸入衣兜，拿出几张用于记录的纸。

而这些纸里除了一张描绘有钢铁厂废墟的残缺布局图，标注有“厕所”，其余都一片空白，没有任何提示。

“果然……”商见曜长长地舒了口气，继续说道，“写完提示，我就开始利用推理小丑的能力让自己根据不相关的条件得出‘在做梦’的结论，而这确实也强化了我的判断和认知，帮助我挣脱了梦境。”

蒋白棉听得颇有感触：“真狠啊，连自己都骗。”

龙悦红差点被逗笑，好不容易才忍住。

商见曜也没想到蒋白棉会给出这么一个“评价”，险些就忘记了后面要说什么。

他顿了顿道：“之前没有做过类似的测试，等看到了后视镜里的自己，才觉得可以试一试。而且，推理小丑也分两种情况。一种是用显而易见的事实让目标得出几乎不相干的、对我有利的结论，一种是靠没什么价值的条件让目标得出不符合逻辑但结果正确的判断。”

蒋白棉轻轻颔首道：“不错，看来这次的事情帮你更进一步掌握了能力，拓宽了它的边界。”

商见曜正要说点什么，突然露出了思索的表情。

蒋白棉随即望向了白晨：“你有什么想法？”

“在不确定异常已远离的情况下，今晚最好都不要睡了。等天一亮，立刻就驾车往南边去。以你们的精力，半晚不睡应该不是什么大问题。”白晨给出了非常稳重非常谨慎的建议。

龙悦红下意识地指着黑鼠镇入口道：“这里怎么办？”

“还能怎么办？先保证自身安全再说其他的。”蒋白棉毫不犹豫地回应道，“再说了，梦境的异常不会只针对我们，附近区域的遗迹猎人、荒野流浪者，应该也有人受到影响，而他们的诡异死去会让这里短暂变成禁区，成为口口相传的恐怖地带，一时半会儿不会再有什么人敢于过来。

“呵呵，如果有人连这样的消息都收不到，什么都不清楚就进入，那我不认为他们有能力找到黑鼠镇的入口，搬开堵住洞穴的巨石。

“等到相应的影响消退，公司的人也差不多过来了，到时候，他们要是没找到我们，肯定会发信号弹通知的。”

龙悦红再没有意见，四人就这样值守到了天明。然后，他们轮流驾车，往南方返回。

到了快中午的时候，副驾驶位置的蒋白棉扭头对商见曜道：“你试着睡一下，看梦境还有没有异常。放心，我会盯着你的，一有什么不对就摇醒你。”

“我自己能醒。”商见曜很有自信地低语了一句。

“啊？”蒋白棉侧了下脑袋。

她的笑容没有一点减退，反而更加明显了。

商见曜没再多说，想了一下，抬起右手，捏了捏两侧太阳穴。

他旋即闭上了眼睛。

宽广空旷的大厅内，冰冷漆黑的金属墙壁高高屹立。

大厅高处，看不到顶端，只有一片昏暗。

昏暗里，数不清的璀璨光点密布，缓缓转动，仿佛汇成了一条又一条星河。

大厅的中央，星光洒落，凝聚成了一道巨大的、模糊的人影。人影双臂往外展开，保持着严格的对称，似乎在模拟天平。

“一个代价，三个恩赐”的声音回响着，盘旋于商见曜的耳畔。他凝视了这幕场景近十秒，低沉地吐出了四个字：“群星大厅。”

他没再言语，越过那道模糊的人影，抵达了大厅最里面，停在了沉重的灰白色石门前。

第 56 章
会合

面对那镶嵌在黑色金属墙上的沉重石门，商见曜无声地吸了口气，前倾身体，将双手按了上去。

石门上方的三个凹槽内，相继亮起了璀璨的光芒，就如同高空有星星坠落于此。

这三颗星星内，虚幻的文字翻滚着，但很快固定了下来，它们分别是——“推理小丑”“矫情之人”“双手动作缺失”。

商见曜略一凝神，代表推理小丑的那团白光骤然变亮，愈发璀璨。

几乎是同时，灰白色石门轻轻颤动，在吱嘎吱嘎的声音里，沉重地一点一点地后退。

也就是几秒钟的工夫，曾经困扰商见曜很多天的灰白色石门完全敞开了。

他随即收回双手，插入裤兜，静静地站在原地，凝望石门后方。

那里有一座银白的金属阶梯往上延伸着，看不到尽头。阶梯的两侧则是无边的黑暗，深邃得仿佛能吞没整个世界。

“果然……”商见曜低语了一句，抽出双手，迈开步伐，没有一点犹豫地通过大门，踏上了阶梯。

一步、两步、三步……虽然他怎么都看不到阶梯的尽头，但他依旧走得沉稳有力，不见迟疑，不显仓促。

这个过程中，周围只有他的脚步声回荡。这与两侧的幽邃黑暗搭配，带来了难以言喻的恐惧。

一层一层地不知往上走了多久，商见曜终于看见了深黑中的另一抹颜色。

那是与之前相仿的灰白色石门，它依旧镶嵌在看不到边界的黑色金属墙壁内，上方同样有三个凹槽。

如果不是脚下的情况发生了变化，如果不是周围没有群星存在，商见曜还以为自己回到了原本那个大厅。

他思考了两秒，加快步伐，连跑带跳地来到了新的石门前。接着，他略微侧过身体，一手插兜，一手按在了门上。

和他预料的一样，灰白色石门上的三个凹槽内，白光相继腾起，化为虚幻的星辰。星辰中，数不清的文字翻滚，没过多久就固定了下来，同样是“推理小丑”“矫情之人”“双手动作缺失”。

其中，代表“推理小丑”的白光比另外两团要明亮很多。

可惜的是，这一次，灰白色石门只是轻轻颤动，没有往后打开。

商见曜从单手轻推，逐渐变成了双掌发力，腰背也随之弯了下去，似乎想将整个人的重量都压到石门上。那沉重的石门晃动幅度未变，缝隙也未增大。

商见曜收回手，挺直身体，看了看颇为明亮的“推理小丑”和略显黯淡的“矫情之人”“双手动作缺失”，若有所思地点了下头。

等到这三团白光相继黯淡，消失不见，商见曜的身影也模糊了起来。

他真正地进入了沉眠……

不知过了多久，商见曜突然感觉身体在摇晃。

他本能地睁开了眼睛，看见了蒋白棉又黑又直的眉毛，以及那双明亮精神的眼眸。

“遇到了什么？”蒋白棉见商见曜终于醒来，毫不掩饰地松了口气。

商见曜认真想了想，回答道：“睡太香。”

蒋白棉眉毛轻动，似乎用了很大的力气克制自己，后排左边位置的龙悦红则扑哧笑出了声音。

负责开车的白晨踩油门的脚一下加重，吉普车嗖地加快，险些脱离了没什么杂物的大路。

“呼——”过了几秒，蒋白棉缓缓吐了口气，“看来已经脱离了那个异常的范围。白晨，在附近找个比较隐蔽的地方停车。”

她又将目光投向了后排的商见曜和龙悦红：“我们接下来几天要在这边扎营。等吃过午饭，龙悦红你就和白晨一起补觉，我和商见曜负责警戒和巡逻。在公司派来的队伍发出信号前，我们就在这片区域训练野外求生。”

“是，组长！”商见曜和龙悦红没有异议。

一天之后，旧调小组营地内。

刚用过午餐的龙悦红从兜里掏出了一颗龙眼大小的、带有青灰硬壳的果子。他随即用牙齿咬开了果壳，让里面嫩白饱满的果肉显露了出来。他先吮了口溢出来的汁液，然后将果肉吸出，于嘴里嚼着。

“真好吃啊！”他吞下果肉后，由衷地赞叹道。

过去一天的训练中，他最大的收获就是认识了这种叫“生鲜果”的食物。

它来自某种分布广泛的耐旱型硬叶灌木，生长时间短，能保存很久，没有任何毒素，唯一的问题是产量太少，一丛灌木只能长那么几颗，无法当成主食，故不会有人特意去搜集。

据白晨讲，这是不少荒野流浪者童年最美好的回忆。

商见曜手里同样有生鲜果，他正将最后一团嫩白的果肉塞入口中。这种野果的果肉并不像他最开始想的那样柔软绵密，反而有点类似苹果，口感清脆。它的味道略显酸涩，但难掩甜味，让人越吃越精神。

将藏在果肉里的几个薄籽咀嚼着吞下后，商见曜拍了拍手，站了起来。

蒋白棉正要宣布下午的训练开始，突然看见北边的天空连续炸开了三朵烟花，一黄，一绿，一蓝。

“公司的信号弹……”她微皱眉头，声音不小地自语道，“来得也太快了吧！”

“有人伪造的？”白晨猜测着一种可能。

蒋白棉仔细分辨，摇了摇头：“这可是公司特制的信号弹，外人伪造不了，而且，颜色顺序也是对的。也许，刚好安全部有一支队伍在附近拉练，直接就过来了？或者，公司早就注意到了月鲁车站以北的异常，在我们第一次听到嘶吼声的那晚？”

商见曜听完，忽地笑道：“要不，先派龙悦红过去确认一下？”

“为什么是我？”龙悦红愕然反问。

“我只能指挥动你。”商见曜非常坦然。

龙悦红斜眼看他，刻意展现出了不屑。

这时，蒋白棉笑了笑道：“商见曜说得也有道理。”

龙悦红的脸色顿时略微变白。

蒋白棉继续说道：“我们先返回黑鼠镇区域，到了附近，再派人穿戴外骨骼装置，过去做个侦察。”

听到外骨骼装置，龙悦红一下就恢复了镇定。他抬手拍了下额头，小声嘀咕道：“我怎么忘了这个……”

蒋白棉侧了侧脑袋，虽然没有听清楚，但还是大致猜到了龙悦红会说什么。

她嘴角噙着笑意，反驳了几句：“你觉得自己能胜任侦察这个工作吗？你认识多少安全部的员工？到了那边，就算要侦察，肯定也是我来啊。”

说完蒋白棉迈开双腿走向了吉普车，只留下轻飘飘的一句：“你们收拾。”

接近傍晚时，旧调小组回到了黑鼠镇所在的那片丘陵地带。

经过蒋白棉的侦察，他们彻底确定了放出联络信号弹的是盘古生物自己人。

放好外骨骼装置，白晨开车，带着蒋白棉、商见曜和龙悦红来到了小山脚下。

这里有十几个穿灰黑色服装的人，他们都是盘古生物的员工，端着制式的狂战士突击步枪，分别在不同的位置封锁道路。

白晨按照他们的手势，停下了吉普车。蒋白棉当先开门，走了过去。途中，她拿出了红底金字的长方形名牌，将它戴到了胸前。名牌上，“盘古生物”四个字映着夕阳，闪闪发光。两个全副武装，戴着同样名牌的员工迎了上来，一个拿着手持式有屏幕的电子设备，一个开口问道：“电子卡编号？”

“02310162155。”蒋白棉熟练地吐出了一串数字。

拿着手持式电子设备的员工将这串数字输了进去，调出了蒋白棉相关的信息。他迅速比对了下照片和特征，抬手行了一礼：“傍晚好，蒋组长。”

等到验证完商见曜、龙悦红和白晨的电子卡编号后，他们同时让开了道路。

“你们是哪个大队的？怎么来得这么快？”蒋白棉随口问道。

刚才验证蒋白棉的电子卡编号那位员工回答道：“月鲁车站以北出现异常的消息传回来后，我们就出发了，途中才看见你发射的紧急信号弹。”

拿着手持式电子设备的员工补充道：“我们是23大队的。”

蒋白棉对他们的回答一点也不意外，放心了不少，道：“你们来了多少个小组？”

“整个大队都来了，开了装甲车。”对面的安全部员工没有隐瞒。

“不错。”蒋白棉脸上露出了些许笑容。

盘古生物内，安全部负责对外行动，基本单位是作战小组。

每一个作战小组二十到三十人不等，有一个D7级的组长，一个可能是D4或者D5、D6级的副组长。

为了便于指挥，作战小组内部进行了更细的划分——他们往往会设置三到四个班，每班一个班长，级别为D4或者D5。

同样的，三个作战小组构成一个行动大队。加上额外的人员，一个行动大队差不多一百人，队长级别一般为D8级。

再往上是行动群，四百到五百人之间，这就是安全部最大的队伍编制了，相应的主管是D9级。

如果有较大规模的战争爆发，行动群将几个组，临时组成多个行动集群，由不同的行动集群总监（M1级管理层）指挥和管控——大老板专属卫队、管理层直属行动集群、重要项目属于保卫集群，保卫集群是特例，也是常设的集群，而且人数少于真正的行动集群。

也就是说，行动大队算得上是安全部里经常被调用的队伍。

“你们队长呢？”蒋白棉转而问道。

“在黑鼠镇。”拿着手持式电子设备的员工老老实实地回答道。

蒋白棉点了下头：“带我们过去，有重要情报！”

（本册完）

《长夜余火2》即将上市，敬请关注！